कैफ़ी हाशमी

कैफ़ी हाशमी का जन्म 15 नवम्बर, 1994 को दिल्ली में हुआ। वे जामिया मिल्लिया इस्लामिया, दिल्ली से हिन्दी में परास्नातक हैं। उनकी पहली ही कहानी 'टमाटर होता है फल' लल्लनटॉप कहानी प्रतियोगिता की विजेता रही। 'तद्भव', 'पक्षधर', 'हंस' और 'वनमाली कथा' में उनकी कहानियाँ प्रकाशित हुई हैं। 'वनमाली कथा' पत्रिका में प्रकाशित कहानी 'शिया बटर' ख़ासा चर्चित रही। विश्व साहित्य से कहानियों के हिन्दी अनुवाद में भी उनकी विशेष रुचि है। उनके द्वारा फ़र्नांडो सोरेंटिनो की कहानी 'ए लाइफ़स्टाइल' का अनुवाद 'समालोचन' में तथा हारुकी मुराकामी की कहानी का अनुवाद 'शिनागावा बन्दर' नाम से 'वनमाली कथा' में प्रकाशित है।

ई-मेल : hashmikaifi@gmail.com

शिया बटर

कैफ़ी हाशमी

लोकभारती पेपरबैक्स

लोकभारती पेपरबैक्स में
पहला संस्करण : 2025

लोकभारती पेपरबैक्स : उत्कृष्ट साहित्य के जनसुलभ संस्करण

लोकभारती प्रकाशन
पहली मंजिल, दरबारी बिल्डिंग, महात्मा गांधी मार्ग
प्रयागराज-211 001
द्वारा प्रकाशित

शाखाएँ : 1-बी, नेताजो सुभाष मार्ग, दरियागंज, नई दिल्ली-110 002
अशोक राजपथ, साइंस कॉलेज के सामने, पटना-800 006
1, अनमोल सोराबजी सन्तुक लेन, धोबी तलाव, मरीन लाइंस, मुम्बई-400 002

वेबसाइट : www.lokbhartiprakashan.com
ई-मेल : info@lokbhartiprakashan.com

विकास कम्प्यूटर एंड प्रिंटर्स
ट्रॉनिका सिटी-201 102
द्वारा मुद्रित

मूल्य : ₹299

SHEA BUTTER
Stories by Kaifi Hashmi

ISBN : 978-93-49180-42-0

उन सभी अपनों के लिए
जिन्हें किसी ख़ास बिन्दु पर मैंने छोड़ दिया
या
जो किसी ख़ास बिन्दु पर मुझे छोड़कर चले गए

क्रम

कैनवास से दूर रहो पाओपाओ

1

कई बार बेहद मामूली घटनाएँ भी हमें सकते में डाल देती हैं जिनसे उबरने की हम जीवन भर कोशिश करते रह जाते हैं। ऐसा केवल वास्तविक जीवन में ही नहीं होता बल्कि हम जैसे लोग जो कल्पना और यथार्थ के बीच उलझे रहते हैं वे सबसे ज़्यादा इन घटनाओं से प्रभावित होते हैं। इसका परिणाम यह निकलता है कि हम कल्पना और वास्तविक जीवन में अन्तर करना भूल जाते हैं।

मैं उन दिनों एक निजी विद्यालय में चित्रकला पढ़ाया करता था और वह मुझसे दस साल बड़ी एक सुन्दर महिला थी जो चार्टर्ड अकाउंटेंट के तौर पर हौज़ ख़ास में एक फ़र्म चलाती थी। हमारे बीच, मुझे अच्छे से याद है, कि एक ही बिल्डिंग में रहने और बालकनी आमने-सामने होने के बावजूद एक सामान्य शिष्टाचार के तहत होनेवाली मुस्कान भी कभी साझा नहीं हुई थी। वह मेरे फ़्लैट के सामनेवाले फ़्लैट में रहती थी। सुबह चाय या कॉफ़ी पीते हुए, मैंने कई बार उसे अपनी बालकनी में बाग़वानी करते देखा था।

एक दिन उसने अचानक से मुझसे बात की जिसने मुझे और मेरी सोचने की पूरी प्रक्रिया को अचरज से भर दिया। वह अप्रैल महीने का शुरुआती दिन था और सुबह का समय था। मैं स्कूल जाने के लिए अपनी बिल्डिंग की सीढ़ियों से उतर रहा था और वह अपने बच्चों को नीचे खड़ी स्कूल बस तक छोड़ने के बाद सीढ़ियाँ चढ़ रही थी। उसने सोने के लिए इस्तेमाल किए जानेवाला एक ढीला-ढाला टॉप और पजामा पहन रखा था।

उसके बाल के कुछ हिस्से गहरे नीले रंग से डाई किए हुए थे, जिन्हें उसने मैक-डी की कोन-आइसक्रीम पर फ्रोजेन डेज़र्ट से बने बड़े-बड़े छल्लों की तरह घुमाकर जूड़ा बना रखा था। जूड़े में फँसी पेंसिल की नोक बेहद तेज़ और पैनी थी जिसे देखकर ऐसा लग रहा था कि बच्चों के होमवर्क पूरा करने के लिए इस पेंसिल को कुछ देर पहले ही छीला गया होगा।

मैंने उसे देखकर अपने होंठ भीतर दबाते हुए मुस्कराने की कोशिश की। उसने मुस्कान को उसी अन्दाज़ में वापिस लौटाया। ठीक उस सीढ़ी पर, जब मेरे नीचे उतरने और उसके ऊपर चढ़ने में कोई फ़ासला नहीं बचा, मैंने उसके बालों की तरफ़ उँगली से इशारा करते हुए कहा, "यह पेंसिल बहुत शार्प है। सँभल के निकालिएगा।"

"मैंने बालकनी से आपकी कुछ पेंटिंग्स देखी हैं। आपकी पेंटिंग्स की स्त्रियाँ बहुत दयनीय हैं और आपके जीवन जीने के इस ढंग में ऐसा कुछ भी अनोखा नहीं है जिसकी तारीफ़ की जा सके।" उसने सावधानी से अपनी पेंसिल को बालों में से निकाला और मुझे शुक्रिया कहा, "पेंसिल के बारे में बताने के लिए शुक्रिया। मैंने ध्यान ही नहीं दिया था कि यह एक पेंसिल है।" इसके बाद वह मुझे बिना देखे ऊपर चली गई।

उसकी बातें सुनकर मैं भौचक्का रह गया क्योंकि आज तक किसी ने भी इतनी मुँहफट होकर मेरी आलोचना नहीं की थी। और आख़िरकार वह एक तलाकशुदा औरत ही तो थी। ऐसी औरत मेरे बारे में आख़िर ऐसा कैसे...?

फिर भी, मैंने उसके मुँह से अपने बारे में इतनी भद्दी बातें सुनने के बाद, अपने जीवन की समीक्षा करने की सोची।

मैं एक ऐसा चित्रकार हूँ, जो बन्द कमरे में रहना पसन्द करता था। मैंने अपने जीवन में ऐसे कई फ़ैसले लिए हैं, जो किसी भी तरह से सामान्य नहीं कहे जा सकते। क्या आप यक़ीन कर सकते हैं, कि मैं दिल्ली बसने से पहले सेना में ऊँचे ओहदे पर रहते हुए ठाठ-बाठ वाली नौकरी करता था। क्या आप इस बात पर यक़ीन कर सकते हैं, कि मैं एक न एक दिन अपनी सारी पेंटिंग्स में आग लगानेवाला हूँ। मैं कहीं से कहीं तक भी एक सामान्य व्यक्ति नहीं कहा जा सकता और न ही मेरी पेंटिंग्स भी सामान्य कही जा सकती हैं।

हालाँकि मैंने कभी किसी से नहीं कहा कि मेरी पेंटिंग्स अलादीन के चिराग की तरह जादुई हैं। मेरी पेंटिंग्स में से कोई जिन्न भले ही न निकलता हो, या, वह हैरी पॉटर की छड़ी की तरह कोई जादू भले ही न कर पाती हों, लेकिन, मैं जो कुछ भी बनाता हूँ उसका बन कुछ और जाता है। यह बात थोड़ी उलझी हुई है। और इतनी-सीधी नहीं है जितनी सरलता से बताई जा रही है। इसलिए आपको तन्मय होकर यह कहानी सुननी होगी।

कला और साहित्य की जब भी बात चलती है, तो हमें सबसे पहले दिल्ली का ख़्याल ही आता है। मैं शायद यही सोचकर सेना में लेफ़्टिनेंट की नौकरी छोड़कर दिल्ली आ बसा था। वसन्त कुंज के प्राइवेट स्कूल में आर्ट टीचर की नौकरी, कालकाजी में किराए का फ़्लैट, शाम को पत्नी के साथ इंडिया हैबिटैट सेंटर की आर्ट गैलरी में जाकर चित्र प्रर्दशनियाँ देखना—कुल मिलाकर मेरा जीवन अच्छा चल रहा था।

तो इस तरह मैंने अपनी समीक्षा में पाया कि मेरे जीवन में कुछ भी ऐसा नहीं है, जिसके बारे में चिन्तित हुआ जाए।

मैंने उस तलाकशुदा औरत, जिसका नाम नीतू चौहान था, की उपेक्षा करनी शुरू की और उसकी तरफ़ देखना बन्द कर दिया। उस महिला से हुई एक मुख़्तसर-सी बातचीत के बाद स्कूल आने और जाने में ही कब एक साल बीत गया पता ही नहीं चला।

चूँकि मुझे एक न एक दिन अपनी सारी पेंटिंग्स में आग लगानी है, इसलिए यह ज़रूरी था कि शोक और अवसाद मेरे जीवन में पानी में नमक की तरह घुल जाए। वह जनवरी की एक कँपकँपाती रात थी। दिल्ली की सर्दी जब अपने चरम पर पहुँचती है, तब सर्द हवा हड्डियों को अन्दर तक भेदने लग जाती है। इसी कँपकँपाती रात में, मैं अपने जीवन को शोक और अवसाद से भरने के लिए, एक कुत्ते का बच्चा घर ले आया। मेरी पत्नी शिप्रा को कुत्ते के बच्चे से तो प्यार था लेकिन उस नाम से नहीं जो मैंने उस कुत्ते के बच्चे को दिया था।

"पाओपाओ?...क्या बकवास नाम है?" शिप्रा ने खाने की मेज़ से बर्तन उठाकर किचन की स्लैब पर रखते हुए कहा।

"इतना अच्छा तो है।...पाओपाओ।" मैंने उसके रखे बर्तन को उठाकर सिंक में रखते हुए जवाब दिया।

"तुम यह अच्छे से जानते हो कि यह नाम मेरी सौतेली माँ ने मुझे चिढ़ाने के लिए बचपन में रखा था और मुझे यह नाम बिलकुल पसन्द नहीं।" वह सिंक में रखे बर्तन को वापिस किचन की स्लैब में रखते हुए चीखी।

शिप्रा की पाओपाओ के नाम के साथ न भुला देनेवाली यादें जुड़ी थीं और मैं, जैसा कि, सबको लगता था कि, सामान्य व्यक्ति नहीं हूँ, अब सिर्फ़ दो कमरे के फ़्लैट, सफ़ेद कैनवास और पाओपाओ के साथ रंगों की तिलस्मी गन्ध से अपनी उदास शामों को महका रहा था।

"मैं कभी भी एक दयनीय स्त्री नहीं हो सकती।" यह शिप्रा के आख़िरी कहे शब्द थे जब उसने मेरे मुँह पर दरवाज़े को पटका था। यह बात सच है कि मैंने शिप्रा को रोकने की कोशिश नहीं की थी पर इसका यह मतलब नहीं था कि मैं अपनी पत्नी से प्यार नहीं करता था।

शिप्रा के न होने ने मुझे इस कदर पागल कर दिया था कि मैं ख़ुद से दस साल बड़ी तलाकशुदा नीतू में शिप्रा को ढूँढ़ने लगा था, जिसने अप्रैल की किसी आम-सी लगनेवाली सुबह मुझसे कहा था कि, तुम्हारी पेंटिग्स की स्त्रियाँ बहुत दयनीय हैं, और तुम्हारे जीवन जीने के इस ढंग में ऐसा कुछ भी अनोखा नहीं है जिसकी तारीफ़ की जा सके।

रात के दस बज चुके थे, जब मेरी डोरबेल बजी और नीतू ने मुझसे वॉटर कलर की माँग की, "दुकानें सारी बन्द हो चुकी हैं और कल मेरे बेटे को ड्राइंग का होमवर्क सबमिट करना है। मैं भी आज ऑफ़िस से लेट निकली। क्या आप मुझे अपने वॉटर कलर दे सकते हैं?" उसने बहुत मायूस होकर उखड़े हुए मन से कहा।

"मैं वॉटर कलर से काम तो नहीं करता, लेकिन..." मैंने एक क्षण सोचा, "देखते हैं हम क्या कर सकते हैं?"

मैंने नीतू के घर जाकर उसके बेटे के होमवर्क को पूरा करने में मदद की और उसने मुझे अगली शाम चाय पर आने का निमंत्रण दिया। अगले दिन मैंने चाय पीने के लिए नीतू के फ़्लैट की घंटी बजाई और उसके अगले

दिन उसने दोबारा होमवर्क में मदद माँगने के लिए मेरे फ़्लैट की घंटी बजाई। इस तरह हम बिला-नागा किए, एक दिन का अन्तर रखते हुए, एक-दूसरे की फ़्लैट की घंटी बजाते रहे। यह हमारे क़रीब आने का तरीक़ा था—एक सन्तुलित तरीक़ा। ताकि किसी की भी ज़रूरत दूसरे की ज़रूरत से बड़ी न लगने लगे।

"अपेक्षाएँ रिश्तों को कमज़ोर करती है। एक भी पार्टनर कमज़ोर हुआ नहीं कि दूसरा बस उसे पटखनी देकर उस पर चढ़ जाने को तैयार रहता है। इसलिए हमारी ज़रूरतें और घंटी बजाने की फ़्रीक्वेंसी बराबर रहेंगी। तुम समझ रहे हो न मैं क्या कह रही हूँ?" नीतू ने चाय बनाने के लिए उबलते हुए दूध में चायपत्ती डालते हुए अपना पक्ष मुझे समझाया।

चाय ख़त्म करने के बाद मैंने कई बार नीतू से कहा, "तुम्हारे होंठ मुझे लाल शहतूत की तरह लगते हैं जिन्हें काले रंग से रँग दिया जाना चाहिए।"

इसके बाद वह अपने बच्चों को कुछ खुल्ले पैसे देकर बाहर भेज देती। बच्चों के लौटने से पहले, जब मैं अपने फ़्लैट में जाने के लिए उसके फ़्लैट से बाहर निकलता, तब तक लगातार घर्षण और खींचतान से हल्के पड़ चुके मेरे होंठ काले रंग से रँग चुके होते थे।

इस बात में कोई अगर-मगर नहीं है कि मैं नीतू से प्यार नहीं करता था। यह बस रंगों की तिलस्मी गन्ध से उदास शामों के खालीपन को भरने की कोशिश थी। मैं इस बात से अनजान था कि रंगों की तिलस्मी गन्ध मेरे भीतर के खालीपन को और भी ज़्यादा बढ़ा रही है। इस खालीपन को शिप्रा की उपस्थिति से ही भरा जा सकता था। शायद इसीलिए मैंने कैनवास को अपनी बालकनी में रखा और रंगों से सराबोर ऐसी कलाकृति बनाने में जुट गया जो हूबहू शिप्रा से मिलती थी। इस पूरे घटनाक्रम में पाओपाओ ध्यान से मुझे चित्रकारी करता देखता रहता और एक अच्छे सहयोगी की तरह मेरी सारी आवश्यकताओं को पूरा करता। पाओपाओ जानता था कि मेरे लाल शहतूत को काला बनाने के दौरान घर को पूरी सुरक्षा प्रदान करनी है। चिकन करी और फिश फ़्राई को बिल्ली से बचाना है। रंगों को चूहों की होली से बचाना है और कैनवास को शिप्रा के गुस्से से बचाना है।

मैं शिप्रा के गले में लटक रहे पेंडेंट के नीचे उभरी हुई हड्डियों को ब्रश से और अधिक स्पष्ट और गहरा कर रहा था कि तभी सामने खड़े पेड़ और बालकनी की रेलिंग्स के बीच चल रही हवाओं ने अपनी गति तेज़ कर दी। मैं फिर भी काम पूरा कर लेने की चाहत में डटा रहा, लेकिन पाँच मिनट के भीतर ही बारिश की मोटी-मोटी बूँदें मेरे हाथ और सिर पर छपाक के निशान छोड़ने लगीं। यह बारिश नहीं थी बल्कि आँधी आने की आहट थी। रंग, ब्रश, कलरप्लेट और चाय के कप को अन्दर रखने के बाद मैंने जैसे ही कैनवास को अन्दर रखना चाहा, शिप्रा ने अन्दर जाने से साफ मना कर दिया। मैं पहले ही पाओपाओ का नाम न बदलने की ज़िद करके अपना बहुत नुक़सान कर चुका था। मैं अब और पछताना नहीं चाहता था। मैंने शिप्रा की कलाकृति को ध्यान से देखा जिसे पूरा होने में दो दिन की कमरतोड़ मेहनत की ज़रूरत थी और ख़लिश भरे मन से गुनगुनाने लगा।

कद्दू होता है फल सब्ज़ी न समझना
अपनो ज़िद को जाना मेरी मर्ज़ी न समझना

मैं उदास और थके शरीर के साथ बिस्तर पर लेट गया। कई करवट बदलने के बाद भी मुझे नींद नहीं आ रही थी। मैं उठा, ए.सी. ऑन किया, फ्रिज में से बॉटल निकालकर अपने गले को तर किया और इसके बाद योगा मेट बिछा कर कई आसन किए, पर फिर भी अपने मन को शान्त नहीं कर पाया। यह ख़्याल मुझे बार-बार परेशान कर रहा था कि आख़िर क्यों मैंने वह पंक्तियाँ गुनगुनाईं जिनका न तो कोई अर्थ था, न लय और न ही कोई तार्किक व्याख्या। इसी उधेड़बुन में बैठे-बैठे ही मेरी आँख लग गई और मैंने एक अजीब सपना देखा।

रंगों की तिलस्मी गन्ध और उदास शामों का खालीपन इस सपने में भी घास की तरह फ़र्श पर बिछे हुए थे। मैंने बहुत क़रीने से अपने कदमों को इस विकिरण प्रकाश से बचाया। मैं बार-बार नीचे झुक कर देख रहा था कि यह कोई रेडिएशन या एक्स-रे या गामा-रे आदि-आदि तो नहीं है? मैंने बचते-बचाते ख़ुद को कैनवास के सामने खड़ा पाया। शिप्रा ने कैनवास के

किनारे को थोड़ा-सा फाड़ा और अपने कदम बाहर निकालकर कैनवास से बाहर आ गई। सामनेवाले फ़्लैट में पहुँचकर नीतू के साथ शिप्रा उसी कुर्सी पर बैठ गई जिस पर बैठकर मैं दोपहर की झपकी के बाद चाय की चुस्कियाँ लेता हूँ। चीनी के चाय के सेट के बराबर में तश्तरी में काले शहतूत बड़े शफ़्फ़ाफ़ ढंग से रखे हुए थे। शिप्रा एक-एक कर शहतूत उठाती है और नीतू को अपने हाथों से खिलाती है। हर एक शहतूत खाने के बाद नीतू पहले से भी अधिक ख़ूबसूरत होती जा रही है। उसकी लगातार बढ़ती सुन्दरता से कमरे का एक-एक कोना जगमगाता जा रहा है। जब सारे शहतूत खत्म हो गए तब तक नीतू दुनिया की सबसे सुन्दर औरत बन चुकी थी। तभी अचानक से शिप्रा ने नीतू के मुँह पर नाखूनों से वार कर दिया और नीतू दुनिया की सबसे बदसूरत महिला बन गई। लहूलुहान हो चुके चेहरे से जब नीतू ने हाथ हटाया तो सफ़ेद बालों से ढके चौपाया को देख तेज़ चिल्ला उठी—"पाओपाओ।"

यह बच्चों के लिए बनाई किसी फंतासी एनिमेशन फ़िल्म जैसा लग सकता है पर इस सपने में पत्नी पाओपाओ में बदल गई थी।

यह बात किसी को भी हैरान करती इसलिए मैं भी इस बात को लेकर हैरान था कि सुबह जब मेरी आँख खुली तो मुझे पूरा सपना याद कैसे रह गया? क्योंकि इससे पहले मेरे जीवन में कभी ऐसा नहीं हुआ था कि मुझे कोई सपना याद रह गया हो। मैं हड़बड़ा कर बालकनी की तरफ़ भागा। कैनवास को देखते ही मेरी धमनियों में तैर रहा खून जम गया। पेंटिंग पूरी तरह तैयार थी और इसे किसी भी तरह के फ़ाइनल टच की ज़रूरत नहीं थी। पेंटिंग में एक ऐसी औरत का चित्र था जिसे महीनों निहारा जा सकता था। जिसके ज़ख़्मी चेहरे पर दर्शन के अनेक व्याख्यान दिए जा सकते थे। जिसकी गीली-भर्राई आँखों में खुद का अक्स ढूँढ़ा जा सकता था। यह पेंटिंग एक मास्टरपीस थी।

2

इस पेंटिंग का सम्मोहन इतना तीक्ष्ण और चुम्बकीय था कि सड़क से जो कोई भी गुज़रता वह सिर ऊपर उठाकर इसे देखे बिना नहीं रह पाता।

शाम तक मेरे फ़्लैट में अंग्रेज़ी बोलनेवाले सम्भ्रान्त लोगों का मजमा लग चुका था। दिल्ली के पॉश इलाक़ों से, सिर्फ़ मेरी पेंटिंग देखने आए, कला के ये कद्रदान, मेरी रचनात्मकता देखकर भाव विभोर हो चुके थे। "तो आप हैं वो बरखुरदार!" एक पतली बूढ़ी औरत सिगरेट के कश खींचते हुए गर्व से कहती है। सूटबूट पहना एक अधेड़ उम्र का आदमी अपने गले की ख़राश दूर करता हुआ कहता है, "तुम्हारे चलने के ढंग से ही पता चल रहा है कि तुम एक बड़े चित्रकार हो।" मैं असहज-सा दिखता हुआ इस मजमे के अभिवादन को स्वीकार करता हूँ कि तभी एक फ़ोटोग्राफ़र मुझे पेंटिंग के पास खींच के ले जाता है और 'से चीज़' कहते हुए मेरी एक साथ पन्द्रह-बीस फ़ोटो उतार लेता है। कला के इन कद्रदानों को ख़ास अन्दाज़ में लहरा-लहरा कर वाइन सर्व कर रही नीतू की बाँह पकड़कर, मैं धीमे से पूछता हूँ, "यह सब क्या है?" वह मेरे माथे पर चूमते हुए कहती है, "तुम यह डिज़र्व करते हो, माय स्वीटहार्ट!" मुझे अनदेखा कर वह वापिस मेहमानों को वाइन सर्व करने लग जाती है और सबके कानों के पास जाकर कहती है, "देखो तो पेंटिंग की यह औरत कितनी बदसूरत है...हाहाहाहा...लेकिन फिर भी मैंने ऐसी कलाकृति आज तक नहीं देखी।"

यह शाम न केवल मुझ पर बल्कि पाओपाओ पर भी भारी पड़ रही थी। मैं और पाओपाओ, एक कोना पकड़कर आलीशान लोगों की दिलकश बातों के बीच, तमाशबीन बनकर अपने ही घर को अजनबी की तरह घूर रहे थे। हम मन ही मन इस बात का हिसाब लगा रहे थे कि इस दिन को एक प्रसिद्ध हो चुकी पेंटिंग का जश्न मना रहे ख़ूबसूरत दिन के तौर याद रखा जाए या दो मासूम जानों का आहिस्ता-आहिस्ता क़त्ल कर रहे बेरहम दिन के तौर पर।

अगले दिन तक सब पहले जैसा हो गया। मैं अपने प्रसिद्ध होने, पेंटिंग के दुर्लभ होने और पाओपाओ के निर्दोष होने—इन तीनों तथ्यों को बाशऊर क़बूल कर चुका था।

कला के इन चाहनेवालों में एक फ़रहाद मोटरवाला थे जिनके थुलथुल पेट और चेहरे पर लटक रहे गालों में लगभग एक-सी थिरकन थी। वे एक सप्ताह बाद मुझसे दोबारा मिलने आए। फ़्लैट में घुसने के साथ ही उन्होंने

अपना हैट उतारा और चाबी टाँगने की खूँटी पर लटका दिया। इसके बाद अपने बाएँ हाथ की उँगलियों में पहनी सोने की अँगूठियों पर दाएँ हाथ की उँगलियाँ फेरते हुए, उन्होंने कहना चालू किया, "हम जेनरेशन से मोटर पाट्‌र्स के बिज़नेस में हैं। लेकिन आर्ट का नाम सुनते ही हमारा हार्ट ट्रेन के इंजन के माफ़िक़ धकधक करने लगता है। लॉस एंजलॉस से पेरिस और पेरिस से दिल्ली तक में हमारे आर्ट सेंटर्स हैं साईं!" ड्राइंगरूम में घूमते हुए उन्होंने अपना सिगार जलाया और मेरी बनाई पेंटिंग्ज़ को बारीकी से देखने के बाद कहा, "वाशिंगटन की एक कम्पनी के साथ हमारी पार्टनरशिप चल रही है। हमको तुम्हारा आर्ट मँगता।" दरअसल वाशिंगटन की कम्पनी से उन्हें एक ऐसी पेंटिंग बनवाने का काम मिला था जिसके ज़रिये लोगों में देशभक्ति की भावना जगाई जा सके।

श्रीमान मोटरवाला अपने थुलथुल पेट को पिचकाकर बोले, "देखों साईं, हम तुमको यह काम सौंप रहा है जिसको तुम थर्टी डेज़ के अन्दर फिनिश कर डालो।" इस बार श्रीमान मोटरवाला अपना मुँह मेरे कान के पास ले जाकर बोले, "किसी को कहना मत यंग बॉय। यह पेंटिंग वहाँ अपोज़िशन पार्टी ने इलेक्शन के लिए मँगवाई है...तुम हिस्ट्री चेंज करनेवाला है।" इसके बाद श्रीमान मोटरवाला ने अपने एक हाथ को अपनी तोंद पर रखा और दूसरे हाथ से अपने रेशमी बालों में हाथ फिराकर बालों की कोमलता का जायजा लिया। "तुम्हारी मन्थली इनकम से फ़ाइव टाइम्स ज़्यादा है।" कहकर एक अमीर हँसी हँसते हुए, एक चैक मेरी चेक शर्ट की एकमात्र जेब में डाल दिया।

मैं पेंटिग शुरू करने से पहले बार-बार 'देशभक्ति' शब्द को दोहराता रहा। हर बार देशभक्ति शब्द अपने होंठों पर लाने से मेरा फ़ौजी जीवन और पापा का चेहरा मेरी आँखों के सामने घूमने लगता था। पापा सेना से बतौर कर्नल रिटायर हुए थे—निहायत ही नफ़ासतपसन्द, अनुशासनप्रिय और सिद्धान्तवादी इनसान।

इस पूरी कहानी में सिर्फ़ यही एक पंक्ति ऐसी है जिस पर आपको आसानी से यक़ीन हो जाएगा कि मेरी और पापा की कभी नहीं बनी। लेकिन मुझे इस बात का कभी मलाल नहीं हुआ कि मैं अपने पिता से हमेशा भागता रहा हूँ। उनसे नज़रें चुराना कब मेरी आदत में शामिल हो गया मुझे ख़ुद भी नहीं पता।

मैंने अपने जीवन के इस पहलू पर कभी भी विचार करना ज़रूरी नहीं समझा क्योंकि मैं जानता हूँ कि बाप-बेटे में अनबन सृष्टि का वैसा ही शाश्वत सत्य है जैसी कि मृत्यु।

शुरू के चार दिन मैंने देशभक्ति और पापा के बीच उलझे रहने में ही बर्बाद कर दिए। यह सवाल रात-दिन मेरे दिमाग़ में चलता रहा कि आख़िर मैं ऐसा क्या बनाऊँ, जिसे देखकर लोगों के अन्तर्मन में देशभक्ति की भावना कोयले पर सिंक रहे कबाब पर लगी चिकनाई की तरह पिघल जाए? अन्त में, मैं इस निष्कर्ष पर पहुँचा कि पापा को आदर्श मानकर मैं एक फ़ौजी का चित्र बनाऊँगा। फ़ौजी के पीछे कँटीली तारों की सरहद होगी और कँटीली तारों के पीछे सपाट बीहड़ रेगिस्तान। फ़ौजी के कन्धों पर बूढ़े-बच्चे,स्त्री-पुरुष और देश के अन्य नागरिक बैठे होंगे। फ़ौजी के दाएँ हाथ में बन्दूक तथा बाएँ हाथ में देश का राष्ट्रीय फूल होगा। फ़ौजी के होंठ बनाते समय नाक और ठुड्डी के बीच का उभार, रंग का उतार-चढ़ाव, रोशनी और छाया का सन्तुलन तथा चेहरे की तुलना में होंठ के क्षेत्रफल को कुछ इस तरह व्यवस्थित किया जाएगा कि उसकी मुस्कान में देश का गौरव और अभिमान नज़र आए।

मैं अपनी इस नई कलाकृति के सर्जन के लिए इतना ज़्यादा जोश-खरोश में था कि भूल गया कि मेरे आसपास रंगों की तिलस्मी गन्ध और उदास शामों का खालीपन अपना ताना-बाना बुन चुके हैं। पाओपाओ का दोस्ताना स्वभाव और नीतू का मेरी दुनिया में असाधारण हस्तक्षेप सौम्यता से स्वीकार किया जा चुका था। मैंने भयानक महिला की पेंटिंग अखबारों से ढककर स्टोर रूम में रख दी और एक नया कैनवास बालकनी में ले आया।

पच्चीस दिनों तक उँगलियों को ब्रश से टेढ़ा कर चुकने के बाद मुझे ध्यान आया कि आज उनतीसवाँ दिन है। श्रीमान मोटरवाला उस दिन, जितने व्यवस्थित और प्रभावशाली लहजे में बात कर रहे थे, इससे यह तो निश्चित था कि वे तीसवें दिन पहुँच जाएँगे। यह सोचकर मैं दोगुनी रफ़्तार से काम कर रहा था। पेंटिंग लगभग पूरी हो चुकी थी। इस पेंटिंग को बनाने में मैंने अपना सर्वक्षेष्ठ देने की पूरी कोशिश की थी। केवल मुस्कान को बनाने में ही, माफ़ कीजिएगा, गौरव और अभिमान से सजी-धजी मुस्कान को बनाने में

ही मुझे तीन दिन लग गए थे। इस पेंटिंग की परिकल्पना और पूरा करने की महत्त्वाकांक्षा ने मुझे मेरी कला के प्रति इतना एकाग्रचित्त कर दिया था कि मैं लाल शहतूत को काला करने का काम पाओपाओ से करवाने लगा था। पाओपाओ एक आज्ञाकारी सेवक की तरह इस काम को उतनी ही कामुकता से करता जितनी सघनता से मैं कर सकता था। लाल शहतूत को काला बनाने के बाद पाओपाओ जब फ़्लैट में वापस लौटता तब उसके मुँह को लाल-काले रंग से पुता देख कहीं उसका स्वामी ग्लानि से न भर जाए इसलिए वह तुरन्त बाथरूम में जाकर बाल्टी में मुँह घुसा अपना चेहरा साफ कर लेता था। मुझ पर पेंटिंग बनाने की धुन इस कदर सवार थी कि पाओपाओ की क्रियाओं पर मेरा बिलकुल भी ध्यान नहीं जाता था और न ही कभी मैं यह जानने की कोशिश करता था कि हर सुबह बाल्टी में रखा पानी पहले से अधिक गाढ़ा और मरून क्यों हो जाता है?

सामने बने पार्क में, एमसीडी के दो सफ़ाई कर्मचारी सूखी पत्तियाँ इकट्ठी कर जला रहे थे। जलाई जा रही पत्तियों से उठ रहा धुआँ हवा में मिलकर बालकनी के वातावरण को देहाती और गँवई बना रहा था। पेंटिंग लगभग तैयार थी इसलिए आज कई दिनों बाद नाकाम हो जाने के डर के विपरीत पेंटिंग को पूरा कर लेने के विश्वास ने मुझे एक प्रेमिल उन्माद से भर दिया था। मैं 'तनु वेड्स मनु' फ़िल्म का 'ए रंगरेज़ मेरे, यह कौन से पानी में तूने कौन-सा रंग घोला है' गुनगुना रहा था। पेंटिंग में कँटीली सरहद को आख़िरी टच-अप देने के बाद अब समय था कि पापा अपने बाएँ हाथ में देश का राष्ट्रीय फूल पकड़ें लेकिन पापा ने साफ़ मना कर दिया।

बहुत देर तक सोचते रहने के बाद मैंने कारण तलाश लिया। पापा ने छियासठ साल की अपनी ज़िन्दगी में सिर्फ़ मर्दानगी भरे काम ही किए थे, तो यह कैसे मुमकिन था कि वे ज़िन्दगी की सारी शानो-शौक़त को एक फूल पकड़कर मिट्टी में मिल जाने देते? यह दूसरी बार था जब मुझ मेरी ही पेंटिंग ने 'न' कहा था।

मैंने अपने शरीर में एक तीव्र कम्पन महसूस किया। ऐसा लगा जैसे रंगों की तिलस्मी गन्ध और उदास शामों का खालीपन मेरी त्वचा-छिद्रों को भर रहा है।

मुझे साँस लेने में इतनी दिक़्क़त होने लगी कि मैं सिर घुटनों के बीच दबाकर बैठ गया। इससे पहले कि मैं बेहोश होता पापा ने यह कहकर मुँह फेर लिया कि तुम्हें पेंटिंग बनानी आती ही नहीं।

मैं शान्त रहा। आख़िर कहता भी कहा। अपनी बदहवासी में लगातार टूटते रहने से बेहतर मुझे नींद की आग़ोश में जाना लगा। इस बार भी मैंने एक विचित्र सपना देखा। सपने में फिर वही बालकनी का दृश्य। पापा पेंटिंग में उन्नीस दिन से खड़े थे। रेगिस्तान की सूखी गर्मी ने उनके शरीर की गन्ध को नाक में ऊपर तक चढ़ जानेवाली बदबू में बदल दिया था। त्वचा को ख़ुश्क कर देनेवाली खुजलाहट ने उन्हें इतना परेशान कर दिया कि वे पेंटिंग से बाहर निकल आए। बालकनी से अन्दर प्रवेश करके हर दरवाज़े को खोलकर देखने लगे। वे नहाने के लिए गुसलखाना ढूँढ़ रहे थे। तपते बीहड़ रेगिस्तान की गर्मी से इस कदर खीज चुके थे कि बिना वर्दी उतारे ही बाल्टी में रखे पानी को जल्दी-जल्दी अपने शरीर पर डालने लगे। हड़बड़ाहट में तीन-चार जग अपने शरीर पर डालने के बाद जब उन्हें थोड़ा सुकून मिला तब उन्हें एहसास हुआ कि उनकी वर्दी चिपचिपे तरल पदार्थ से भारी हो रही है। पापा ने बाल्टी में झाँक कर देखा। मरुन पानी में उन्हें एक आकृति नज़र आई जिसे देखकर गुस्से से वह केवल इतना ही चीख पाए, "पाओपाओ।"

मेरी आँख जैसे ही खुली, मेरे कदम बालकनी की तरफ़ दौड़ पड़े। मेरी अन्तश्चेतना यह कह रही थी कि कल रात आया सपना बहुत कुछ बदलनेवाला है—कुछ ऐसा जो नहीं होना चाहिए। बालकनी में पाओपाओ पेंटिंग के चारों तरफ़ चक्कर लगा रहा था। मुझे देखते ही वह सहम गया और मेरे पास आकर पूँछ हिलाने लगा। पेंटिंग पर नज़र पड़ते ही मुझे झटका लगा। यह मंज़र दिल दहला देनेवाला था। पेंटिंग में पापा सिर्फ़ कच्छा पहने खड़े थे। उनके एक हाथ में बन्दूक थी और दूसरे में राष्ट्रीय फूल। पापा की सुर्ख लाल वर्दी कँटीली सरहद पर टँग रही थी जिसमें से मरून रंग का तरल टपक रहा था। मैं पेंटिंग के बिगड़े हुए स्वरूप से ज़्यादा इस बात पर हैरान था कि पापा ने आख़िर फूल पकड़ कैसे लिया और नग्न अवस्था में

भी एक फ़ौजी अभिमान और गर्व से सजी इस कुटिल मुस्कान को कैसे बरकरार रख सकता है?

मैं अन्दर किचन में गया। ब्रेड-ऑमलेट का बढ़िया नाश्ता तैयार करने के बाद मैंने फ्रिज खोलकर देखा। फ्रिज में गॉडफ़ादर बियर की दो बोतल रखी थीं। मैंने ब्रेड-ऑमलेट के साथ उन दोनों बोतलों को ख़त्म किया।

शाम को जब मैं उठा तब तक सारा मजमा मेरे फ़्लैट पर इकट्ठा हो चुका था। यह शाम ठीक वैसे ही गुज़र रही थी जैसे भयानक महिला वाली पेंटिंग के तैयार हो जाने के बाद गुज़री थी। हर कोई पेंटिंग की ही बातें कर रहा था। नीतू उस दिन की तरह ही सबको लहरा-लहराकर वाइन पानी पिला रही थी और धीरे से सबको कहती, "देखो तो, फ़ौजी की हालत को... हाहाहा...यह तो एक नम्बर का कार्टून लग रहा है।"

मैं जब इस मजमे में दाखिल हुआ, तब उस दिन "तो आप हैं वो बरखुरदार!" कहनेवाली उसी पतली बूढ़ी औरत ने चिल्लाकर कहा, "बरखुरदार, इस तरह का सौन्दर्यशास्त्र मैंने आज तक नहीं देखा। तुम्हारी यह पेंटिंग व्यक्त हुई दुनिया और अव्यक्त रह गई दुनिया के बीच की अनोखी कड़ी है।" मैं उसकी बात सुनने के बाद आगे बढ़ता हूँ कि सूट-बूट पहना वह अधेड़ उम्र का आदमी उस दिन की ही तरह अपने गले की ख़राश दूर करता हुआ कहता है, "तुम्हारी यह पेंटिंग भले ही अमूल्य और दुर्लभ है लेकिन अगर यह पेंटिंग इस अवस्था में किसी भी देश में पहुँची तो वहाँ गृहयुद्ध छिड़ सकता है।" मैं उसकी बात सुनकर प्रतिक्रिया में ठीक से मुस्करा भी नहीं पाया कि तभी वह फ़ोटोग्राफ़र मेरी आधी मुस्कराहट के साथ मुझे पेंटिंग के पास खींचकर ले जाता है और 'से चीज़' कहते हुए फिर से मेरी एक साथ पन्द्रह-बीस फ़ोटो उतार लेता है।

इन सबके बीच मैंने ध्यान दिया कि श्रीमान मोटरवाला तमाशबीनों की इस भीड़ में बीच सोफ़े पर बैठकर पेंटिंग की तारीफ़ कर रहे थे। लेकिन उनके सिगार पीने के अन्दाज़ में आज जितनी फ़ुर्ती थी और बातचीत करने के दौरान जितनी गति से उनका हैट ऊपर-नीचे हो रहा था उससे मुझे अन्दाज़ा हो गया कि वे मुझसे नाराज़ हैं। देर रात जब सारे मेहमान चले गए तब मैंने

उन्हें समझाने की कोशिश की कि उन्हें फ़ौज़ी की बेशर्मी पर नाराज़ होना चाहिए न कि मेरी। पर वे नहीं माने। ठीक उसी तरह दरवाज़ा पलटकर चले गए जिस तरह शिप्रा गई थी।

अगले दिन मैंने पेंटिंग को अखबारों से ढककर स्टोर रूम में रख दिया। श्रीमान मोटरवाला के भेजे गए लड़कों ने मुझसे चैक वापिस ले लिया।

मैं कुछ दिन एकान्त में रहना चाहता था इसलिए मैंने और पाओपाओ ने अपने आपको चार महीने के लिए फ़्लैट में बन्द कर लिया। इस बीच मैंने दो और पेंटिंग बनाईं। लेकिन इस बार कैनवास को बालकनी में रखने के बजाय अपने बेडरूम में रखा और ब्रश को रंगों में डुबाकर काम पर लग गया। यह अपनी पेंटिंग्स और उसकी करिश्माई आदतों को समझने की एक कोशिश थी।

सबसे पहले मैंने एक स्तनपान करते बच्चे की तसवीर बनाई जो पेंटिंग पूरी होने के अन्तिम दिन एक दैत्य में बदल गया। पेंटिंग के अन्दर यह दैत्य अपनी ही माँ को खा रहा था। दूसरी पेंटिंग एक ऐसे युवक की थी जो हिमालय के ग्लेशियर पर खड़े होकर कूदने की तैयारी कर रहा था। अन्तिम दिन क्लाइमेट चेंज की प्रक्रिया ने ग्लेशियर को पिघला दिया। दुर्भाग्य से युवक को तैरना आता था। पेंटिंग के अन्तिम स्वरूप में वह युवक विशाल समुद्र में तैर रहा था और समुद्र तट पर खड़ी चीयर-लीडर्स अपनी कामुक अदाओं से उसका उत्साह बढ़ा रही थीं।

चार महीने बाद मैंने अपनी बालकनी में कदम रखा। मेरी आँखों की पुतलियों के चारों तरफ़ ख़राब हो चुके अंडे की ज़र्दी चढ़ आई थी। आँखों के नीचे काले घेरे इतने प्रगाढ़ हो चुके थे कि इस बात में अन्तर करना मुश्किल हो रहा था कि आँखें अन्दर की तरफ़ धँसी हुई हैं या बाहर निकल आई हैं। बढ़ी हुई दाढ़ी और उलझे-बिखरे बाल, कई दिनों से न नहाने के कारण अघोरी बाबाओं की दाढ़ी और बालों की तरह पत्थर जैसे सख़्त हो गए थे।

चार महीने के इस एकान्तवास ने मुझे बुद्ध बना दिया था। मैं इस बात को अच्छी तरह समझ चुका था कि पेंटिंग पर मेरा कोई नियंत्रण नहीं है। पेंटिंग खुद को वैसा ही बनाती है जैसा उसको बनना होता है या फिर जैसा

कि पाओपाओ और रात को आनेवाले सपने चाहते हैं। मैं इस बात को भी समझ चुका था कि पेंटिंग की करिश्माई आदतें मेरी ज़िन्दगी तबाह कर रही हैं। इसीलिए मैंने रंगों की तिलस्मी गन्ध और उदास शामों के खालीपन की अनदेखी करनी शुरू कर दी थी। मैं भूल गया कि मैं एक चित्रकार हूँ।

मैंने फिर से स्कूल जाना शुरू कर दिया। बच्चों को पढ़ाने में एक अलग ही तरह का आदिम सुख मिलता था। उनके मासूम सवाल, शरारतें, किशोरावस्था में आने की हड़बड़ी और इस हड़बड़ी से की जानेवाली ग़लतियों के बीच एक शिक्षक की भूमिका निभाते हुए मैं ख़ुद को पहले से ज़्यादा व्यस्त और सन्तुष्ट महसूस करने लगा। शाम को कई किलोमीटर तक पाओपाओ के साथ घूमते और चहलकदमी करते हुए मैं इस दुनिया और इनसानों को समझने की कोशिश करता।

लाल शहतूत को काला करने में मेरी अब कोई दिलचस्पी नहीं रह गई थी। इससे भी आगे बढ़कर मैंने पाओपाओ का भी नीतू के घर जाना बन्द करवा दिया। दोपहर की झपकी के बाद बालकनी में बैठकर चाय की चुस्कियाँ लेते हुए मैं अपने पुराने दिनों को याद करता जब मैं शिप्रा के साथ अपने बुढ़ापे की कल्पना किया करता था। इन्हीं शामों में, मैं पाओपाओ को शिप्रा मानकर घंटों बातें करता रहता। मैंने सामान्य होने का पूरा प्रयास किया और अगर सच को झूठ की तरह न कहा जाए तो मैं पूरी तरह सामान्य हो ही गया था।

3

"हम अपनी क़िस्मत से लड़ तो सकते हैं लेकिन जीत नहीं सकते।" मैंने पार्क में सूखी पत्तियाँ जला रहे उन दो एमसीडी कर्मियों की तरफ़ चिल्ला कर कहा जब वे यह जानने को उत्सुक थे कि मैं पिछले चार महीने से कहाँ था? मेरे इस उत्तर पर उनमें से एक कर्मचारी ने पत्तियों को आग के पास समेटने के बाद बेलचा और पाँचा को एक-दूसरे में फँसाकर हँसते हुए जवाब दिया, "एक मशहूर पुरानी कहावत है सर—हम सब अपनी नियति से बँधे होते हैं। आपकी पेंटिंग्स और इस बालकनी को अब कोई जुदा नहीं कर सकता।"

उस कर्मचारी की कही इन्हीं बातों को सच साबित करने के लिए श्रीमान मोटरवाला ने मेरी फ़ोन की घंटी बजाई, "देखों साईं, हम अच्छे से जानता है कि तुम एक अच्छा चित्रकार है। यंग बॉय, यूरोपियन काउंसिल ऑफ़ आर्कियोलॉजिकल रिसर्च से एक बड़ा प्रोजेक्ट हाथ लगा है। जिसको तुम ही पूरा करेगा। आयरलैंड के नेशनल म्यूज़ियम के लिए हमको एक पेंटिंग माँगता जिसमें तुमको मुगल बादशाह औरंगज़ेब की कट्टरता और ज़ुल्म को रिफ़्लेक्ट करना है।" इतना सुनने के बाद मुझे रिसीवर रखने की आवाज़ आई।

ऐसा लगा जैसे किसी ने झिंझोड़कर मुझे विनाशकारी झंझावात के बीच खड़ा कर दिया हो। मैं विषाद से भर गया। चार महीने तक फ़्लैट में बन्द रहने के बाद ख़ुद को कैनवास से दूर रखने की सारी क़वायद सिर्फ़ इसलिए थी कि मैं ख़ुद को यक़ीन दिला सकूँ कि मैं चित्रकार नहीं हूँ। इन सबके बीच मेरे लिए सबसे ज़्यादा मुश्किल रहा था रंगों की तिलस्मी गन्ध और उदास शामों के खालीपन को बेवकूफ़ बनाना और अब, इतनी दूर निकल आने के बाद फिर से वही सब?

कुछ दिन उधेड़बुन में रहने के बाद, मैंने निर्णय किया कि चाहे परिणाम जो भी हो, मैं अब कैनवास और ब्रश को हाथ नहीं लगाऊँगा और सही मौक़ा देखकर श्रीमान मोटरवाला को मना कर दूँगा।

दो दिन बाद, मैं शाम को पार्क में चहलकदमी करके वापिस फ़्लैट में घुसा तो देखा कि पाओपाओ एक नए कैनवास को अपने मुँह में दबाए हुए खींचकर बालकनी में ले जा रहा था। "कैनवास से दूर रहो पाओपाओ" मैंने भाग कर उसके मुँह से कैनवास निकालते हुए कहा। कैनवास को अपने हाथ में उठाए हुए सहसा मेरे मन में एक विचार आया। यह एक शैतानी खयाल था, "कैसा रहेगा अगर इस बार एक प्रयोग किया जाए?" मैं शैतानी हँसी से हँसते हुए पाओपाओ की पीठ सहलाने लगा।

मैंने अमेज़न से औरंगज़ेब पर केन्द्रित कुछ किताबें मँगवाईं। इंटरनेट पर उपलब्ध कुछ रिसर्च पेपर डाउनलोड किए और इतिहास में थोड़ा-बहुत दख़ल देने के बाद पेंटिंग बनाने में जुट गया। इस बार मेरे दिमाग में कुछ

और ही चल रहा था। मैंने पेंटिंग को इस तरह बनाने को सोचा कि वह सच के बिलकुल विपरीत हो। वैसे भी इतिहास इस बात पर निर्भर करता है कि कौन इसे लिख रहा है न कि इस बात पर कि घटना कैसे घटी। इसलिए मुझे पूरा यक़ीन था कि पेंटिंग तैयार होने के अन्तिम दिन पाओपाओ और स्वप्न अपना काम कर जाएँगे और पेंटिंग वैसी बन जाएगी जैसी मैं चाहता हूँ। अपनी ही पेंटिंग को धोखा देने के अहंकार ने मुझे आत्मविश्वास से भर दिया। मैं अपने जीवन की सबसे महान पेंटिंग न सही लेकिन सबसे विचित्र पेंटिंग ज़रूर बनाने जा रहा था।

मैंने कैनवास को बालकनी में रखा। कैनवास का बैकग्राउंड तैयार करने के लिए पाओपाओ को रंग मिलाने का निर्देश देकर मैं किचन में कॉफ़ी बनाने चला गया। मेरे आने तक पाओपाओ ने कलर-प्लेट में बेस कलर तैयार कर लिया था। इस पेंटिंग में मैंने एक तरफ़ कुछ मन्दिर और एक तरफ़ कुछ मस्ज़िद बनाईं जिनके बीच में बैठा बूढ़ा औरंगज़ेब टोपियाँ सी रहा था। मन्दिर और मस्ज़िद में एक-एक दिया जल रहा था जिसकी लौ कैनवास के चारों खाने रोशन कर रही थी ताकि टोपी सीने के लिए पर्याप्त रोशनी का इन्तज़ाम हो सके। सिली हुई टोपियों का एक तरफ़ अम्बार लगा था जो एक कोण से देखने पर हिन्दुस्तान का नक्शा तो दूसरे कोण से देखने पर लाल किला प्रतीत होता था। पेंटिंग को पूरा करने में छप्पन दिन लग गए।

छप्पनवें दिन, मैंने पसीने से तर-बतर अपनी टी-शर्ट उतारी और बिस्तर पर लेट गया। मेरे सोने के बाद पाओपाओ हमेशा सारे दरवाज़े और सारी लाइट्स बन्द कर देता था, इसलिए मैं निश्चिन्त था। मुझे यक़ीन था कि कल जब श्रीमान मोटरवाला पेंटिंग लेने आएँगे तब वह पेंटिंग को देखकर इतना ख़ुश होंगे कि वे अपना हैट खूँटी पर टाँग कर कथक नृतक की तरह थिरकने लगेंगे और अपने चेहरे पर उड़ते रेशमी जनाना बालों में वे किसी अभिनेता से कम नहीं लगेंगे। आज रात आनेवाले स्वप्न को लेकर मैंने अनेक कल्पनाएँ की थीं। मुझे लगा था कि आज रात ऐसा सपना आनेवाला है जिसमें औरंगज़ेब अपनी टोपियाँ न बिकने से व्यथित होकर पेंटिंग से बाहर निकल आएगा। टोपियाँ बेचने के लिए जब वह मेरे फ़्लैट में ग्राहक ढूँढ़ रहा होगा

तब पाओपाओ चुपके से आकर उसकी टोपियों पर अपनी लार गिरा देगा। पाओपाओ की लार से कोई रासायनिक क्रिया होगी और टोपियाँ तलवार में बदल जाएँगी। पाओपाओ की इस नापाक हरकत पर गुस्सा होकर औरंगज़ेब उसी तलवार से पेंटिंग के मन्दिर गिरा देगा और बची हुई टोपियाँ खंडहर हो चुके मन्दिर को पहना देगा। अपनी इन कल्पनाओं से मैं इतना अधिक रोमांचित था कि बिस्तर पर लेटते ही मेरी आँख लग गई।

4

"जब हमें किसी चीज़ की चाहत नहीं होती तब वह चीज़ हमेशा हमें अपनाने को तैयार रहती है लेकिन वही चीज़ अगर हमारी पहली पसन्द बन जाए, हमारी विश लिस्ट में सबसे पहले उसका नाम हो तब उसका न तो कुछ अता होता है और न ही कुछ पता।" मैंने एमसीडी के कर्मचारियों की तरफ़ चिल्ला कर कहा जब वे मुझसे पूछ रहे थे कि मैं उनके द्वारा जलाए जा रहे सूखे पत्तों के इस ढेर में अपनी सारी पेंटिंग्स क्यों जलाना चाहता हूँ? मुझे लगा कि आग की तेज लपटों के बीच मेरी आवाज़ ठीक से पहुँच नहीं पाएगी।

"जीवन है सर जी! जीवन है।" उस कर्मचारी ने अपने पाँचा से पेंटिंग्स को आग की तरफ़ सरकाते हुए दार्शनिक उत्तर दिया।

दरअसल आज सुबह उठते ही मैंने अपनी सारी पेंटिंग्स को एक मोठरी में बाँधा और नीचे पार्क में सूखी पत्तियाँ जला रहे इन कर्मचारियों के आगे फेंक दिया था। कल रात न तो कोई सपना आया था और न ही पाओपाओ ने अपने मालिक की कल्पनाओं के अनुरूप शहतूत का कर्ज़ अदा किया था। पेंटिंग्स जलती जा रही थीं और जलती ही जा रही थीं। सुबह से दोपहर हुई और फिर दोपहर से शाम। जलती हुई पेंटिंग्स का धुआँ अपने साथ रंगों की तिलस्मी गन्ध और उदास शामों का खालीपन लेकर ऊपर उठ रहा था। मैं और पाओपाओ आग की उठती लपटों के बीच से निकलते धुएँ को इत्मीनान से देख रहे थे। सामने की बालकनी पर नीतू मेरी तरफ़ चाय का मग उठाकर मुस्करा रही थी।

अगले दिन सुबह, जब मैं स्कूल जा रहा था तब नीतू सीढ़ियों पर चढ़ रही थी। मेरे क़रीब आने पर उसने अपनी गति धीमी कर ली। आज फिर उसके बालों में पेंसिल फँसी हुई थी। "यह पेंसिल बहुत शार्प है।" मेरे मुँह से अनायास ही निकल गया।

उसने अपने बालों से पेंसिल निकाली और अपने बालों को खोलते हुए पूछा, "एक बात बताओ, तुम कल्पना में जीते हो या वास्तविकता में?"

"जब ख़ुश होता हूँ तब कल्पना में और जब दर्द महसूस करता हूँ तब वास्तविकता में।"

उसने दो सीढ़ियाँ ऊपर चढ़कर मेरी तरफ़ मुड़कर कहा, "स्कूल के बाद मैं चाय पर तुम्हारा इन्तज़ार करूँगी।"

"पर क्यों?" मैंने आख़िरी सीढ़ी उतरते हुए पूछा।

"लाल शहतूत को काला करने के लिए।" मैंने उसके इस जवाब पर पीछे मुड़कर देखा तब तक वह ऊपर जा चुकी थी।

दुनिया का पहला और आख़िरी सवाल

भंजनगर ओडिशा में है। यहाँ से गोपालपुर बीच लगभग सौ किलोमीटर की दूरी पर है। मैं गोपालपुर कभी नहीं गया था। मैंने बस सुना था कि वहाँ पर्यटननुमा बन्दरगाह है और तूफ़ान तथा चक्रवात, आने-जाने के लिए वहाँ अपना पास दिखाते हैं। पास दिखाने का चलन अभी हाल में ही शुरू हुआ है जब से देश में अवैध प्रवासियों के लिए डिटेंशन सेंटर बनाए गए हैं। सब लोग ख़ुश हैं क्योंकि अब अरबी या फिर फ़ारसी नाम वाले तूफ़ान और चक्रवात को नियंत्रित किया जा सकता है और जान-माल का नुकसान अब कम होगा।

मैं वहाँ जाना चाहता था क्योंकि मुझे समुद्र देखना था। लेकिन लोग इसलिए मुझे वहाँ नहीं ले गए क्योंकि मुझे समुद्र देखना था बल्कि इसलिए क्योंकि लोगों को लगने लगा था कि मैं दुनिया बदल सकता हूँ। मैं सोचता था कि अगर एक जहाज़ का इन्तज़ाम हो जाए जिसमें कुछ ज़रूरी अनाज, कुछ मुर्गे, दस-बारह मोटे-ताज़े बकरे, कपड़े-लत्ते और एक कप्तान के साथ बावर्ची बैठा हो तो मैं यात्रा ज़रूर शुरू करता।

मैं दुनिया बदल सकता हूँ इस बारे में लोगों का यक़ीन एकाएक शुरू नहीं हुआ बल्कि इसकी शुरुआत मेरे बचपन में हुई थी जब मैं खुद से पूछे जानेवाले सवालों का जवाब ज़ोरदार ठहाकों के रूप में देता था। लोगों को लगता था कि मैं कोई दार्शनिक हूँ या किसी मज़ार का फ़क़ीर। पर मैं एक डरपोक बच्चा था जो असफलता से डरता था। इसीलिए उत्तर देने के लिए लगनेवाले श्रम से बचते हुए मैं लोगों के दिमाग़ में घुसकर सवाल बदल देता था।

वह जून का महीना था और स्कूल बन्द थे। उसी महीने की एक चिलचिलाती गर्मी में जब बाहर आँगन का फ़र्श तवे जैसा जल रहा था तब

मैं ता-ता-थैया करता हुआ किसी तरह कमरे में दाखिल हुआ तो देखा एक मौलवी साहब दाँतों में खिलाल करते हुए अब्बू और अम्मी से बतिया रहे हैं। जैसा कि छोटे बच्चे को देखकर अमूमन होता है मौलवी साहब ने तुरन्त मेरे सामान्य ज्ञान का टेस्ट लेना शुरू कर दिया। मेरे पाँव अब भी जल रहे थे लेकिन तपिश को भूलकर मैंने मौलवी साहब के शातिर दिमाग को तुरन्त भाँप लिया और उनके दिमाग में घुसकर सवाल ही बदल दिया। वह पूछना चाहते थे कि अच्छा बताओ बच्चे, ईद क्यों मनाई जाती है? मैंने बदल दिया कि अच्छा बताओ बच्चे, इस बार ईदी में मिले रुपयों का किया?

उनके सवाल के बाद मैंने ज़ोरदार ठहाका लगाया। सबको लगा कि मेरे इस जवाब में (जबकि मैंने एक शब्द भी नहीं कहा) एक गहरा व्यंग्य छिपा हुआ है। मौलवी साहब बड़े ख़ुश हुए। हालाँकि उनके जाने के बाद अम्मी ने मेरी पिटाई लगाते हुए पूरे मोहल्ले को बताया कि देखो तो इस लड़के को अपने गरीब माँ-बाप से ईद में मिली ईदी का हिसाब माँग रहा है।

सवाल को बदलकर ठहाका लगाने की इस आदत का सबसे ज़्यादा फ़ायदा स्कूल में मिला। अब डर के मारे कोई भी शिक्षक मुझसे सवाल नहीं पूछता था। मेरे गणित के मास्टर साहब जो रूस से इंजीनियरिंग की पढ़ाई करके आए थे लेकिन सही नौकरी न मिलने की वजह से आठ हज़ार के वेतन पर स्कूल में मास्टर लग गए। खुद का मज़ाक़ उड़ने का जोखिम होने के बावजूद हमेशा मुझसे पूछते थे कि "मेरे बेवकूफ़ विद्यार्थी बताओ, अगर जनसंख्या यूँ ही बढ़ती रही तो आनेवाले पच्चीस सालों में भारत का क्या होगा?"

जब उन्होंने यह प्रश्न दोहराया उस समय वे रेनॉल्ड के पेन से कान में खुजली कर रहे थे। उसी पेन के रास्ते उनके दिमाग में घुसकर मैंने प्रश्न को बदल दिया। उनके मुँह से निकला, "मेरे बेवकूफ़ विद्यार्थी बताओ, अगर सारे इंजीनियर सच में इंजीनियरिंग करने लग जाएँ तो आनेवाले पच्चीस सालों में भारत का क्या होगा?"

मेरे ठहाके पर पूरी क्लास हँसने लगी। मास्टर साहब को उत्तर मिल गया। अगले दिन स्कूल जाने पर पता चला कि उन्होंने सदमे में नौकरी छोड़ दी है।

वह अपने रूस के कॉलेज को हवाई हमले में उड़ाने के लिए मिसाइल बनाने लगे। दरअसल उन्हें लग रहा था कि अगर उनका इंजीनियरिंग कॉलेज ही उड़ा दिया जाए तो बेरोज़गारी अपने आप खत्म हो जाएगी और उन्हें उनका बदला मिल जाएगा। उस समय देश की सरकार बेरोज़गारी के मुद्दे पर घिरी हुई थी इसलिए प्रधानमंत्री महोदय ने मास्टर साहब को कुछ ज़्यादा ही गम्भीरता से ले लिया और मिसाइल बनाने के लिए उन्हें देश की सर्वश्रेष्ठ अनुसन्धान संस्थान में नौकरी दे दी।

इस घटना के बाद स्कूल में यह अफ़वाह फ़ैल गई कि मैं बहुत सौभाग्यशाली हूँ। सीनियर लड़कियाँ मुझे अपना प्रेमी बनाना चाहती थीं और जूनियर लड़कियों में मेरा होमवर्क करने के लिए प्रतिस्पर्धा होने लगी। सभी शिक्षक मुझे घर पर ट्यूशन देना चाहते थे। लेकिन यह साबित करने के लिए कि मैं इस संसार से बुराई खत्म करने आया हूँ मैंने इस तरह के लाभों पर गौर नहीं किया।

चीज़ें ऐसे ही अपने नाटकीय होने का ऐश्वर्य प्राप्त करती हुई मद्धम गति से आगे बढ़ती रहीं। फिर महीनों बाद एक दिन जब सरदी के मौसम में चारों तरफ़ सर्द हवाएँ चलनी चाहिए थीं दिन के तीन बजे ही रात हो गई। चाँद निकल आया। अँधेरे में भी फूल खिल उठे। तभी अचानक आसमान से एक पारदर्शी ज़ीना निकला जैसा कि परियों की कहानी में होता है और फिर उस ज़ीने से एक फ़रिश्ता उतरा। उस फ़रिश्ते ने मेरा कॉलर पकड़कर मुझे हवा में लटका दिया। कहने लगा, "अब ठहाकों को छोड़ मेरे नन्हे जादूगर। सच में दुनिया बदल, वैसी ही जैसी इस दुनिया को होना चाहिए।" मैं प्रतिवाद करते हुए गुस्से से चीखा, "फ़रिश्ता कभी ऐसे बर्ताव नहीं कर सकता, क्या तुम शैतान हो?"

मेरे इस सवाल पर उसने मेरे ही टोटके का इस्तेमाल करते हुए ज़ोरदार ठहाका लगाया और मुझे पटकता हुआ वापस उसी ज़ीने से आसमान में गुम हो गया। उस दिन के बाद से मैं कभी मुस्करा नहीं पाया, ठहाका लगाना तो दूर की बात है। लेकिन उसके शब्द मेरे कानों में गूँजते रहे, "सच में दुनिया बदल, वैसी ही जैसा इस दुनिया को होना चाहिए।"

ये शब्द भले ही मेरे कानों में गूँजते रहे लेकिन अपनी बालावस्था से युवावस्था के बीच कदम रख चुकने के बाद भी मैं कुछ खास नहीं कर पाया। सिवाय इसके कि एक दिन मुझे देश के सर्वश्रेष्ठ अनुसन्धान संस्थान से मास्टर जी का पत्र मिला। उन्होंने मिसाइल तो बना ली थी लेकिन वे उसे अब तक उड़ा नहीं पाए थे। कुछ तकनीकी खामियाँ रही होंगी। चूँकि मैं उनके लिए सौभाग्यशाली रहा था, उन्होंने पत्र में मुझसे इल्तिजा की कि मैं उनके संस्थान आऊँ और उनका मार्गदर्शन करूँ।

वे काफ़ी बदल चुके थे। सफ़ेद दाढ़ी में पिचके हुए गाल साफ़ नज़र आ रहे थे। उन्होंने मायूसी से भरा सिगरेट का कश खींचा। अपनी मिसाइल दिखाते हुए मुझसे कहने लगे, "मेरे बेवकूफ़ विद्यार्थी। एक क्षण के लिए मुझे शक हुआ था कि कमी मेरी प्रतिभा में है लेकिन मैंने इंजीनियरिंग चाइना के किसी कॉलेज से नहीं की है जो मेरे भीतर के इंजीनियर के असली या नकली होने पर सन्देह किया जाए। अब तुम्हीं मेरा मार्गदर्शन करो।"

"सच में दुनिया बदलनी होगी, वैसी ही जैसी इस दुनिया को होना चाहिए।" मेरे मुँह से ये शब्द अनायास ही निकले।

मैंने अपनी इन्द्रियों पर ज़ोर लगाया और ध्यान की मुद्रा में कुछ घंटे बैठने के बाद उनसे कहा, "आपने अपने जीवन में सारे काम उल्टे किए हैं मास्टर जी। रूस से पढ़ाई करने के बाद भी कील को हथौड़े से पीटते रहे। आपको शोषितों का बकाया चुकाना होगा।"

उस शाम से ही उन्होंने अपनी मिसाइल में जगह-जगह हथौड़े रखकर उन्हें कील से ठोंकना शुरू किया। अपने जीवन के सभी उलटे कामों को सीधा करने की चाह में जब वे घर पहुँचे तो अपनी बेटी को रिमोट कंट्रोल कार से खेलता देख ठिठक गए। उन्होंने अपने बेटी के हाथ से रिमोट और कार लेकर, उसे टायर और डंडा पकड़ा दिया। उन्हें इस बात का विश्वास था कि डंडे से टायर को घुमाने के बजाय अगर टायर से डंडे को घुमाया जाए तो उनकी बेटी जीवन के चलायमान होने का गुण ग्रहण कर पाएगी।

अगले दिन जब कामवाली बाई उनके घर किसी कारणवश नहीं आई तो उन्होंने अपनी कामवाली बाई के घर जाकर बर्तन माँजने शुरू कर दिए।

जब शाम को ऑफ़िस से वापस लौट रहे थे तब अपनी कार के ड्राइवर को बकार्डी रम गिफ़्ट करते हुए खुद बीड़ी का सुट्टा मारने लगे।

मिसाइल के परीक्षण से एक दिन पहले वे अपनी पत्नी के पास गए और प्यार भरे चुम्बन की जगह अपना एटीएम कार्ड पकड़ाते हुए बोले कि मेरे पैसों पर तुम्हारे माता-पिता का भी उतना ही हक़ है जितना मेरे माँ-बाप का। पत्नी ने ख़ुशी में पनीर लबाबदार बनाया लेकिन कल होनेवाले मिसाइल परीक्षण की उत्सुकता में पनीर लबाबदार की ख़ुशबू से ही उनका पेट भर गया और वे चादर तानकर सो गए।

मिसाइल का परीक्षण सफल रहा। हालाँकि पूर्व प्रधानमंत्री ने जिस समय मास्टर जी को कुछ ज़्यादा ही गम्भीरता से ले लिया था उस घटना को लम्बा वक़्त बीत चुका है। अब हमारे प्रधानमंत्री बदल गए हैं। पहले से ज़्यादा माचो हैं। कड़े फैसले लेने के लिए जाने जाते हैं। लेकिन बेरोज़गारी की समस्या अब भी जस की तस। मास्टर जी भले ही मेरे मार्गदर्शन के बाद एक मनुष्य में परिवर्तित हो गए थे लेकिन अब भी वे रूस के अपने कॉलेज को लेकर आत्मकेन्द्रित थे। वे चाहते थे कि उनकी मिसाइल से सिर्फ़ और सिर्फ़ रूस वाले इंजीनियरिंग कॉलेज को ही उड़ाया जाए। उनकी ज़िद पर उन्हें भारत की संस्कृति की याद दिलाते हुए प्रधानमंत्री महोदय ने समझाया कि हम खुद से पहल कभी नहीं करते। हम वसुधैव कुटुम्बकम हैं। हम सबको गले लगाते हैं।

इन आदर्शवादी बातों को सुनकर मास्टर साहब मन मसोस कर रह गए। अब उनकी मिसाइल से देश के सभी इंजीनियरिंग कॉलेजों को गिराया जाने लगा। अखबारों में और टीवी में प्रधानमंत्री महोदय को इतने कड़े फैसले लेने के लिए धन्यवाद दिया गया। देश की जनता एक बार फिर ख़ुश हो गई क्योंकि अब तक सबको यही लगता था कि हथियार युद्ध करने के लिए नहीं बल्कि युद्ध रोकने के लिए ख़रीदे जाते हैं। लेकिन पहली बार जब देश में 'मेड इन इंडिया' मिसाइल बनी और उसका उपयोग बेरोज़गारी खत्म करने के लिए किया जाने लगा तो देश की जनता भावुक हो उठी। जनता ने एक ऑनलाइन पिटिशन चलाई कि लगे हाथ देश के बाकी शैक्षिक संस्थानों को भी गिरा दिया जाए। लेकिन प्रधानमंत्री महोदय समझदार आदमी हैं।

उन्होंने देश को सम्बोधित करते हुए कहा कि अगर एक ही बार में सारे शैक्षिक संस्थान गिरा दिए गए तो भविष्य में ख़रीदे और बनाए जानेवाले हथियार व्यर्थ हो जाएँगे। इसलिए यह समय संयम से काम लेने का है।

खैर, ये सब राजनीति और विकास की बातें हैं। मेरा इनसे कोई सम्बन्ध नहीं। सम्बन्ध केवल इतना है कि मास्टर साहब ने किसी यू-ट्यूब चैनल पर दिए इंटरव्यू में मेरा ज़िक्र किया था जिससे मैं मशहूर हो गया। अब लोग मेरे पास सलाह लेने आने लगे थे। लेकिन मशहूर हो जाने भर से पेट नहीं पाला जा सकता। मैंने रो-धोकर, खुद को रगड़-रगड़कर, घोर बेरोज़गारी के दिनों में भी, किसी तरह एक बैंक में सहायक की नौकरी पा ली थी। मुझे पहली पोस्टिंग यहीं मिली—ओडिशा के भंजनगर में।

यहाँ बारिश बहुत ज़्यादा होती है। पास में ही एक डैम है। आर्द्रता इतनी रहती है कि सुबह सात बजे भी पसीने से शर्ट गीली हो जाए और शाम होते-होते दिल तक को भिगो देनेवाली बारिश। मैंने बालकनी पर कपड़े सुखाना इसीलिए बन्द कर दिया क्योंकि ऑफ़िस से घर पहुँचते-पहुँचते सूखने के लिए रखे गए सारे कपड़े गीले ही मिलते हैं। पर क्या सिर्फ़ इसीलिए? नहीं, मुझे गप्प को दरकिनार करते हुए यह स्वीकारना चाहिए कि सिर्फ़ यही एकमात्र कारण नहीं था।

एक कारण और भी था।

एक दिन मैंने देखा कि बालकनी में एक कछुआ है उसकी उम्र के बारे में मेरी मकान मालकिन ने कहा, "यह देखने में सौ साल से कम नहीं लगता। अगर इसकी देखभाल अच्छे से करोगे तो अच्छी बीवी मिलेगी।... लेकिन कभी शहर की लड़की से शादी मत करना।" इतना कहकर वह अपने काम में व्यस्त हो गईं तो वह एक महत्त्वपूर्ण कारण, यह कछुआ ही था। इस कछुए की वजह से मैंने बालकनी में कपड़े सुखाने बन्द कर दिए थे क्योंकि मुझे भीतर से यह आत्मबोध होने लगा था कि मैं इस कछुए से इसका आकाश नहीं छीन सकता।

अच्छी बीवी मिलने की लालच में मैं कछुए की दिन-रात सेवा करने लगा। अगले महीने की पन्द्रह तारीख को मेरी मकान मालकिन रोते हुए मेरे पास आईं।

उन्होंने कछुए को ध्यान से देखा और उसकी पीठ पर हाथ फेरते हुए कहने लगी, "मुझे माफ़ करना, मैंने तुमसे इस कछुए की सेवा करवाई। मेरे बेटे को तो तुम जानते ही हो। नीलकंठ।" मैंने हामी में सर हिलाया।

"नीलकंठ की कुंडली में कुछ दोष है। उसकी आयु कम है जिसकी वजह से उसकी शादी नहीं हो पा रही है।" वह एक साँस में सब कहती चली गईं। "कुछ दिन पहले एक ज्योतिष आया था, उसने कहा था कि अगर मैं अपने घर पर, कछुए की सेवा, परिवार के अलावा किसी बाहर के व्यक्ति से करवाऊँ तो मेरे बेटे की आयु बढ़ जाएगी और उसका दाम्पत्य जीवन सुखी रहेगा।"

मैं उनकी बातें बहुत ध्यान से सुन रहा था। इस तरह के अन्धविश्वास में मुझे बचपन से ही दिलचस्पी थी। "तो फिर आप रो क्यों रही हैं? क्या इस बीच कोई अच्छा रिश्ता आया?" मैंने पूछा।

"हम्म...आया।" उन्होंने अपने आँसू पोंछते हुए कहा। "लेकिन कछुए की विशेषताएँ मेरे बेटे के अन्दर आ गई हैं। वह दीर्घायु तो हो गया लेकिन अब उससे चला नहीं जाता। वह कछुए की तरह आलसी हो गया है। चप्पल भी नहीं पहन पाता। सोफ़े पर पड़ा-पड़ा ऊँघता रहता है बस।...मैंने तुम्हारे बारे में बहुत सुना है कि तुम कुछ भी बदल देते हो।" इतना कहकर उन्होंने कातर निगाहों से मुझे देखते हुए अपने हाथ जोड़ लिए।

यह एक विकट समस्या थी। अगर इस घर से कछुए को निकाल देते तो नीलकंठ की आयु कम हो जाती और अगर इसे यहीं रहने देते तो नीलकंठ चलने को तैयार नहीं था। मेरी आँखों के सामने उस फ़रिश्ते का चेहरा घूमने लगा जब उसने कहा था। "सच में दुनिया बदल, वैसी ही जैसी इस दुनिया को होना चाहिए।" मैंने आँख बन्द करके घंटों ध्यान लगाने की कोशिश की। पर ध्यान लगा ही नहीं। मैं कछुए के पास गया और उसके पैरों में अपनी चप्पल डाल दी। मैंने एक हाथ ज़मीन पर रखा और एक झटके में ज़मीन को उल्टा कर दिया। यह एक करिश्मा था जिसे करनेवाला मैं ही था। उस वक़्त ऐसा लगा कि जैसे कछुए की चप्पल पर ज़मीन कूल्हे मटका कर खड़ी हो गई है। ज़मीन को उल्टा करने की इस घटना के बाद सब कुछ

एकदम से बदल गया था। आसमान नीचे था और ज़मीन ऊपर। हम सभी ज़मीन से चिपके हुए नीचे लटक रहे थे। ज़मीन खुद चलती थी और लोग अपने गन्तव्य तक पहुँच जाते थे। अब इस कछुए और नीलकंठ की तरह किसी को चलने की ज़रूरत महसूस नहीं हो रही थी। मेरी मकान मालकिन ने मुझे लाखों दुआएँ दी। अगले हफ़्ते सोफ़े पर बैठे-बैठे ही नीलकंठ का विवाह हो गया।

शुरुआती दिनों में सब ठीक रहा लेकिन ज़मीन और आसमान के स्थान बदल जाने से सम्पन्न लोग इस अपमान को सह नहीं पा रहे थे। ऊँची-ऊँची इमारतें अब नीचे झूल रही थीं और झोंपड़पट्टी ऊपर। यहाँ तक कि हवाई जहाज़ में सफर करनेवाले लोगों को यह एहसास अन्दर ही अन्दर मारे जा रहा था कि वह ज़मीन पर चलनेवाले लोगों को अब खिड़की से देख नहीं पा रहे हैं। दरअसल जब से ज़मीन ने खुद चलना शुरू किया था तब से हवाई जहाज़ या बुलेट ट्रेन की ज़रूरत रह नहीं गई थी लेकिन देश के सारे सम्पन्न व्यक्ति ज़िद पर अड़ गए थे कि अगर वे इन संसाधनों का उपयोग नहीं करेंगे तो उनमें और गरीबों में अन्तर क्या रह जाएगा।

एक वृद्ध रईस व्यापारी ने केवल इसलिए आत्महत्या कर ली क्योंकि दो सप्ताह बीत चुके थे लेकिन वह अपने पाँचवीं मंज़िल से भीख माँग रही बुढ़िया पर दस का नोट नहीं गिरा पाया। न्यूज़ चैनल्स ने बैकग्राउंड में एक उदास संगीत चलाते हुए बताया कि उस महान व्यक्ति ने हर दिन कोशिश की थी लेकिन हर बार दस का नोट गुरुत्वाकर्षण बल के कारण आसमान में गिरकर गुम हो गया।

इस करिश्मे के बाद पसीने में नहाते हुए और बारिश में भीगते हुए जब मैं नीलकंठ और उसकी नव-विवाहित पत्नी को सोफ़े पर प्यार करते हुए देखता था तब मैं कई बार आत्ममंथन की प्रक्रिया से गुज़रता था। मुझे खुद पर शक होता था कि क्या मैं सच में दुनिया को वैसी बना पा रहा हूँ जैसी इस दुनिया को होना चाहिए? चारों तरफ़ हायतौबा मची हुई थी। सरकार पर यह नैतिक दबाव था कि अगर स्थिति को पहले जैसा नहीं किया गया तो बड़े-बड़े व्यापारी बैंकों से लोन लेकर बिना चुकाए भाग जाएँगे।

एक-दो ने जोश में आकर ऐसा कर भी दिया। यह मात्र एक संयोग ही था कि जिस बैंक का पैसा लेकर भगोड़े भागे थे वह मेरा ही बैंक था। जहाँ मैं सहायक था।

बैंक दिवालिया घोषित हो गया और मुझे नौकरी से निकाल दिया गया। उन दिनों मेरी अम्मी की आँखों में आँसू रहते थे। मेरी नौकरी जाने के बाद अब्बू ने खाना खाना छोड़ दिया। उन्होंने मुझे फ़ोन पर बस इतना ही कहा कि मुसलमानों को इस तरह की ग़लती नहीं करनी चाहिए, तुमने बहुत ग़लत किया बेटे। उनकी काँपती आवाज़ में दर्द था और मेरे लिए फ़िक्र, लेकिन तब तक मेरी दुनिया बदलने के किस्से पूरे देश में छा चुके थे इसलिए मैं उनकी बातों के मर्म को समझ नहीं पाया।

अगले दिन जब नौकरी खो चुकने के बाद, मैं अपने भावी जीवन के लिए रणनीति बना रहा था, मैंने खिड़की से झाँक कर देखा, ऊपर लटकी हुई ज़मीन पर एक रोल्स रॉयस कार खड़ी थी और उसके आगे-पीछे आठ पुलिस की जिप्सियाँ साइरन बजा रही थी। प्रधानमंत्री स्वयं तो नहीं लेकिन उनके सचिव मुझसे मिलने आए थे। उन्होंने मुझे प्रस्ताव दिया कि मैं ज़मीन और आसमान को वापस उसी स्थिति में ला दूँ तो वे मुझे किसी और बैंक में नौकरी दिलवा सकते हैं।

मैंने ऐसा नहीं किया। भंजनगर प्रवास के दौरान जब अपना कहने के नाम पर मेरे पास सिर्फ़ मेरी मकान मालकिन और नीलकंठ ही थे जिन्होंने एक माँ और छोटे भाई की तरह मेरा खयाल रखा था, मैं उनके जीवन की ख़ुशियाँ छीन नहीं पाया। इसका खमियाजा मुझे बाद में भुगतना पड़ा। रासुका लगाकर मेरे छोटे भाई को दिल्ली में गिरफ़्तार कर लिया गया। उस पर आरोप था कि उसने बी.एस.सी. के दौरान गोल्ड मैडल हासिल करके साइंस जेहाद किया है। जिस शाम उसे फाँसी की सज़ा सुनाई जानेवाली थी उस सुबह ही तिहाड़ जेल में उसकी मौत हो गई। मैं अपने होशो-हवास में नहीं था। मैंने महसूस किया कि लाल चींटियाँ मेरे शरीर पर चल रही हैं और पाँच-छह गिरगिटों के झुंड ने मेरे पूरे सिर को खाना शुरू कर दिया है। मैं तेज़ क़दमों के साथ बालकनी की तरफ़ भागा और खौलते हुए पानी से भरे टब में उस

कछुए को डाल दिया। नीलकंठ सोफ़े पर पड़ा-पड़ा ही मर गया। अन्तिम संस्कार करते हुए उसे सोफ़े के साथ दफ़नाया गया क्योंकि जलाने के लिए शरीर में कुछ बचा नहीं था।

दोनों ही माँओं की आँखों में आँसू थे। एक तरफ़ मेरी अम्मी थीं जिनके बेटे की मौत की ज़िम्मेदार यह दुनिया थी। दूसरी तरफ़ मेरी मकान मालकिन, जिसके बेटे की मौत का एकमात्र कारण मैं था। आज भी इन दोनों घटनाओं को याद करता हूँ तो लगता है कि मैं और यह दुनिया एक ही हैं। बेशर्म और हत्यारे; दोनों विशेषताएँ एक साथ।

इन सभी घटनाओं के बाद मैं वापस दिल्ली आ गया था। अम्मी जानमाज़ पर थीं जब उनकी आँखों से बहनेवाले आँसुओं से घर में पानी भर गया था। मैं अपने गीले पाजामे को सुखाने के लिए छत पर आया। पाजामे को अलगनी पर सुखाने के बाद मैंने देखा कि उनके आँसुओं से पूरा घर भर गया है और पानी छत पर चढ़ रहा है। मैंने अपनी इन्द्रियों पर ज़ोर दिया और ध्यान की अवस्था में बैठकर उस फ़रिश्ते को याद किया। मैं बार-बार वे शब्द दोहरा रहा था, "सच में दुनिया बदल, वैसी ही जैसी इस दुनिया को होना चाहिए।" जब आँखें खुलीं तो सामने वही पारदर्शी ज़ीना था। मुझे इस बात की भी सुध नहीं थी कि मैं सिर्फ़ अपनी शर्ट और अंडरवियर में हूँ। मैंने अपने हथेली पर मुट्ठी भर अम्मी के आँसू लिए और सीढ़ियाँ चढ़ता गया। सातों आसमान पार करता गया।

"तो तुम आ गए!" वह अल्लाह की आवाज़ थी।

"मैं एक तोहफ़ा लाया हूँ।" मेरी खनख़ती आवाज़ में घृणा थी।

उस साल जब बारिश हुई तो आसमान से समुद्र का पानी नहीं बल्कि ज़माने भर की पीड़ाओं के आँसू बहे। मास्टर साहब ने बरसात की उस पहली बारिश में भीगते हुए अपने शरीर के अणुओं को (जो रूस का इंजीनियरिंग कॉलेज न गिरा पाने के रोष में धधक रहे थे) शान्त करके तृप्ति का अनुभव किया। कहीं भी सूखा नहीं पड़ा। यह भी आँकड़ों में दर्ज ही रहा कि उस साल फ़सल इतनी अच्छी हुई कि किसी भी किसान ने आत्महत्या नहीं की। बिना अतिशयोक्ति के मुझे यह ज़रूर कहना चाहिए कि इस संसार से मैंने आँसुओं

को खत्म कर दिया था। मछलियों के लिए इससे बड़ी ख़ुशी की बात और क्या हो सकती थी कि समुद्र का पानी अब सिर्फ़ उनका था। समुद्र में पानी का स्तर बढ़ जाने से ज्वार-भाटा शहर के अन्दर तक आने लगा था। समुद्री जीव ज़मीन पर लोटपोट करते आसानी से देखे जा सकते थे तब नीलकंठ की नवविवाहिता ने एक कछुआ उठाकर घर के दूसरे सोफ़े पर रख दिया।

उन दिनों यह अफ़वाह उड़ी थी कि मेरी मकान मालकिन ने अपनी बहू को तंत्र-मंत्र से मादा कछुए में बदल दिया है। लेकिन वास्तविकता केवल इतनी सी है कि मेरी मकान मालकिन ने आनन-फानन पंडित जी को बुलाकर, उस नए-नए पकड़े गए कछुए से नीलकंठ की नवविवहिता का विवाह करा दिया था।

मेरे भाई और नीलकंठ की मृत्यु के बाद जब दोनों माँओं की आँखों में मैंने सिर्फ़ आँसू देखे थे और अपने वालिद साहब की आवाज़ में एक टूटन का अनुभव किया था। अवसाद की इस लम्बी खिन्नता के बावजूद मुझे लगने लगा था कि मैं अब भी फूल खिला सकता हूँ। दुनिया को बदल सकता हूँ। उन सभी लोगों ने जिनके जीवन में आसमान और ज़मीन को पलटने के बाद ख़ुशियाँ आई थीं और जिन्होंने बारिश में पीड़ा से भरे आँसुओं को स्पर्श किया था, मुझे धन्यवाद देते हुए मेरे व्याख्यान का आयोजन किया।

व्याख्यान खत्म होने पर एक बेहद तेज़तर्रार और आकर्षक पत्रकार ने मुझसे पूछा, "अब आगे की क्या योजना है?"

"सच कहूँ तो मैंने ज़िन्दगी को हमेशा ऐसा बनाना चाहा कि जहाँ पहले अंडा आया या मुर्गी का झगड़ा खत्म हो जाए। मुझे झगड़ों से डर जो लगता था।" मैंने जवाब दिया। "अब मैं आगे इसी दिशा में काम करूँगा।"

सन्ताप और शोषण के बीच जीवित रहनेवाले प्राणियों को लग रहा था कि अगर इस सवाल का जवाब मिल जाए कि पहले अंडा आया या मुर्गी? तो सम्भव है कि दुनिया भर के सभी झगड़े समाप्त हो जाएँ और उनकी पीड़ाएँ आनन्द में बदल जाएँ। हर हारे हुए इनसान को एक मसीहा चाहिए होता है। फिलहाल वह मैं था। इसलिए आवेश में आकर मेरी दुनिया बदलने की यात्रा के इन्तज़ाम किए जाने लगे ताकि मैं दुनिया के

सबसे प्राचीन और कभी न सुलझाए जा सकनेवाले प्रश्न का उत्तर ढूँढ़कर सांसारिक द्वंद्व के उद्‌भव को समाप्त कर दूँ। इस तरह मेरा समुद्र देखने का सपना पूरा हुआ।

लगभग दो हफ़्ते की तैयारियों के बाद, गोपालपुर बीच पर हज़ारों की संख्या में लोग मेरा अभिवादन कर रहे थे और शुभकामनाएँ दे रहे थे। जब कप्तान ने लंगर खोला तो बावर्ची ने उसकी सहायता करते हुए पूछा, "समन्दर का पानी कुछ ज़्यादा ही नहीं बढ़ गया है? ऐसा लग रहा है जैसे धरती इतने सारे पानी को सँभाल नहीं पा रही है और इसमें सब कुछ समा जाएगा।"

कप्तान ने बावर्ची के कन्धे पर हाथ रखते हुए कहा, "क्लाइमेट चेंज।"

हम हिन्द महासागर में दक्षिण-पूर्व की ओर दो सौ किलोमीटर तक ही बढ़े थे कि पानी की अधिकता और तेज़ बहाव के कारण हमारा जहाज़ डूब गया। जहाज़ डूबते समय बावर्ची और कप्तान ने मुझसे कहा था कि उन्होंने अभी एक आकृति देखी है जो जहाज़ को डुबा रही है और बार-बार वह आकृति चिल्ला रही है, "सच में दुनिया बदल, वैसी ही जैसी इस दुनिया को होना चाहिए।"

कैफ़े कॉफ़ी डे

1

मैं उससे मुद्रा भवन की रेपट्री में मिला था। बंगाली मार्केट के सीसीडी (कैफ़े कॉफ़ी डे) में काम करते-करते जब कभी दिन बहुत उबाऊ हो जाते थे मैं अक्सर शाम को मंडी हाउस के एनएसडी, श्रीराम सेंटर या मुद्रा भवन घूम आया करता था। दिल्ली सबको प्यारी लगती है। लेकिन मैं सच कहता हूँ दिल्ली का अगस्त बहुत मनहूस होता है। बारिश अगर तेज़ हो जाए तो वक़्त अच्छे से गुज़र जाता है लेकिन हल्की बूँदा-बाँदी होने के बाद अगस्त के महीने में जो उमस होती है उसे झेलना वाकई बहुत मुश्किल हो जाता है। आप चाहें तो इस बात की गवाही मेरे सीसीडी के मालिक मिस्टर रंधावा से ले सकते हैं क्योंकि वे इस कहानी के, जो मैं आपको सुनाने जा रहा हूँ, कॉज़ एंड इफ़ेक्ट में से कॉज़ की भूमिका निभानेवाले हैं।

कॉज़ एंड इफ़ेक्ट से आपको अन्दाज़ा हो गया होगा कि मैं विज्ञान का छात्र हूँ। केमिस्ट्री में एम.फिल कर रहा हूँ। स्कॉलरशिप इतनी कम मिलती है कि सीसीडी में काम करना पड़ता है हालाँकि यह बताना इतना ज़रूरी नहीं है क्योंकि कहानी मेरे बारे में नहीं, उसके बारे में है। उसका नाम सबा जमाल है।

कोरोना के बाद दिल्ली में अनलॉक-2 चल रहा था। सीसीडी खोले महीना भर हो गया था लेकिन ग्राहक दिन में दो-चार ही आ रहे थे। मिस्टर रंधावा बिज़नेस लॉस की वजह से बहुत दुखी रहने लगे थे। वैसे उनसे ज़्यादा

दुखी मैं था क्योंकि लॉकडाउन के पिछले तीन महीने में मुझे कोई वेतन नहीं मिला था और सीसीडी की सेल न बढ़ने की सूरत में नौकरी जाने का खतरा था। मिस्टर रंधावा ने मुझे गेट पर खड़े होने की ड्यूटी दी थी ताकि मैं राह चलते सम्पन्न लोगों को लुभावने ऑफ़र्स के बारे में बता सकूँ और वे खुद बिलिंग काउंटर पर बैठ गए। ऑफ़र था—दो कैपुचिनो लेने पर या दो क्रैपे लेने पर या फिर दो मोका लेने पर एक बर्गर मुफ़्त। बारिश बहुत कम होकर लगभग-लगभग रुक चुकी थी और मैं पसीने में नहा रहा था। जैसा कि मैं आपको पहले ही बता चुका हूँ दिल्ली में अगस्त का यह महीना नाकाबिले बर्दाश्त होता है। अन्दर सीसीडी में भले ही एसी चल रहा था लेकिन बाहर बहुत ज़्यादा उमस थी और मैं थकान का अनुभव करने लगा था। मैं थककर वहीं सीमेंटेड चबूतरे पर बैठ गया।

एक भीगी बिल्ली, जो बहुत देर से गीली सड़क पर बैठकर अपने नाखूनों से बाल सँवार रही थी, ने मुझे देखकर म्याऊँ कहा। मैंने भी उसे म्याऊँ कहते हुए पूछा, "तुम्हें नहीं लगता कि हवाएँ भी आजकल देश की सरकारों की तरह हो गई है—इतने झूठे वादे कोई कैसे कर सकता है?"

हमेशा सन्तुलित रहनेवाले लोगों की तरह भीगी बिल्ली को भी शायद यह बात पसन्द नहीं आई। वह उठ खड़ी हुई और कैटवॉक करते हुए सड़क के बीचोबीच चलने लगी। उसके चलने में सम्मोहन था। वह एक कूल्हे के बाद दूसरा कूल्हा इस तरह उठा रही थी जैसे कोई बड़ी साफ़गोई से एक अंडे के ऊपर दूसरा अंडा रख रहा हो। अगर मैं बिलौटा होता तो निश्चित रूप से वहीं स्खलित हो जाता। ऐसा अमूमन मेरे साथ नहीं होता है लेकिन मेरा अन्तर्मन कह रहा था कि यह बिल्ली दैवीय है। मेरे कदम अपने आप उसके पीछे-पीछे चलने लगे। मंडी हाउस के गोलचक्कर को बड़ी सावधानी से पार करती हुई वह अचानक से मुद्रा भवन के प्रांगण में गायब हो गई।

मेरी शिफ़्ट खत्म हो चुकी थी। अनलॉक-2 में मैट्रो बन्द थी। संक्रमण से बचता-बचाता, मैं तीन बस बदलकर अपने घर पहुँचा। खाना नहीं खाया। रात भर उसी बिल्ली के बारे में सोचता रहा।

2

अगले दिन फिर मैं राह चलते सम्पन्न लोगों को लुभावने ऑफ़र्स के बारे में बताने के लिए बाहर ड्यूटी दे रहा था। धीमी बारिश के बाद ज़मीन से गर्मी का भपका निकल रहा था जैसे किसी ने गरम तवे पर पानी छिड़क दिया हो। संयोग से कल ही की तरह, मैं पसीना पोछते हुए सीमेंटेड चबूतरे पर बैठ गया और वह बिल्ली कैटवॉक करती हुई मेरे पास आई।

"मैं आज ऐसा कुछ नहीं कहूँगा जो तुम्हें पसन्द न आए।" मैंने बहुत विनय के साथ उससे कहा। "देखो, मुझे जानवरों में कभी दिलचस्पी नहीं रही है। बहुत पहले जब मैं छोटा था तब मेरे हाथ पर बन्दर ने और पैर में कुत्ते ने काट लिया था। तब से मैं जानवरों से दूर ही रहता हूँ।"

मेरी इस बात पर उसने "म्याऊँ" कहा।

"अच्छा तो तुम सोच रही हो कि बिल्ली ने क्या बिगाड़ा है? बताता हूँ।" मैंने एक गहरी साँस ली और कहना शुरू किया। "मैं सात साल का था और स्कूल से आने के बाद मेरी माँ मुझे खाना परोसकर दोपहर की नींद लेने के लिए दूसरे कमरे में चली गई। खाने में कढ़ी-चावल थे। तभी एक बिल्ली आई जो बिलकुल तुम्हारे जैसी थी उसने बिना कुछ कहे मेरी प्लेट में रखी कढ़ी को देखकर मेरे मुँह पर पंजा मारा। तुम मेरी नाक पर बने इन तीन निशानों को देख सकती हो जो खरोंच जैसे दिखते हैं।" मैंने उसे अपनी नाक दिखाते हुए कहा। "लेकिन मैं नहीं जानता क्यों? पर तुमने मुझे आकर्षित किया है।"

मैं उसके पास गया और उसे सहलाते हुए गोद में उठा लिया। "क्या तुम मेरे साथ रहना चाहोगी?"

यहीं से कारण और प्रभाव की अवधारणा इस कहानी में आकार ग्रहण करती है। मिस्टर रंधावा बहुत गुस्से में मेरे सामने खड़े थे। "तू याँ इत्थे बिल्ली के साथ मटरगश्ती कर्रा ऐ। जबकि तुझे ऑफ़र्स बताने का काम दिया है मैंणे। गल सुण मेरी। कोई और ओत्ता न मेरी जगा तो अब तक तुझे नौकरी ते निकाल चुका ओत्ता। वो तो हम सरदार हैं। रहमदिली हमारे खून में है।"

उन्हें इतना गुस्सा होते हुए मैंने कभी नहीं देखा था। तारीफ़ की बात नहीं है वे सचमुच बहुत रहमदिल इनसान हैं। सम्भव है यह कोरोना और लॉकडाउन के कारण हो।

उन्होंने मुझसे गुस्से में कहा कि अगर आज मैं एक भी ग्राहक ढूँढ़कर नहीं लाया तो कल से काम पर आने की ज़रूरत नहीं है।

यह सब कुछ बहुत अप्रत्याशित था। मैं ठगा-सा रह गया। मैंने अपने हाथ ढीले छोड़ दिए। वह बिल्ली तुरन्त मेरे हाथों से फिसलकर नीचे उतर गई। कुछ कदम आगे बढ़कर उसने पलटकर मुझे देखा और म्याऊँ कहकर वैसे ही कैटवॉक करने लगी जैसे वह कल चल रही थी।

मैं उसके पीछे-पीछे चलता रहा। मेरी नज़र उसके कूल्हों पर थी। कल ही की तरह वह फिर मुद्रा भवन में गायब हो गई लेकिन इस बार मैं भी हिम्मत करके अन्दर घुस गया। अन्दर आकर मैंने देखा कि वह एक गोरी-चिट्टी-पतली लड़की की गोद में चढ़ी हुई है। यही सबा जमाल है। इस कहानी की नायिका। वह यहाँ मुद्रा भवन की रेपट्री में काम करती है। एक सम्भ्रान्त परिवार से सम्बन्ध रखनेवाली सुन्दर लड़की जो न केवल बिल्ली पालती है बल्कि उसे अपने साथ लेकर घूमती भी है।

"क्या यह बिल्ली आपकी है?" मैंने उससे पूछा।

"अच्छा तो वह आप ही हैं। इस बिल्ली का नाम कीनू है। इसने कल मुझे आपके बारे में बताया था।"

"मेरे बारे में?" मैं मन ही मन सोच रहा था कि क्या यह बिल्ली सच में बोल सकती है। "लेकिन क्या बताया?"

"अच्छा, आप जानना चाहते हैं? सच कहूँ तो मेरे पास अभी वक़्त है और मुझे चाय पीने का मन कर रहा है। हमारे डायरेक्टर सर को आने में अभी समय लगेगा। रिहर्सल एक घंटे बाद होनेवाली है।"

"मुझे नहीं लगता कि यहाँ-वहाँ टपरी पर चाय पीना सेफ़ होगा। अभी कल ही पता चला कि साहित्य अकेडमी के पास वाली टपरी पर चाय पीने से पन्द्रह लोग कोरोना पॉज़िटिव हो गए।...मैं यहीं पास के सीसीडी में काम करता हूँ। अभी ऑफ़र चल रहा है...दो कॉफ़ी पर एक बर्गर फ्री।"

हम भाग्य की जटिलताओं को कितना भी क्यों न कोसते हों पर कई बार बिलकुल ऐन वक़्त पर सही मौका हमारे हाथ लग ही जाता है। यही मिस्टर रंधावा के कॉज़ का इफ़ेक्ट था कि अपनी नौकरी बचाने के लिए मैंने झूठ बोला।

वह और मैं गीली सड़क पर उमस के थपेड़े अपनी त्वचा पर महसूस करते हुए सीसीडी के अन्दर आ गए। "सरदार जी, दो कैपुचिनो विद वन फ्री बर्गर।" आप इसे लड़की साथ होने पर तेवर बदल जाना कहिए या बदला लेने का सही मौका। लेकिन अपने ही कैफ़े में, जहाँ मै काम करता हूँ मैंने यह आर्डर, चीखते हुए दिया।

मिस्टर रंधावा ने पहले तो मुझे घूरते हुए देखा और फिर कान के पास आकर मुझसे पूछने लगे, "बेटा एक बात बताइए, सर्व कौन करेगा? वेटर तू है या मैं?"

"यह कस्टमर आई ही इस शर्त पर है कि मैं इसके साथ कॉफ़ी पियूँ। आप गोलू (सीसीडी में मेरा सहकर्मी) से सर्व करवा लो।" मैंने मिस्टर रंधावा से अपनी असमर्थता जताते हुए प्यार से उनके कान में कहा।

"हवाएँ सरकारों की तरह झूठे वादे नहीं करती। देखो बाहर आँधी चल रही है।"

"ह.. अ ...क्या?" मैं चौंक गया था, मैंने खुद को समझाया कि मुझे खुद को थोड़ा समझदार दिखाना चाहिए। मैं बहुत बचकानी हरकतें कर रहा हूँ। ऐसे नहीं चलेगा।

"यही बताया था मुझे कीनू ने। आप पूछ रहे थे न कि कीनू ने क्या बताया है।" उसने सारा बर्गर कीनू को दे दिया।

"तो क्या यह बिल्ली हमेशा से बोलती आई है? मुझे पता है यह अजीब सवाल है लेकिन मैं पूछे बिना रह भी नहीं पा रहा।" मैंने ग्लानि के भाव के साथ शर्माते हुए पूछा।

"नहीं, हमेशा से तो नहीं।" वह बताती रही और शून्य में खो गई। "उन दिनों मैं अवसाद में थी। अवसाद समझते हो न? जब आपकी सोशल लाइफ़ को देखकर लोग समझते हैं कि आप माउंट एवरेस्ट फ़तह

करनेवाले हैं लेकिन आप अन्दर से एक ऐसे बीहड़ टापू पर खड़े होते हैं जिसे स्पेसशिप से प्लूटो पर छोड़ दिया गया हो। तब मैंने एक थिएटर ग्रुप ज्वाइन किया था और फिर मैं एक ऐसे व्यक्ति से मिली जिसने मुझे यह एहसास कराया कि सारा खेल दिमाग का है। हम जो चाहें वह पूरा हो सकता है। मैंने चाहा कि कीनू बोले। मुझसे बात करे... और देखो न। यह बोलने लगी।"

अब तक आप ही की तरह मुझे भी लग रहा था कि इस कहानी का नायक मैं हूँ फिर सबा ने फ़रहान आलम के बारे में बताया। मुझे बुरा लगा। मैं चुप हो गया।

3

इस कॉफ़ी के बाद हम महीनों नहीं मिले। कोरोना खत्म नहीं हुआ था लेकिन लोगों के अन्दर से डर निकल गया था। इस दौरान कीनू हमेशा मुझसे मिलने आती रही। मैंने उससे बात करना सीख लिया था। "इस दुनिया में ऐसा कुछ नहीं है जिसे सीखा जा सके। हमें सब कुछ पहले से ही आता है हमें बस उस पहले से आते हुए को खोजना होता है।" मैं कीनू की बातें ध्यान से सुनता था। हालाँकि वे मुझे कम ही समझ आती थीं। उससे की जानेवाली बातों में जो मुझे सबसे ज़्यादा उत्तेजित करती थी वह थी सबा। वह मुझे सबा के बारे में रोज़ बताती थी। वह एक बिल्ली थी, नज़ाकत से भरी हुई, दार्शनिक बातें करनेवाली, जिसे बर्गर और कोल्ड कॉफ़ी बहुत पसन्द था। मिस्टर रंधावा से नज़रें बचाकर मैं उसे कभी बर्गर तो कभी कोल्ड कॉफ़ी पिलाया करता था।

एक दिन उसने कोल्ड कॉफ़ी का आख़िरी सिप लेते हुए अचानक से कहा, "तुम्हें सबा से प्यार हो गया है। तुम उसे बता क्यों नहीं देते?"

"अच्छा।" मैं झेंप गया।

"पर याद रखना, जिस दिन हम प्यार का इज़हार कर देते हैं उस दिन से प्यार का रोमांच खत्म हो जाता है। तुम्हें सबा पहले जैसी कभी नहीं लगेगी।"

उसने अपनी कॉफ़ी ख़त्म की और उसी सम्मोहन के साथ अपनी चाल चलती हुई गुम हो गई।

अगले दिन सुबह, सीसीडी खुलने से पहले मैं मुद्रा भवन की रेपट्री में गया। नवम्बर के इस महीने में हल्की ठंड थी और धूप इतनी तेज़ कि मेरी परछाईं जब कीनू पर पड़ी तो वह उठ के बैठ गई। कीनू ने बताया कि सामने बरगद के पेड़ की हल्की बिछी छाँव में प्रेमचन्द की मशहूर कहानी 'कफ़न' के नाट्य रूपान्तरण का अभ्यास चल रहा है। सबा मुख्य भूमिका में है और वह मफ़लर पहने, लम्बा-छरहरा-पतला व्यक्ति इस नाटक का निर्देशक है—फ़रहान आलम।

आपने अपने जीवन में कुछ इस तरह के दानवीर ज़रूर देखे होंगे जो दूसरों के जीवन में प्रकाश लाने के लिए अपना सब कुछ लुटा देते हैं। लोग वह प्रकाश पाने के लिए हर सम्भव प्रयास करते हैं और अन्त में अपना मतलब निकल जाने के बाद उनकी पीठ पीछे उन्हें सिरफिरा, बेवक़ूफ़ और ढोंगी कहकर किनारा कर लेते हैं। आगे की कहानी कहने से पहले मुझे आपको यह ज़रूर बताना चाहिए कि फ़रहान आलम इसी तरह का इनसान है। कीनू ने मुझे बताया कि दूरदर्शन की सरकारी नौकरी छोड़ने के बाद उसने अपना सारा समय युवाओं को उनके जीवन की सार्थकता बताने के लिए व्यतीत कर दिया और अब उसे यह नहीं पता कि वह किस समय में जी रहा है। समय को याद रखने का उसने एक अजीब तरीका विकसित किया है, हर एक घंटे पर उसे सिगरेट की तलब होती है। समय को याद रखने के लिए वह हर दूसरे घंटे पर एक-एक सिगरेट बढ़ाता जाता है।

"तो यानी वह एक दिन में तीन सौ सिगरेट पीता है?" मैंने अपनी उँगलियों पर गिनते हुए हैरानी से पूछा।

"हाँ, मुझे लगता है कि उसे जादू आता है या उसके शरीर ने सिगरेट के ख़िलाफ़ प्रतिरोधक क्षमता विकसित कर ली है।" कीनू ने उबासी लेते हुए जवाब दिया।

सबा मुझे देखकर बहुत ख़ुश हुई। उसने मुझे फ़रहान आलम से मिलवाया। वे एक बेहद ख़ुशमिज़ाज आदमी थे। 'था' की जगह 'थे' इसलिए क्योंकि

वे मुझसे और सबा से दस-बारह साल बड़े थे। उन दिनों मैथेड एक्टिंग पर काम कर रहे थे। कीनू ने बताया था कि उन्होंने मैथेड एक्टिंग पर प्रयोग करते हुए अपने एक अभिनेता से सच में चोरी करवाई थी ताकि वह चोरी करने के दौरान महसूस होनेवाले डर को हूबहू रंगमंच पर उतार सके। उनके बारे में यह अफ़वाह थी कि पिछले साल उन्होंने अपनी अभिनेत्री के साथ उसकी रज़ामन्दी से शारीरिक सम्बन्ध बनाए थे क्योंकि नाटक में अभिनेत्री को कौमार्य भंग होने के तुरन्त बाद उत्पन्न होनेवाली परिस्थितियों का अभिनय करना था।

"तुम्हारे अन्दर एक तूफ़ान चल रहा है या तो तुम खुद इस तूफ़ान में विस्मृत हो जाओगे या यह दुनिया।" उन्होंने मेरी तरफ़ देखते हुए सबा से कहा। "इसका ध्यान रखना।"

"मैंने सुना है आपको जादू आता है। मेरे अन्दर के तूफ़ान को आपने कैसे भाँपा? क्या आप कोई नजूमी हैं?" मैंने कुछ-कुछ आश्चर्य और कुछ-कुछ जिज्ञासा से उनसे पूछा।

"नहीं, मैं कोई ज्योतिषी नहीं। बस एक अच्छा ऑब्ज़र्वर हूँ।" इतना कहकर उन्होंने अपना मफ़लर ठीक किया, एक साथ नौ सिगरेट जलाईं (उस वक़्त सुबह के नौ बज रहे थे) और समय से तेज़ रफ़्तार पकड़कर वहाँ से उड़न छू हो गए।

इसके बाद सबा कई बार सीसीडी आई। हमने कॉफ़ी पी और हमेशा दोस्त रहने की कसमें खाई। कीनू का कहना था कि सबा मुझे पसन्द करने लगी है पर वह फ़रहान आलम को भी पसन्द करती थी। मैं प्रेम के मामले में हमेशा से कमज़ोर और दुर्भाग्यशाली रहा हूँ। मैंने कई बार सबा को सब कुछ बताने की कोशिश की लेकिन हर बार कीनू की वह बात मुझे आगे बढ़ने से रोक देती थी कि फिर तुम्हें सबा पहले जैसी कभी नहीं लगेगी।

4

2020 खत्म हो चुका था। एक ऐसा साल जिसे हर कोई अपनी स्मृतियों से मिटा देना चाहता था। मेरे पास भी इस साल को याद करने की कोई

मुनासिब वजह नहीं थी सिवाय इसके कि इस शापित साल में मैं सबा का दोस्त बना। इस नए साल पर ग्राहकों के भीतर सकारात्मक ऊर्जा का संचार करने के लिए, मैं सीसीडी को सजा रहा था। सबा काले रंग के लॉन्ग कोट पर सफ़ेद बेल्ट पहने मेरे पास आई। लम्बे कोट में वह और भी लम्बी दिखती है। ठंड की वजह से उसकी नाक और गाल लाल हो चुके थे।

"तुम अच्छी लग रही हो। टमाटर और गाजर की तरह लाल-लाल। हैप्पी न्यू ईयर, सबा!" मैंने ख़ुशी से चहकते हुए कहा।

"मुझे टमाटर और गाजर नहीं स्ट्रॉबेरी पसन्द है।" वह हँसी। "हैप्पी न्यू ईयर यू टू। लेकिन अभी मुझे तुम्हारी ज़रूरत है। मतलब...हमें तुम्हारी ज़रूरत है।" वह एक साँस में सब कहती चली गई। "तुम जानते ही हो हम 'कफ़न' की प्रैक्टिस कर रहे थे। जो इस नाटक में माधव का रोल कर रहा था उसे कोरोना हो गया है फ़रहान सर चाहते हैं कि तुम माधव का रोल करो। तुमने कई बार प्रैक्टिस भी देखी है तो तुम रोल निभा सकते हो।"

मैं भौचक्का रह गया। इस तरह के प्रस्ताव के लिए तैयार नहीं था। मैं किंकर्तव्यविमूढ़-सा उसे देखता रहा।

"क्या? कुछ बोलो भी अब।"

"कुछ नहीं। मैं यहाँ काम करता हूँ। सीसीडी कौन सँभालेगा? मिस्टर रंधावा अभी तो बिलकुल छुट्टी नहीं देंगे। न्यू ईयर पर सीसीडी की सेल बढ़ती है।" मैंने अपनी असमर्थता जताई।

कुछ देर सोचने के बाद सबा ने कीनू का नाम सुझाया। मिस्टर रंधावा शुरू में तो नहीं माने लेकिन जब कीनू ने उनसे बात की तो उसके सम्मोहन ने उन्हें विश्वास दिला ही दिया कि कीनू मुझसे अच्छा काम कर सकती है।

हमारी प्रैक्टिस शुरू हो चुकी थी। दो दिन में ही मैंने सारे संवाद याद कर लिए। अभिनय के बारे में मैंने जितना सोचा था यह उससे कहीं ज़्यादा मुश्किल निकला। प्रैक्टिस के पहले दिन ही जब फ़रहान आलम ने नब्बे

की बम्बइया फ़िल्मों के हीरो की तरह अपने लम्बे कोमल बाल झटकते हुए बताया, "अभिनय संवाद में नहीं संवाद के बीच उपस्थित मौन में है। फील द पॉज़।'' मैं खुद को इंटीग्रेशन और डेरीवेशन की क्लास में बैठा किसी प्राइमरी स्कूल के बच्चे जैसा महसूस करने लगा।

"लेकिन कैसे?"

इस प्रश्न के उत्तर में फ़रहान आलम ने मेरा एक हाथ पकड़ लिया और दूसरा हाथ सबा को पकड़ने को कहा। सबा ने मेरी आँखें बन्द कर दीं। "ठीक से बन्द करो और हाथों को ऐसे पकड़ो कि महसूस कर पाओ इनसानी गर्माहट को।" सबा ने मुझे अध्यापिका की तरह सारे दिशा-निर्देश समझाए।

"क्या पूछा अभी तुमने? लेकिन कैसे! यही न?" अब फ़रहान आलम ने बोलना शुरू किया। "ठीक वैसे ही जैसे गहरी नींद से उठने के बाद तुम सुबह को महसूस करते हो। ठीक वैसे ही जैसे बहुत तेज़ दिल धड़कने पर किसी अनहोनी का पूर्वानुमान कर लेते हो। यह फ़रहान आलम की आवाज़ नहीं है यह एक शख्सियत है सिर्फ़। महसूस करो उस आत्मा को जो इस आवाज़ से तुम्हें पुकार रही है।"

प्रैक्टिस का पहला दिन तीन घंटे तक एक-दूसरे का हाथ पकड़े-पकड़े खत्म हो गया।

मुझे उनसे ईर्ष्या थी सिर्फ़ इसलिए नहीं क्योंकि सबा उनके क़रीब थी, इसलिए क्योंकि वह अपनी ओर खींचते थे। उनके पास धर्मगुरुओं की तरह अनुयायियों की भीड़ थी। अनुयायियों की यह भीड़ फ़रहान आलम की जितनी इज़्ज़त करती थी उतनी ही नफ़रत भी। उनकी भारी-भरकम आवाज़ में दुनिया-जहान के लतीफ़े थे जो ना केवल इतिहास को मोड़ने की ताक़त रखते थे बल्कि हँसने की आदिम शक्ति को धता बताकर अपना दीवाना बना लेते थे।

शुरुआती दो दिनों में मुझे लगा कि वे अनिश्चितताओं को जीनेवाले एक लापरवाह व्यक्ति हैं लेकिन पल-पल चौंकाने की उनकी आदत हर दिन मेरी धारणा बदल देती थी। हम जब खड़े होते थे तब वे बैठते थे।

हम जब बैठे होते थे तब उनके कदम गज भर की चाल चलते हुए हमारे आसपास चक्कर काटते थे।

जब उन्हें गुस्सा आता था तब उनकी साँसों की उथल-पुथल से उनके हाथों की सिगरेट बुझ जाती थी। दिन के बारह बज रहे थे और आदतन समय को याद रखने के लिए वे बारह सिगरेट जलाए कश पर कश खींचे जा रहे थे तब मैंने उनके गुस्से को महसूस किया। उनके हाथों की बारह सिगरेटें एकाएक बुझ गईं और उन्होंने मेरी लाई हुई चाय को एक झटके में फेंक दिया, "क्या हो रहा है यह सब? कैरेक्टर में नहीं हो। एक ही बात कितनी बार समझानी होगी तुम्हें?" फ़रहान आलम ने दहाड़ते हुए कहा और गुस्से में अचानक गायब हो गए।

"कैरेक्टर में? पर हम तो यहाँ बाहर चाय पीने आए थे न?" मैंने अपने सह-अभिनेता (जो घीसू का रोल कर रहा था) से हैरान होकर पूछा।

"भाई यह पीर आदमी है। अन्दर सबा कर रही है न प्रैक्टिस। उससे ही कहा होगा।"

"भाईसाब! जो भी वीड फूँकता है न यह आदमी, यही वाला नशा मुझे भी चाहिए।" हम दोनों ने उस दिन फ़रहान आलम का मज़ाक़ उड़ाते हुए अपनी-अपनी चाय खत्म की और वापिस अभ्यास करने लगे।

5

परफ़ॉरमेंस का दिन क़रीब आ रहा था। नाटक का माधव चूँकि एक दलित पात्र है इसलिए मैथेड एक्टिंग के नाम पर मुझे वह सब कुछ करना पड़ा जिसके कारण दलितों को सहना पड़ता है। मुझे पता चला कि सुबह-सुबह नाटक का अभ्यास खत्म कर के मुझे लगातार दो दिन तक सीवर साफ़ करना है।

जब सबा ने मुझे बताया कि सुरक्षा यंत्रों की अनुपस्थिति में बिना ग्लव्स और मास्क के सीवर में उतरना होगा तो इसके लिए मैंने साफ़ मना कर दिया।

"असम्भव! पागल हो गई हो क्या सबा?अगर मुझे यह सब करना होगा तो माफ़ करो मैं सीसीडी में ही अच्छा हूँ।"

सबा ने आँखें बन्द कीं और कुछ बुदबुदाती रही।

"यह तुम क्या कर रही हो?" मैंने आख़िरकार अपना सब्र खोकर पूछ ही लिया।

"शशशशश!" उसने मेरे होंठों पर उँगली रखते हुए कहा। "मैं सर से बात कर कर रही हूँ।"

वह सही थी। यह मज़ाक़ नहीं था। वह सचमुच फ़रहान आलम से बात कर रही थी। उस वक़्त मुझे एहसास हुआ कि आध्यात्मिकता क्या है? प्रेम की सबसे ऊँची वेदी पर पहुँचने का अनुभव क्या होता है। मैं अब आँख बन्द कर के मुँह से निकलनेवाली ध्वनियों और हाथ पकड़कर शिराओं में दौड़नेवाले संवेगों का मतलब समझ पा रहा था। उस दिन चाय फेंकने के बाद फ़रहान आलम ने अभ्यास करती हुई सबा से ही कहा था कि तुम कैरेक्टर में नहीं हो।

सबा ने मेरी तरफ़ देखा और अपनी पलकें झपकाकर मुझे अपनी सहमति दी कि मैं जो सोच रहा हूँ वही वास्तिवकता है। यह भले ही प्रकृति या विज्ञान के नियमों के विरुद्ध ध्वनित हो रहा हो लेकिन मुझे यह आभास हो रहा था कि वह फ़रहान आलम के होने को महसूस कर सकती है। मुझे मनाने के लिए वह उनके बताए तरीकों को सुन सकती है। वह उनसे सवाल पूछ सकती है और मुझे, एक विज्ञान के छात्र को, यह यक़ीन दिला सकती है कि मनुष्यों के भीतर भी ऊर्जा का संचरण सम्भव है।

उसने मेरा हाथ पकड़ लिया। एनर्जी ट्रांसफर हो रही थी। ऊर्जा का संचरण अब त्रिकोण बना चुका था।

"तो क्या इस तरह तुम अपने अवसाद से बाहर आई थीं?" मैंने सीवर में उतरते हुए सबा से पूछा।

"तुमने कैटरपिलर को कोकून से बाहर आते देखा है? अवसाद से बाहर निकलना मेरे लिए कुछ ऐसा ही था। एक अन्तहीन गहरा खोल, असंख्य तहों के साथ। बस यह समझ लो कि अवसाद से बाहर निकलते हुए मैंने

बस एक चीज़ सीखी है, या कहना चाहिए सिखाई गई, हम कुछ भी कर सकते हैं। हमें बस थोड़ा सा महत्त्वाकांक्षी बनने की ज़रूरत होती है। तुम नीचे जाओ। तुम नीचे मौत का मंज़र देखोगे। लेकिन मुझे वहीं पाओगे। मैं तुमसे बात करूँगी।" उसने मेरे कान के पास चूमा और धीरे से कहा, "मौत को यह बता देना कि हम कुछ भी कर सकते हैं।"

इस घटना के बाद मैं स्वयं को तीन चीज़ों के बारे में विश्वास दिला चुका था। पहला कि फ़रहान आलम और सबा मानवीय सीमाओं से बाहर निकलकर किसी अलौकिक गाँठ से खुद को बाँध चुके हैं। दूसरा यह कि सबा ने इस गाँठ का दूसरा सिरा मेरे लिए छोड़ रखा है और तीसरा कि मैं ही माधव हूँ।

मैथेड एक्टिंग का यह तामझाम शुरू में मुझे वाहियत लगा था पर मैंने महसूस किया कि यह तरीका काम कर रहा है। मुझे खुद से ही घृणा होने लगी थी। मैंने नहाना बन्द कर दिया था। मेरे घर वाले और पड़ोसी सभी मेरे गन्दे रहने की तुलना दलितों से कर के जातिसूचक गलियाँ देने लगे थे।

अब तक के अपने जीवन में मैंने मांस को हाथ तक नहीं लगाया था लेकिन नहीं पता मुझे क्या हुआ, उस शाम जब परफ़ॉरमेंस में एक दिन बचा था, मैंने दलितों के मोहल्ले में जाकर सूअर की कलेजी खाई। वह कोई रेस्तराँ नहीं था। बल्कि सूअर का मांस बेचनेवाले ने ही एक बड़ा-सा तवा रखकर कलेजी भूननी शुरू कर दी थी। मैं उससे कलेजी ख़रीदकर खाता हुआ सड़क पर चल रहा था और अपने आप को एक निरीह, शोषित प्राणी समझ रहा था। समझने और होने में भले ही अन्तर होता है लेकिन यह एहसास भयावह था। तभी कुछ आदमियों ने मेरा रास्ता रोका, मुझे कलेजी खाता देख उन्हें लगा कि यह 'पवित्र जीव' का मांस है। उन्होंने मुझे मुसलमान समझकर 'जय श्री राम' के नारे लगवाए और बहुत पीटा हालाँकि मुझे हैरानी इस बात की भी थी कि मेरी पिटाई करनेवालों में वह व्यक्ति भी शामिल है जिससे मैंने सूअर की कलेजी ख़रीदी थी।

बहुत कोशिश के बाद अपना आधार कार्ड दिखाकर मैं उन्हें समझा पाया कि मैं मुसलमान नहीं हूँ। उन्होंने मेरे बैग की तलाशी ली। बैग में नाटक की स्क्रिप्ट मिलने पर मैंने उन्हें स्पष्टीकरण दिया कि कलाकार हूँ और पात्र को जीने के लिए यह सूअर की कलेजी खाई है तो उन्होंने कम्युनिस्ट, अर्बन नक्सल और देशद्रोही कहते हुए मुझे फिर मारा। बड़ी मुश्किल से अपनी जान बचाकर वहाँ से निकल पाया।

परफ़ॉरमेंस वाले दिन मेरे लुटे-पिटे और सूजे हुए शरीर को देखकर फ़रहान आलम ने ज़ोर से हँसते हुए कहा कि माधव अब सच में माधव लग रहा है। परफ़ॉरमेंस ज़बरदस्त हुई। हमें दर्शकों की तरफ़ से स्टैंडिंग ओवेशन मिला।

6

परफ़ॉरमेंस के बाद मैंने दो दिन का ब्रेक लिया। बाद में मुद्रा भवन जाने पर पता चला कि फ़रहान आलम का कॉन्ट्रैक्ट खत्म हो गया है। अब रेपेट्री में कोई नई निर्देशक आ गई हैं। सबा भी खोजने पर नहीं मिली। मैं उदास और हताश क़दमों के साथ सीसीडी जाने लगा। मिस्टर रंधावा बाहर सीमेंटेड चबूतरे पर बैठे अखबार पढ़ते हुए बेहद ख़ुश नज़र आ रहे थे।

अन्दर कीनू बिलिंग काउंटर पर बैठी थी और एक बिलौटा ग्राहकों को कॉफ़ी सर्व कर रहा था। "गोलू कहाँ हैं? और यह कौन है?" मैंने उस बिलौटे की तरफ़ इशारा करते हुए कीनू से पूछा।

"गोलू तो काम छोड़कर भाग गया और यह मेरा बॉयफ्रेंड है।" उसने उसी नज़ाकत के साथ जवाब दिया जिससे वह सबको सम्मोहित कर लेती है।

"बॉयफ्रेंड! ...पर तुमने तो कहा था कि इज़हार करने के बाद प्रेमी या प्रेमिका पहले जैसे नहीं रहते।"

"हाँ कहा था, तो?"

7

फ़रहान आलम से इसके बाद कभी मेरी बात नहीं हुई। सबा और मैं अब भी बात करते हैं। सम्भव है कि फ़रहान आलम और सबा भी बात करते हों।

मैं आँखें बन्द करता हूँ और वह मेरे सामने खड़ी होती है। उसने बताया कि अगले हफ़्ते उसकी शादी है। मैं अगर उसे प्रपोज़ करता तो शायद वह हमारे भविष्य के बारे में सोचती पर अब बहुत देर हो चुकी है।

शिया बटर

अपने शहर, गली-मोहल्ले और परिवार को ध्यान से देखिए। क्या आपको यह दुनिया तेज़ी से बदलती नज़र नहीं आ रही है? क्या सब कुछ सामान्य है? क्या आपको नहीं लगता कि हम आदिम युग में वापिस जा रहे हैं? क्या आपको नहीं लगता कि लोग पिशाच या हैवान, नहीं, ज़ॉम्बी शब्द ज़्यादा सही रहेगा, लोग ज़ॉम्बी की तरह व्यवहार करने लगे हैं। क्या हम इस शताब्दी को एक ऐसे तकनीकी युग के तौर पर याद रखनेवाले हैं जिसने जानकारी को सुलभ बनाने के बजाय झूठ और अफ़वाह से लोगों को मानसिक गुलाम बनाया?

नरसंहार से 36 दिन पहले

मैं यहाँ 'केन्द्रीय विज्ञान और ऊर्जा संस्थान' के एक प्रोजेक्ट के लिए आया था। जूनियर रिसर्च एसोसिएट के तौर पर मेरा काम यह पता लगाना था कि ओडिशा के भंजनगर नाम के इस छोटे कस्बे में आख़िर इतनी असाधारण मात्रा में विद्युत चुम्बकीय तरंगें कहाँ से निकल रही हैं। मेरी टीम पिछले एक महीने से रात-दिन काम करके भी किसी ठोस नतीजे पर नहीं पहुँच पाई थी कि एकाएक पैदा हुई इन विद्युतचुम्बकीय तरंगों का चक्कर क्या है?

सीनियर साइंटिस्ट शाहिद परवेज़—जिनके नेतृत्व में हम सब इन रहस्यमई विद्युत चुम्बकीय तरंगों के उद्‌गम स्रोत का पता लगा रहे थे—उस दिन बेहद तनाव में थे, "इतनी हाई फ्रीक्वेंसी में अगर यह इलेक्ट्रोमैग्नेटिक

वेव्स निकल रही हैं तो मुझे ताज्जुब इस बात का है कि इतनी एनर्जी का सोर्स पॉइंट अब तक स्टेबल कैसे है?" मैं उस वक़्त बाकी साथियों के साथ शिफ़्ट खत्म होने के बाद अपना बैग पैक कर रहा था जब मैंने उनके माथे पर चिन्ता की गहरी लकीरें उभरती हुई देखीं। उन्होंने अचानक अपने भाव बदले और मेरे कन्धे पर हाथ रखकर नर्म लहजे में कहा, "डोंट वरी। वी विल फ़ाइंड इट। तुम लोग लगातार काम कर रहे हो। कल संडे है, एक ब्रेक लो।"

रविवार की उस शाम भंजनगर के डैम की तरफ़ जाने से पहले तक मैंने यह संकल्प ले रखा था कि मैं कोई भी प्रेम संगीत नहीं सुनूँगा और न ही किसी प्रेम कहानी पर आधारित फ़िल्म पर अपना वक़्त ज़ाया करूँगा। लम्बे रिलेशनशिप, ब्रेक-अप, पैच-अप, फिर लफड़ा, फिर ब्रेक-अप ने मुझे अन्दर तक खाली कर दिया था। लेकिन उस एक शाम के बाद होनेवाली घटनाओं की श्रृंखला ने मेरी इस धारणा को बिलकुल बदल दिया कि साधारण मनुष्य के जीवन में भी प्रेम कितने अविश्वसनीय ढंग से उपस्थित हो सकता है।

सच कहूँ तो मुझे अब भी यही लगता है कि ब्रह्मांड में उपस्थित सभी तत्त्वों का अस्तित्व बेतरबीब है और मनुष्य का जन्म किसी भी उद्देश्य की पूर्ति के लिए नहीं हुआ है। लेकिन उस मछुआरे की प्रेम कहानी मुझे अब भी हैरत में डाल देती है और मैं ईश्वर के बारे में सोचने लगता हूँ कि क्या सच में उस मछुआरे के जीवन के हर पल को किसी शक्ति द्वारा पहले से निर्धारित किया गया था जिसके लिए इस डैम का पानी माशूका जैसा था और उसकी नाव माशूका की कलाई जैसी। यह तुलना बिलकुल भी तर्कसंगत नहीं है लेकिन उस मुछआरे ने मुझे अपनी कहानी इसी वाक्य से शुरू करके बताई थी।

यहाँ के स्थानीय निवासियों का कहना था कि इस साल बारिश ज़्यादा नहीं हुई है। डैम का पानी काफ़ी उतर चुका था। के.एस.यू.बी. कॉलेज के मुख्य द्वार के सामने बने तिराहे से होते हुए अगर पचास मीटर आगे बढ़ा जाए तो ढलान उतरने पर डैम के पानी के पास पहुँचा जा सकता था।

यह दृश्य मुझे प्रकृति के प्रति कृतज्ञता से भर देता था क्योंकि दिल्ली जैसे शहर में पला-बड़ा मैं, डैम के नीले-नीले पानी के पीछे खड़े काले और कत्थई पहाड़ जिनके ऊपर आसमान हमेशा बादलों से घिरा रहता था—ऐसी विराट सुन्दरता को देखने का आदी नहीं था। मुझे लम्बे-लम्बे ब्योरे देना और सूक्ष्मताओं में जाना पसन्द नहीं है। सम्भवत: मैं पिछली सदी के लेखकों (जो निस्सन्देह महान हैं) की तरह आपको किस्सागोई की कला में बाँध नहीं पाऊँगा। इसलिए प्रकृति वर्णन छोड़कर सीधा कहानी सुनाना शुरू करता हूँ।

वह मुझे बीस रुपये में अपनी नाव पर बिठाने के लिए तैयार हो गया। मेरे लिए बीस रुपये भले ही ज़्यादा नहीं थे लेकिन उसकी रज़ामन्दी से भरे चेहरे ने मुझे एहसास कराया कि इस दुनिया में अब भी लोगों के लिए दो वक़्त की रोटी जुटा पाना कितना मुश्किल है। वह अधेड़ उम्र का बातूनी व्यक्ति था। उसका चेहरा अफ्रीकी मूल के निवासियों जैसा था और ऐसा लगता था कि उसके सख्त चेहरे पर घुँघराले बाल धूप से जल गए हैं। मेरे बिना किसी सवाल और दिलचस्पी के ही उसने कहना शुरू किया, "मेरे लिए इस डैम का पानी माशूका जैसा है और यह नाव माशूका की कलाई जैसी।"

मैंने यह कल्पना नहीं की थी कि वह मेरे निजी एकान्त के समय में इस तरह दखल देगा इसलिए मैंने कुछ-कुछ खीजकर और कुछ-कुछ चुटकी लेते हुए कहा, "तुम तो बहुत रोमेंटिक आदमी हो यार!"

मेरी बात को अनसुना कर वह कुछ देर नाव खेता रहा फिर मेरी तरफ़ चेहरा घुमाकर बोला, "सर मैंने आपको हर दिन यहाँ से गुज़रते देखा है। आप कपड़े और साज-सज्जा से नौकरीपेशा लगते हैं। आप जैसे लोग हमारा मज़ाक़ उड़ाते हैं। मैंने बीस साल दिल्ली, सूरत, पुणे और बैंगलोर में काम किया है। अलग-अलग भाषाएँ सीखी हैं। प्रेमी जोड़ों को गलबहियाँ करते देखा है। ...और सर, फ़िल्में तो हर रात देखी हैं। अपने अनुभव से यह कह सकता हूँ कि आप जैसे लोगों को लगता है कि प्यार करने का अधिकार सिर्फ़ सम्पन्न लोगों के पास है। लेकिन ईश्वर ने प्रेम करने के

लिए दिल बनाया है और वह हम जैसे गरीब और गँवार लोगों के पास भी होता है। आपको अगर अपनी प्रेम कहानी सुनाऊँगा तो शायद आपको लगे कि यह क्या बकवास है लेकिन ये घटनाएँ मेरे जीवन का हिस्सा हैं जिनसे गुज़रकर ही मैंने पैंतालीस बसन्त पार किए हैं।"

"तुम नाहक ही मुझ पर गुस्सा कर रहे हो।" मैंने उसका दिल रखते हुए कहा। "प्यार करने का हक़ हर किसी को है।"

उसने फिर मेरी बात को अनसुना कर दिया। कुछ देर तक अपने चप्पू को चलाने में मग्न रहा। जब हवा थम गई तो उसने कहानी सुनानी शुरू की, "मैं इस डोंगी पर अपने पिता के साथ हर शाम आता था। जवान, तन्दुरुस्त और मासूम; तीस साल पहले जब मैं सोलह-सतरह बरस का था तो कुछ इसी तरह दिखता था; उम्मीदों से भरा हुआ। इसी के.एस.यू.बी. कॉलेज में इंटर की परीक्षाएँ देनेवाला था। पढ़ाई में ठीक-ठाक था और सोचता था कि कोई नौकरी पाकर अपने परिवार को जल्दी ही गरीबी से बाहर निकल लूँगा। लेकिन एक दिन अचानक मेरे सनकी पिता ने मछली पकड़ने के लिए डैम पर आना बन्द कर दिया। उन्हें सपने में माँ तारिणी से यह दिव्यज्ञान प्राप्त हुआ कि डैम के बीचोबीच केन्द्र में सोने के कणों से ढका एक ऐसा बिन्दु है जहाँ दुनिया की सबसे तन्दुरुस्त और स्वादिष्ट रोहू मछलियाँ उनका इन्तज़ार कर रही हैं। माँ तारिणी ने उन्हें यह आदेश दिया कि वे इन रोहू मछलियों के लिए इस दुनिया को सुरक्षित बनाएँ। इसके लिए मेरे बाबा को लकड़ी का एक बक्सा तैयार करना होगा जिसकी ज़रूरत एक न एक दिन भविष्य में पड़ेगी। उन्होंने हमारी झोंपड़ी के पिछवाड़े में बढ़ईगिरी के सामान को इकट्ठा कर बक्सा बनाने का काम शुरू कर दिया। अपने पिता की सनक से लड़ने की न तो मुझमें इच्छा थी और न ही शक्ति इसलिए पढ़ाई-लिखाई छोड़कर घर चलाने के लिए मुझे डैम में उतरना पड़ा। मछलियों को पकड़ने के लिए मेरे जाल दिन-भर डैम के इस पानी में गोते लगाते थे।"

"दिन-भर? क्या सच में? दिन में तो यहाँ सूरज सीधा सिर पर होता है और इतनी गर्मी को झेल पाना बहुत हिम्मत का काम है।" मैंने उसकी तरफ़ सिगरेट बढ़ाते हुए पूछा।

उसने सिर न में हिलाकर सिगरेट लेने से मना कर दिया और कहना शुरू किया, "जवानी का जोश था सर। हम सभी अपनी जवानी में इस तरह की बेवकूफ़ियाँ तो करते ही हैं न? मुझे लगता था कि सारा दिन कोशिश करने से, मैं ज़्यादा मछलियाँ पकड़ पाऊँगा।" वह हँस पड़ा। "लेकिन मछलियाँ मुझसे ज़्यादा समझदार थीं। दोपहर होते ही वे पानी के अन्दर बिलकुल तह में चली जाती थीं और इस चक्कर में मैं अपने बाल जला बैठा।"

उसकी बातें बहुत गहरी थीं और किस्सा सुनाने का अन्दाज़ इतना आकर्षक कि एकबारगी मुझे लगा कि वह मछुआरा होने का स्वाँग कर रहा है। लेकिन वह अपनी कहानी इतनी गति से सुना रहा था कि मेरे पास शक करने और शक दूर करने के लिए सवाल करने का समय ही नहीं था। इसलिए मैं चुपचाप उसकी कहानी सुनता रहा।

"वह साधारण-सी लड़की थी। मुझे नहीं पता इस दुनिया के लिए सुन्दरता का पैमाना क्या है लेकिन वह मेरे लिए साधारण थी और मुझे साधारण चीज़ें सुन्दर लगती है। उसका रंग गहरा था। नैन-नक्श तीखे थे। वह एक ऐसी लड़की थी जिसे पहली बार देखा जाए तो मैं शर्त लगा सकता हूँ कि उस पर आपकी नज़र पाँच सेकंड भी टिकी नहीं रहेगी। आप उस साधारण लड़की को देखने के बाद खुद से कहेंगे कि हटाओ यार, छोड़ो भी, कितना कुछ देखना बाकी है इस दुनिया में, चलो कुछ और देखा जाए। और आप अपनी नज़रें हटा लेते हैं क्योंकि आपको इस दुनिया की सुन्दरता का जायज़ा जो लेना है, आप नज़रें फेरते हैं, अपनी आँखें फलाने पहाड़ पर, फलाने पक्षी पर तो फलाने बादल पर एकाग्र करने की कोशिश करते हैं लेकिन तभी आपका जी मचल उठता है। आप उस साधारण लड़की को दोबारा देखना चाहते हैं। पाँच सेकंड तक उस साधारण चेहरे को निहारने के बाद फिर आप खुद से कहते हैं कि हटाओ यार, छोड़ो भी, कितना कुछ देखना बाकी है इस दुनिया में, चलो कुछ और देखा जाए। और इस तरह यह क्रम चलता रहता है। आपकी आँखें उस साधारण लड़की और इस दुनिया के बीच चक्कर लगाती रहती हैं।

उसकी सुन्दरता कुछ इसी तरह की थी। सोचिए मेरे हुज़ूर! अगर ऐसी सुन्दरता एक आदिवासी लड़की में हो तो क्या यह मुमकिन है कि मुझ जैसा लड़का उसे दिल न दे बैठता?

"वह हर रोज़ दोपहर में, वहाँ, वह टीला देख रहे हैं न आप?" उसने किनारे से पन्द्रह फुट दूर, ऊपर की तरफ़ उठे हुए, एक टीले की तरफ़ इशारा किया। "...वहाँ, उसी टीले पर आती थी, जब मैं जवानी के जोश में अपने बाल जलाने की तैयारियाँ कर रहा था।"

वह 1991 था, मई या शायद जून का महीना, चन्द्रशेखर की सरकार देश का 67 टन सोना गिरवी रखने के लिए एक महफ़ूज़ जेट में लोड कर कर रही थी। ठीक उसी समय वह साधारण-सी लड़की डैम के पानी के बिलकुल अन्दर छिपे हुए सोने के कणों को तलाशने के लिए गोते लगाने उतरी। उस लड़की के लिए वे सोने के कण एकमात्र उम्मीद की किरण थे जिनके सहारे वह टेलीफ़ोन पर बात करने की अपनी इच्छा को पूरा कर सकती थी।

इच्छा! सही सुना आपने। दरअसल, वह एक ऐसे परिवार में पैदा हुई थी जहाँ इच्छाएँ पूरी करने के लिए लोग अपना जीवन दाँव पर लगा देते थे। एक अलसाई सुबह, सभी लोग भोर के नित्य कर्म से मुक्त होकर दिन के काम करने की तैयारी कर रहे थे, उसके पिता ने अपने दोस्त द्वारा गिफ़्ट किए जिलियट कम्पनी के रेज़र से दाढ़ी बनाते हुए अपनी पत्नी से इच्छा व्यक्त की, "जिलियट! यह नाम कितना सुन्दर है, तुम्हारे पेट में पल रहे बच्चे का नाम हम जिलियट रखेंगे।"

उसके पिता इस नाम से इतना प्रभावित हुए कि अपनी चौथे नम्बर की बेटी का नाम जिलियट रख दिया और माता ने अपने जीवन में पहली बार रेडियो तब सुना जब चौथो बेटी के जन्म की छठी धूमधाम से मनाई जा रही थी। वे इस यंत्र से इतना प्रभावित हुईं कि उन्होंने पिता के दिए नाम 'जिलियट' को न रखकर 'रेडियो' रखने की ज़िद की। अगले साल वह लड़की जिसका नाम रेडियो था पिता के द्वारा 'कोकाकोला' कहलाई जाने लगी और फिर 'ट्रेन' और फिर 'बॉम्बे' और इस तरह उस बच्ची के दस वर्ष की हो जाने

तक यह नामकरण का क्रम चलता रहा। इस दौरान, दोनों ही माता-पिता नाम बदलने के खेल में इतना मशगूल हो चुके थे, उन्हें इस बात से फ़र्क़ नहीं पड़नेवाला था कि पाँच जमात के बाद उनकी बेटी ने अचानक से ईसाई मिशनरी स्कूल जाना बन्द कर दिया है । ·

उस समय, वह दस वर्ष की थी जब उसने स्कूल जाने से इनकार किया क्योंकि उसकी शिक्षिका (जो स्कूल के बाद अपनी आमदनी बढ़ाने की नीयत से लोगों के पैर देखकर भविष्य बताती थी) ने उसे बताया कि तेरा बुरा वक़्त अब शुरू होनेवाला है लड़की। अगले ही दिन तनाव में आकर, उसके माँ-बाबा ने नाम बदलने का खेल खेलना बन्द कर दिया जब पैर देखकर भविष्य बतानेवाली शिक्षिका ने जिलियट की माँ के कान में चीखते हुए चेतावनी दी, "समय इस लड़की के नामों में फ़र्क़ नहीं कर पाएगा। रक्त तुम लोगों की तरफ़ अन्धकार की तरह बढ़ रहा है।"

इस भविष्यवाणी ने उन्हें एहसास कराया कि वे विपदाओं से घिरे हैं। अब यही समय है जब परिवर्तन के लिए अपने लोगों का नेतृत्व करना होगा। कुछ महीने और कुछ हफ़्तों की मेहनत के बाद जिलियट के पिता ने उसी हिंसक आन्दोलन की कमान सँभाली जिसने उनके पुरखों की पूरी नस्ल को मौत के घाट उतार दिया था। रेड पावर के रेवुलुश्नरी नेता के रूप में चुने जानेवाली शाम, उन्होंने कई बार मन ही मन प्रण लिया, "यह सारी कोशिशें उन सभी लोगों के नाम जो अपनी ज़मीन और जंगल के लिए लड़ना चाहते हैं और जिनके पास सिर उठा के जीने की चाह है।"

महीनों चले संघर्ष के बाद वह दिन आ ही गया जब उन्हें लम्बी यात्रा पर निकलना था। सितम्बर की एक शाम को घनघोर बारिश की बूँदें, सिलबट्टे से भी भारी-भरकम असर लिए ज़मीन पर चोट कर रही थी लेकिन उन्होंने अपनी यात्राएँ स्थगित नहीं कीं क्योंकि उनके सिर पर माँ तारिणी का आशीर्वाद था। उनके पीछे सोने की खान की खुदाई करवानेवाले ठेकेदार के गुंडे थे। वे किसी भी हाल में उनके अँगूठे का निशान लेना चाहते थे ताकि जंगल में उन्हें सोने की खान के लिए खुदाई करने की वैधानिक स्वीकृति मिल सके।

बारिश रुक चुकी थी और जिलियट का परिवार एक गुफ़ानुमा पत्थर की ओट में छिपकर रात बिताने का तैयारी कर रहा था। "बाबा हम उनसे कभी नहीं जीत पाएँगे न? उनके पास गाड़ी है, बन्दूक है और हमारे पास सिर्फ़ यह जलती मशाल।" जिलियट ने मशाल को नाउम्मीदी के साथ देखते हुए अपने पिता से पूछा, "हम कब तक भागेंगे?"

जिलियट के पिता एक स्वाभिमानी और साहसी व्यक्ति थे जैसा कि एक आदिवासी हो सकता है।

"आप शहरी आदमी हैं शायद आप आदिवासी होने के मतलब न समझते हों।" उस किस्सागो मछुआरे ने मेरी ओर उपेक्षा के भाव से ताकते हुए कहा।

जिलियट के पिता अपनी जवानी में भी बुढ़ापा शुरू होने के बाद चेहरे पर दिखाई पड़नेवाली गम्भीरता से ग्रसित थे। उन्होंने अपनी आत्मविश्वासी उँगलियों से ज़मीन पर चल रही चींटियों की ओर इशारा किया, "जब तक इन चींटियों में आगे बढ़ते रहने की शक्ति बची है तब तक मेरी बच्ची।"

"...एक मिनट रुको।" मैंने उस किस्सागो मछुआरे को बीच में टोकने का जोखिम उठाया। "जिलियट का नाम बदलने का खेल खेलना जब उसके माँ-बाप ने बन्द किया तब उसका आख़िरी नाम 'बॉम्बे' था। तो तुम उसे बार-बार बॉम्बे की जगह जिलियट क्यों कह रहे हो?" मैंने इस किस्से पर खुद को एकाग्र करने की कोशिश करते हुए एक लूपहोल को तलाशा। मुझे खुद पर गर्व हो रहा था कि मुझ जैसे आधुनिक शहरी आदमी ने आख़िर इस आदिवासी को कमज़ोर साबित कर ही दिया।

वह मुझे देखकर हँसने लगा। उसके दाँत काले थे और टेढ़े-मेढ़े। उसने अपनी पैंट की जेब में से एक पुड़िया निकाली। इस पुड़िया में गाँजा था। इसके बाद उसने बीड़ी के बंडल में से एक बीड़ी बाहर निकालकर उसमें गाँजा भरना शुरू किया। बीड़ी को अपने दाँतों के बीच में रखते हुए फूँक मारकर कहने लगा, "प्यार सर जी! प्यार। मुझे उसके इतने सारे नामों में जिलियट पुकारना ही अच्छा लगता है। जिलियट कम्पनी का रेज़र आता है न? मुझे इस नाम से इतना प्यार है कि मैं अपने दिन की शुरुआत जिलियट के रेज़र से दाढ़ी बनाकर करता हूँ।"

गाँजा फूँकते हुए जब वह अपने प्यार का बखान कर रहा था तब वह एक किशोर उम्र के नौसिखिया प्रेमी जैसा लग रहा था जो अपने प्रिय से जुड़ी हर चीज को एक निशानी का दर्जा देकर सँभालकर रखता चाहता हो। मैंने उसके चेहरे को ध्यान से देखा। नवजात बच्चे की तरह समान और सपाट टेक्सचर वाला। उसका चेहरा देखकर साफ़ समझ में आ रहा था कि उसके चेहरे पर दाढ़ी नहीं आती है। मुझे उसके जनाना चेहरे को देखकर और प्रेम की घिसी-पिटी बातें सुनकर उबकाई आने लगी। मैंने उसकी बातें वहीं रोककर नीचे झुककर पानी की कुछ छींटे अपने चेहरे पर मारने की कोशिश की। डैम का पानी इतना साफ़ था कि मुझे नीचे तैरती मछलियों का समूह नजर आ रहा था। मछलियाँ जैसे ही नज़रों से ओझल हुईं, नीचे कुछ चमकते हुए कण नजर आए। मैं चीख पड़ा, "ओए! यहाँ तो सचमुच सोना है।"

उसने अतिरिक्त सावधानी बरतनेवाले पिता की तरह मुझे आगाह किया, "हर वह चीज़ जो आईने की तरह साफ़ नज़र आए हमें एक न एक दिन धोखा देती है। यह पानी भी सर। सँभल के...इतने नीचे मत झाँक लीजिएगा कि आप चक्कर खाकर गिर जाएँ।"

उसकी विचित्र बातें सुनकर मैंने नीचे ध्यान से देखा वह सचमुच सोने के कण ही थे। अचानक से मेरा सन्तुलन बिगड़ा और मुझे बस इतना ही याद है कि मैं चक्कर खाकर गिर गया।

नरसंहार से 34 दिन पहले

अगले दिन जब मुझे होश आया तब मैंने स्वयं को भंजनगर के सरकारी अस्पताल में पाया। शाहिद सर और प्रोजेक्ट साइट पर काम करनेवाले दो लोकल सिक्युरिटी गार्ड सुरेश और नरसिंहा मेरे बेड के पास बैठे थे। दोपहर तक मुझे अस्पताल से छुट्टी मिल गई।

सुरेश ने मुझे अपनी स्कूटी से घर तक छोड़ते हुए जो घटना-क्रम बताया वह इस प्रकार था—मैं डैम के पानी में जब गिरा तब तैरना न आने के कारण हाथ-पैर मारने लगा। उस मछुआरे ने डैम के पानी में छलाँग लगाई तब तक

मैं डूब चुका था। उसने किसी तरह मुझे अपनी नाव पर चढ़ाया। जल्दी-जल्दी नाव किनारे पर लगाकर वह मदद के लिए नज़र दौड़ाने लगा कि तभी उसे नरसिंहा नज़र आया जो शौच के लिए लोटा हाथ में पकड़े एकान्त की तलाश कर रहा था। मछुआरे ने उसे मेरी हालत के बारे में बताया लेकिन नरसिंहा ने अपने मुँह पर उँगली रख, कठोर माथा दिखा, मछुआरे को शान्त रहने का इशारा किया। चूँकि नरसिंहा एक जनेऊधारी ब्राह्मण था इस वजह से मछुआरे की हिम्मत नहीं हुई कि वह आगे कुछ बोल पाता। नरसिंहा को शौच से मुक्त होने में तक़रीबन आधा घंटा लगा। फिर गाड़ी का इन्तज़ाम करने में दस मिनट और। और फिर गाड़ी को अस्पताल पहुँचाने में बीस मिनट। इस तरह एक घंटे तक डॉक्टर मिलने की देरी ने मुझे लगभग मौत के मुँह में धकेल दिया था। जब डॉक्टर इंजेक्शन वगैरह लगाकर मुझे होश में लाने की कोशिश कर रहे थे तब नरसिंहा कोई मंत्र मन में बुदबदाता रहा जिसके कारण मेरी जान बच पाई। सुरेश ने बताया कि अस्पताल लाने की देरी पर जब उस महिला डॉक्टर ने नरसिंहा और मछुआरे को डाँटा और मेरी हालत गम्भीर है कहकर मेरे बचने की उम्मीद कम बताई तब नरसिंहा अपने शौच को ज़िम्मेदार मानते हुए अपराधबोध में आ गया था इसलिए उसने मंत्रों का जाप शुरू किया। जब मुझे होश आया तब जाकर वह चिन्तामुक्त हुआ और अब वह काफ़ी रिलैक्स अनुभव कर रहा है।

ये सभी घटनाएँ बेहद अजीब थीं और मुझे नरसिंहा पर गुस्सा आ रहा था। मैंने एक हफ़्ते की छुट्टी ली ताकि मैं घर पर आराम कर सकूँ। हालाँकि मेरा शरीर ठीक-ठाक अवस्था में था पर मैं मानसिक रूप से खुद को बीमार महसूस कर रहा था। मैं पूरे हफ़्ते मछुआरे की कहानी के बारे में सोचता रहा और कारण तलाशता रहा कि आख़िर मैं नाव से गिरा कैसे? लेकिन मैं किसी भी निष्कर्ष पर नहीं पहुँच पाया। एक हफ़्ते बाद मैंने लैब जाने के लिए खुद को तैयार किया। मैं वॉशबेसिन के सामने खड़ा था। आईने में खुद को देखने पर दाढ़ी बहुत बढ़ी हुई नज़र आ रही थी। मैंने जैसे ही रेज़र उठाया उस पर जिलियट नाम देखकर मेरी उँगलियाँ काँपने लगी और मैंने रेज़र को इतनी तेज़ी के साथ आईने पर मारा कि आईने में दरार आ गई।

बिना दाढ़ी बनाए एक हफ़्ता निकल गया फिर दूसरा हफ़्ता और आख़िरकार तीसरा हफ़्ता।

नरसंहार से 09 दिन पहले

शाहिद सर ने मुझे पहली और अन्तिम चेतवानी देते हुए कहा, "नौकरी करना ज़रूरी नहीं है शुभम। टैलेंटड हो। यंग हो। कुछ स्टार्ट-अप, वॉर्ट-अप करो। दाढ़ी ही अगर बढ़ानी है तो मालिक बनो नौकर नहीं।"

उस वक़्त नरसिंहा पीछे खड़ा सब सुन रहा था। सर के जाने के बाद वह अपनी तोंद पर हाथ फ़िराते हुए बोला, "इनसान को नौकरी माँगनेवाला नहीं देनेवाला बनना चाहिए। आजकल न्यूज़ में भी यही बोलते रहते हैं।" उस वक़्त मेरे जी में आया कि उसका मुँह नोच लूँ। लेकिन मैंने यह अक्सर महसूस किया है कि जीवन के सबसे महत्त्वपूर्ण क्षणों में ही मेरे मुँह में दही जम जाती है और मैं जवाब नहीं दे पाता।

कई बार प्रयास करने के बाद भी मैं जिलियट के रेज़र से दाढ़ी नहीं बना पा रहा था। जिलियट कम्पनी के उस रेज़र को हाथ में लेते ही मुझे सोने की खान खुदाई करनेवाले ठेकेदार के गुंडों से छिपते-छिपाते जिलियट के परिवार की याद आ जाती। जिलियट का वह मासूम चेहरा जिन्हें मेरी कल्पनाओं ने उस मछुआरे की अद्‌भुत किस्सागोई के कारण गढ़ा था मेरी आँखों के आगे घूमने लगता।

दूसरी परेशानी यह थी कि भंजनगर में बड़े पैमाने पर विरोध प्रदर्शन हो रहे थे। सारी दुकानें ज़ाहिर है जिसमें नाई की दुकानें भी शामिल हैं तोड़-फोड़ के डर से बन्द ही नज़र आती थीं। भंजनगर मार्केट में भारी पुलिस फ़ोर्स के साथ सिर्फ़ राशन, सब्जी और मेडिकल स्टोर्स जैसी दुकानें ही खुल रही थीं।

छोटे कस्बों की यह समस्या होती है कि यहाँ सामान कम और लोग ज़्यादा टकराते हैं। मैं पिछले एक पखवाड़े से कोशिश कर रहा था कि मुझे किसी और कम्पनी का रेज़र मिल जाए लेकिन हर शाम भंजनगर के मार्केट

में सुरेश, नरसिंहा और वह मछुआरा ही नज़र आते थे। वह मछुआरा हर शाम मार्केट में मुझे देखता था लेकिन कुछ कहने के बजाय मुझे देखकर मुस्करा भर देता था और अब तो, मुझे अस्पताल ले जानेवाले प्रसंग के बाद से नरसिंहा ने उसे अपना चेला भी बना लिया था। लेकिन एक बार डैम में डूबने और मौत को क़रीब से महसूस कर चुकने के बाद मेरी हिम्मत नहीं हो रही थी कि मैं उस किस्सागो मछुआरे से कहानी सुनाने का इसरार करूँ।

नरसंहार से 03 दिन पहले

सप्ताहान्त खत्म होने को था। इस बात की प्रबल सम्भावना थी कि अगले दिन भी, मैं इस बाबा वाले लुक में लैब गया तो बॉस की तरफ़ से कारण बताओ नोटिस जारी कर दिया जाता। यही सब सोचता हुआ भंजनगर मार्केट जहाँ खत्म होता है वहाँ की आख़िरी दुकान में किसी और कम्पनी का रेज़र ढूँढ़ने की नाकाम कोशिश करने के बाद मैं जैसे ही मुख्य सड़क पर आया, सुरेश की स्कूटी अचानक से मेरे सामने आकर रुकी। बीच में अपनी बड़ी तोंद के साथ नरसिंहा बैठा था और बची हुई थोड़ी से जगह में वह दुबला पतला मछुआरा। नरसिंहा ने आँखों के इशारों से मुझे समझाया कि साथ चलने में ही भलाई है। पिछले दो-तीन हफ़्तों से मेरा जीवन इतना हास्यास्पद हो चुका था मैं विरोध करने या असहमति जताने की स्थिति में नहीं था। मैं सुरेश फिर नरसिंहा और फिर मछुआरे के पीछे स्कूटी पर बैठ गया। सुरेश स्कूटी इतनी तेज़ चला रहा था कि गिरने के डर से मैंने मछुआरे को पकड़ लिया। फिर लगा कि मछुआरे को पकड़कर मैंने भूलकर दी है यह इतना दुबला-पतला और कमजोर है कि कहीं मेरे साथ यह भी न गिर जाए। फिर मैंने मजबूरी में नरसिंहा की तोंद को तब तक कस के पकड़ रखा जब तक हम डैम पर नहीं पहुँच गए।

डैम पहुँचने पर जिस तरह जल्दी-जल्दी सभी उस मछुआरे की नौका में सवार हुए। ऐसा लगा जैसे मेरा अपहरण किया गया है। इस अफ़रातफ़री में, मैं बार-बार खुद को यक़ीन दिला रहा था कि मैं यहाँ अपनी मर्ज़ी से आया हूँ।

नाव को झटका लगा और धीरे-धीरे किनारे से अलग होना शुरू हुई। सुरेश और नरसिंहा मेरे बराबर में बैठे हुए थे।

"आपको कई दिनों से इस बढ़ी हुई दाढ़ी में देख रहा हूँ। मुझे समझ आ गया था कि आप मेरी सुनाई कहानी में कहीं भटक गए हैं। इसलिए नरसिंहा भाईना और सुरेश भाईना से कहकर मुझे आपको यहाँ लाना पड़ा।" मछुआरे ने नाव खेते हुए कहना शुरू किया।

"चलो अब ज़्यादा टाइम खराब मत करो। अपनी कहानी सुनाओ और हमारे सर को ठीक कर दो।" सुरेश ने मेरी तरफ़ देखते हुए एक असहाय मुस्कान से मुस्कराते हुए कहा।

सुरेश की बात पर नरसिंहा ने मुझे सान्त्वना के दो शब्द कहे और आँख बन्द करके संस्कृत में कोई श्लोक पढ़ने लगा। श्लोक खत्म होने के बाद मछुआरे ने कहानी कहनी शुरू की, "उस रात जब जिलियट का परिवार गुफ़ा में रात बिता रहा था तब सोने की खान की खुदाई करनेवाले ठेकेदार के गुंडों ने आधी रात को जिलियट के परिवार को ढूँढ़ निकाला। जिलियट की माँ और बड़ी बहनें हाथ में बड़े-बड़े पत्थर लिए तैयार बैठी थी और पिता एक बड़े खंजर के साथ ओट में छिपकर उन गुंडों का इन्तज़ार कर रहे थे। जिलियट जो सबसे छोटी थी उसे मशाल पकड़ने की ज़िम्मेदारी दी गई। गुंडे जैसे ही मशाल के प्रकाश को देखकर जिलियट के नज़दीक आए ओट में छिपे परिवार ने चारों तरफ़ से हमला कर दिया। युद्ध खतरनाक था। एक पक्ष के पास बन्दूकें थी तो दूसरे के पास पत्थर। ट्रिगर दबा। फिर धाँय-धाँय की आवाज़। पत्थर सिर पर मारा गया। फट्ट्। फिर फटे हुए मांस पर कूदने से खून रिसने की आवाज़। पच्च-पच्च। इन सबके बीच छोटी जिलियट सबको अपनी मशाल से रोशनी दिखा रही थी और अपनी आँखों से खून-खराबे के इस भयानक मंज़र को देख रही थी। उसने अपनी माँ और भाई-बहनों को अपनी आँखों के सामने मरता देख यह फैसला किया कि वह जीवन भर इन गुंडों से लड़कर सोने की खान के ऊपर बसे अपने जंगल को बचाएगी।"

"पर क्या बचपन में देखे गए सपने हम बड़े होने पर पूरा कर पाते हैं?" किस्सागो मछुआरे ने सवालिया निगाहों से मेरी तरफ़ देखा।

"सपने वही पूरा कर पाते हैं जो मेहनती होते हैं। मन में ईश्वर के प्रति आदर होना चाहिए। पहले के लोग सात्विक होते थे। मन निर्मल होता था। आज तो कलयुग है। चारों तरफ़ पाप ही पाप है। इसलिए सपने पूरे नहीं होते।" नरसिंहा ने मुझसे पूछे गए सवाल पर अपनी उपस्थिति दर्ज कराने की कोशिश की।

"एई। क्यों इतना बोलता है तुम? सर को ठीक होने देने के लिए लाए हैं न?" सुरेश ने अपनी समझदारी का परचम लहराते हुए नरसिंहा का टोका।

"...पर न्यूज़ वाले तो यही बोलते रहते हैं।" नरसिंहा ने अपना मुँह घुमाते हुए सफ़ाई दी।

"जवाब है नहीं। माँ तारिणी से प्राप्त दिव्यज्ञान के बाद से मेरे बाबा ने अपने जीवन के दो साल लकड़ी का बक्सा बनाने में लगा दिए। जब उनकी हाथों में फँसी लकड़ी रन्दा और रेगमाल के बीच जूझ रही होती थी तब वह अपने बचपन के सपने में खोए रहते थे कि वह इस डैम की मछलियों को राष्ट्रीय पहचान दिलाएँगे। उन्हें लगता था कि डैम की रोहू मछलियाँ अपनी गन्ध के कारण दैवीय गुण रखती हैं और अगर भंजनगर की मछलियाँ दुनिया भर में मशहूर हो जाएँ तो हम आदिवासियों की गरीबी कुछ कम हो सकती है। मैंने उनकी इस सनक पर उन्हें टोका, "बाबा स्वाद ज़्यादा महत्त्वपूर्ण है। आप गन्ध के लिए नहीं बल्कि स्वाद के लिए ज़िन्दगी दाँव पर लगाइए।" उन्होंने एक निराश पिता की तरह मेरी नासमझी पर एक आँख से देखते हुए लताड़ा, "लल्लूलाल! अपनी नाक में रहनेवाले इस नेटा को सुड़क और सूँघने की शक्ति बढ़ा।"

मेरे गाल पर बाबा द्वारा मारे गए थप्पड़ के निशान थे जब मैं उन्हें पैदल फूलबानी के रास्ते ओडिशा के बॉर्डर तक छोड़कर आया। उन्होंने मेरे और माँ के लाख मना करने के बावजूद मछलियों को पानी से भरे उस लकड़ी के सुन्दर बक्से में बन्द किया। फिर हमें चिढ़ाते हुए माँ की सम्भलपुरिया साड़ी में बक्से को लपेट कर रायपुर से ट्रेन पकड़ने की सोची।

उन दिनों ओडिशा में ढंग की सड़क तक नहीं थी कि वे बस से ओडिशा के बार्डर तक पहुँच पाते और ट्रेन तो खैर आज तक भंजनगर में नहीं आई।

वह पूरे रास्ते यह बड़बड़ाते जा रहे थे कि अगर भंजनगर में भी रेल होती तो उन्हें रायपुर तक पैदल चलकर नहीं जाना पड़ता। उन्हें इस बात का डर था कि कहीं टोकरी का पानी गिर न जाए और संसद पहुँचने से पहले रास्ते में मछलियाँ मर गईं तो उनका सारा सपना चकनाचूर हो जाएगा। बाबा जिस डर से डर रहे थे वही सच साबित हुआ। संसद पहुँचते-पहुँचते मछलियाँ मर चुकी थीं और टोकरी में मरी हुई मछलियाँ हाइड्रोजन सल्फाइड से भी बुरी महक रही थी।

वह जब संसद के भव्य लॉन में पहुँचे तब संसद का मानसून सत्र चल रहा था। उन्होंने जैसे ही लकड़ी के बक्से पर से साड़ी हटाई मछलियों की दुर्गन्ध लॉन से होते हुए संसद की खिड़कियों में घुस गई। देश के पालनहार भागे-भागे लॉन में आए। धोती-कुरता पहने एक जोशीला नेता चिल्लाया, "इ साला आदिवासी हमको दुर्गन्ध से मारना चाहता है।" उस बूढ़े सांसद ने अपनी धोती के निचले पल्लू को कमर में खोंसा और लगभग चीख पड़ा, "कमांडर्स!" यह सच है कि वे सभी नेता लोग मछली की इस रसायनिक गन्ध से बेहोश हुए जा रहे थे। उन्होंने अपनी नाक पर रूमाल रखकर कमांडर्स बुलवाए और देखते-ही-देखते कमांडर्स ने लकड़ी के बक्से को गोलियों से भून डाला।

उन दिनों तक देश में एनकाउंटर करने का चलन आम नहीं था इसलिए मेरे पिता को पूछताछ के लिए ज़िन्दा छोड़ दिया गया। उन्हें एक हफ़्ते तक दिल्ली के थाने में बन्द रखने के बाद ओडिशा की पुलिस को सौंपा गया। पिता को छुड़ाने के लिए मेरी माँ को महीने-भर रोज़ थाने के चक्कर लगाने पड़े। मेरे सभी स्कूल के साथी मेरे बाबा के सामने ही मेरा मज़ाक़ उड़ाते थे कि इसकी माँ के नितम्ब जो इतने भारी हैं उसमें दस पुलिस वालों ने रोज़...।" मैं मुट्ठी भींच-भींचकर उनकी बातें सुनता रहा। मेरे पाँव के नाखून मिट्टी में गड़े जा रहे थे। मुझे और शायद मेरे बाबा को भी उस दिन एहसास हुआ कि सपने कीमत चुकवाते हैं, पूरे हो पाएँ तब भी, पूरे न हो पाएँ तब भी।

इतना कहने के बाद वह किस्सागो मछुआरा शान्त हो गया। मैंने महसूस किया कि डैम का पानी बिलकुल रुक गया है और हमारे चेहरे के आसपास हवा का नामोनिशान नहीं था हम सबके चेहरों पर भारी तनाव था।

पसीने की बूँदें जो हम तीनों के माथे पर उभर आई थीं न तो टपक रही थी न ही वाष्प बनकर उड़ पा रही थीं जैसे अचानक से वक़्त ठहर गया हो। बिलकुल सईद मिर्ज़ा की फ़िल्म की तरह। या फिर हो सकता है सच में हम किसी बहुत ही शक्तिशाली ऊर्जा या वस्तु के केन्द्र के पास थे जहाँ हम समय का अनुभव नहीं कर पा रहे थे। चारों तरफ़ अजीब-सा सन्नाटा पसरा हुआ था जिसकी मलिनता में सुरेश, नरसिंहा और मैं खो चुके थे।

इस बदहवास रिक्तता के बीच, मैंने देखा कि मछुआरे का हाथ डोंगी से बाहर पानी में कुछ तलाश रहा था। उसने अपने हाथ में नीचे तैर रही रोहू मछली फँसाई और हमें दिखाते हुए कहना शुरू किया, "छत्तीस दिन का शोक मनाने के बाद एक दिन अचानक मेरे पिता उठ खड़े हुए और फिर से मछलियों को कैसे दिल्ली ले जाया जाए कि जुगत में लग गए। उनकी आँखों में एक बेहद डरावनी पीली परत चढ़ी नज़र आ रही थी। शायद उनकी आँखों के आँसू सूख चुके थे और मेरी माँ ने, जो अब तक अपने अन्दर की पीड़ा को रोक कर बैठी थी, बाबा की कारस्तानियाँ देख बेहिसाब रोना शुरू किया। वह दिन-रात रोती रहती। उनका रोना देखकर मुझे मेरे बाबा पर घिन आती थी। ऐसा लगता था जैसे उन्होंने हर रोज़ मिलनेवाली ज़िल्लत की ज़िन्दगी को स्वीकार लिया है। उन्हें अब यही सामान्य लगने लगा है। वे जिलियट के पिता के बिलकुल विपरीत थे। उनके अन्दर आदिवासियों के जीवन को बदलने की सनक थी लेकिन स्वाभिमान नहीं था। जबकि जिलियट के पिता अपनी दुनिया को वैसा ही बनाए रखना चाहते थे जैसी उन्हें मिली थी लेकिन उनके अन्दर लड़ने का साहस था।

इस घटना के तक़रीबन सात महीने बाद जिलियट अपने घायल पिता के साथ हमारे दरवाज़े पर खड़ी थी तब मेरी माँ ने इन सात महीनों में पहली बार अपनी आँखों के आँसू पोंछे और जिलियट को देखते ही उसे गले से लगा लिया।

दरअसल जिलियट के पिता को जिलियट कम्पनी का रेज़र मेरे बाबा ने ही गिफ़्ट किया था। मेरे बाबा ने जिलियट और जिलियट के पिता की देखभाल करने में कोई कसर नहीं छोड़ी। वह अब डैम में ज़्यादा समय बिताने लगे थे।

ज़्यादा समय बिताने का कारण यह था कि वह अधिकांश पकड़ी हुई मछलियों को पानी में बहा देते थे ताकि सबसे स्वादिष्ट और तन्दुरुस्त मछली पकड़ सकें। वह चाहते थे कि अपने लँगोटिया यार को ऐसी नायाब मछली खिलाएँ जिसके औषधीय गुण से जिलियट के पिता जल्दी से ठीक हो जाएँ। लेकिन जब जिलियट ने पहली बार माहवारी का अनुभव किया और उसकी दर्द से उठनेवाली चीख से तंग आकर भंजनगर में लोगों ने अपने कानों में मोटे-मोटे रुई के गोले ठूँस लिए और अगली सुबह तक उसकी चीखों का क्रम असहनीय रूप से चलता रहा जिसकी वजह से मुर्गों ने सुबह की बाँग नहीं दी। उसी दिन जिलियट के पिता ने इस दुनिया को छोड़ दिया। वह इस बात की सन्तुष्टि लिए मरे कि उनके जीते जी सोरोडा का जंगल उजाड़ा नहीं गया और बड़े-बड़े शहरी बाबुओं को सोने की खान की खुदाई की स्वीकृति नहीं मिल पाई।

जिलियट हमारे घर में बड़ी होने लगी। पहली माहवारी आने के बाद उसका रंग-रूप असधारण ढंग से विकसित हुआ। उसका चेहरा अब पहले से ज़्यादा सुरम्य और प्रांजल लगने लगा था। उसके बदन में कसावट थी। मैं दिन ब दिन उसकी और खिंचा चला जा रहा था। वह मेरी माँ के आँसुओं के खत्म होने का एकमात्र कारण थी। वह मेरे बाबा का ध्यान एक बेटी की तरह रख रही थी। इन सभी गुणों के बावजूद उसकी जिस कमी ने हमारा ध्यान अपनी ओर खींचा वह था उसका ज़िद्दी होना।

उसके ज़िद्दी होने का पता हमें तब चला जब के.एस.यू.बी. कॉलेज के पीछे खड़ी पहाड़ी पर उसने एक प्रयोगशाला ढूँढ़ निकाली। प्रयोगशाला के चारों तरफ़ बड़े-बड़े पत्तों वाले जंगली पेड़ थे और ठीक मुहाने पर काजू के पौधे फैले हुए थे जिनसे प्रयोगशाला का गुप्त दरवाज़ा सालों से लोगों की नज़रों से छिपा हुआ था। प्रयोगशाला के चारों तरफ़ बन्दरों का बसेरा था इसलिए भी भंजनगर के निवासियों का ध्यान उस प्रयोगशाला की तरफ़ नहीं गया होगा। प्रयोगशाला ढूँढ़ने के पीछे यह ज़िद थी कि हमारी पड़ोसी सोनालिसा ने जिलियट को यह ताना दिया था कि आदिवासी खून हो तब भी क्या। एक दिन में एक हज़ार काजू के फल कोई नहीं तोड़ सकता।

जिलियट ने नौ सौ निन्यानवे काजू के फल इकट्ठा कर लेने के बाद सिर्फ़ एक फल के लिए पहाड़ी पर चढ़ना शुरू किया और अपनी बात को सच साबित करने के लिए उसने सोनालिसा की मर्ज़ी के ख़िलाफ़ जाकर उसे बोरे में बन्द किया और कन्धे पर उठाकर पहाड़ी चढ़ती चली गई। जिलियट ने एक हज़ार काजू की संख्या पूरी करने के लिए जैसे ही काजू के पौधे की तरफ़ हाथ बढ़ाया तभी उसके हाथ को लोहे जैसी कोई सख्त चीज़ महसूस हुई। यह मकड़ी के जालों से घिरा एक लोहे का दरवाज़ा था। उसने जैसे ही दरवाज़े को धक्का दिया दरवाज़ा अन्दर की ओर खुल गया। अचानक मिली अप्रत्याशित चीज़ ने जिलियट को सकते में डाल दिया। उसके कन्धे से बोरा छूट गया और सोनालिसा तब तक लुढ़कती रही जब तक कि के.एस.यू.बी. कॉलेज की दीवार की बॉउंड्री से नहीं टकरा गई।

जिलियट अन्दर गई तो हैरान रह गई। वहाँ भौतिक विज्ञान से जुड़े कई सारे उपकरण और यंत्र रखे हुए थे। कुछ फ़ाइल्स थीं जिनमें जॉर्ज रसेल की पत्नी मिलेना रसेल की खोजी गई प्रमेय और सिद्धान्त थे और कुछ गणित के अनसुलझे प्रश्नों के उत्तर।

"पहले भंजनगर का नाम रसेलकोंडा था। इस डैम का इंजीनियर रसेल ही था।" नरसिंहा ने बीच में टोका। उसका चेहरा तमतमाया हुआ था। उसकी मोटी-मोटी भौंहें आपस में मिल गई थीं। यह इस बात का इशारा था कि वह अपने इस उत्तर को देकर गर्व का अनुभव कर रहा है।

"हाँ ठीक कहा।" किस्सागो मछुआरे ने हमारी तरफ़ देखते हुए कहा, "मुझे नहीं पता इस बात में कितनी सचाई है लेकिन भंजनगर के लोगों का यह मानना है कि यह प्रयोगशाला मिलेना रसेल की थी जिसे इतिहास में कभी दर्ज नहीं किया गया क्योंकि उसका पति इस बात को हजम नहीं कर पा रहा था कि उसकी पत्नी एक स्त्री होकर भी भौतिक विज्ञान की महान वैज्ञानिक होनेवाली है। लेकिन हमारी कहानी की हीरोइन मिलेना रसेल नहीं है इसलिए जिलियट पर वापिस आते हैं।"

इस भौतिक विज्ञान की प्रयोगशाला ने जिलियट को आकर्षित किया, अब वह अपना अधिकांश समय वहीं बिताती थी। मुझे नहीं पता वह क्या

समझ पाती थी और क्या नहीं। लेकिन उसने जैसे गणित की प्रमेय, विज्ञान के सिद्धान्त और नियमों के साथ रहते-रहते वैज्ञानिक चेतना पैदा कर ली थी।

मुझे बहुत बाद में समझ आया कि वह न केवल समय बल्कि इस दुनिया-जहान के अन्दर मौजूद विभिन्न आयामों के बीच यात्रा कर सकती है। यह कैसे सम्भव है कि पाँच क्लास तक पढ़ा व्यक्ति सिर्फ़ एक प्रयोगशाला में जाकर इतना मेधावी बन जाए कि वह विज्ञान की गुत्थियाँ सुलझाने लगे? पर यह दुनिया क्वांटम फिजिक्स जैसी हैरतअंगेज़ बातों से घिरी हुई है और जिलियट उनमें से एक थी।

उसकी ज़िद का दूसरा खूँखार रूप तब सामने आया जब 1991 में भंजनगर के सबसे अमीर आदमी यानी सोनालिसा के घर में टेलीफ़ोन आया था। जिलियट की यह इच्छा थी कि वह टेलीफ़ोन पर बात करे जिसके एवज में सोनालिसा ने उससे सोने की बाली माँगी। जिलियट हर दिन सोने के कण निकालने डैम में डुबकी लगाती, जब मैं जवानी के जोश में अपने बाल जलाने की तैयारी कर रहा था। लेकिन आपको क्या लगता है रेड पावर के रेवुलुश्नरी नेता की लड़की सोने के कणों को ऐसे ही ज़ाया होने देती जिसके लिए उसके परिवार ने जान दे दी? वह एक महीने तक लगातार सोने के कण निकालती और डैम से बाहर निकलते ही उन्हें वापिस डैम में फेंक देती।

दरअसल वह कशमकश में थी।

वह अगले दिन फिर दोपहर के ठीक एक बजे डैम पर आई। दनदनाती हुई। हमेशा की तरह ढेर सारा पानी अपने भीतर समाए। उसके चेहरे पर अतीत और भविष्य का नक्शा नजर आ रहा था जो लगातार आवाजाही से घिस गया था। उसने हमेशा की तरह अपनी दिनचर्या का पालन किया। सबसे पहले डुबकी लगाई। कुछ देर तक सोने के कण तलाशे और फिर वापस डैम के किनारे आकर खड़ी हो गई। अब मुझे उसके चेहरे पर गुस्सा और चिड़चिड़ापन नज़र आ रहा था। इससे पहले कि वह सोने के कण वापस डैम में फेंकती, उसके सामने मैं खड़ा था।

उसकी कशमकश को दूर करने के लिए मैंने उससे कहा, "मैं ज़िन्दगी भर यह सोचता रहा कि यह हम हैं जो चुनते हैं कि हमें किस रास्ते पर चलना है।

नहीं...बिलकुल नहीं, यह तो पहले से तय होता है। हम बस यह चुनते हैं कि हमें कैसे चलना है। अगर तुम्हें टेलीफ़ोन पर ही बात करनी है तो यह ज़रूरी नहीं है कि तुम सोनालिसा की बात ही मानो। और भी तो रास्ते हो सकते हैं जिन्हें तलाशा जाना बाकी है।"

वह कुछ देर तक मेरे चेहरे को यूँ ही देखती रही। धीरे-धीरे उसके चेहरे पर तनाव से खिंची आड़ी-तिरछी रेखाएँ अदृश्य होने लगीं। उसने मेरा हाथ पकड़ा और कहा, "इन कणों को वापस वहाँ रखते हैं जहाँ से इन्हें निकाला गया है।" फिर उसने मेरा हाथ पकड़े-पकड़े ही डैम में डुबकी लगाई और मुझे वहाँ ले गई जहाँ से सोने के कण निकले थे। जहाँ से मेरे बाबा ने माँ तारिणी से मिले आशीर्वाद के बाद दिल्ली ले जाने के लिए दैवीय रोहू मछली पकड़ी थी। वह एक टनल था। एक बड़ा-सा सुराख जिसे जिलियट ने वॉर्म हॉल कहा था। उसके अन्दर घुसते ही मेरे शरीर के अस्थि-पंजर सब ढीले हो गए थे। झीना-सा परदा और उसके बाहर एक ऐसी दुनिया जिसकी आपने कल्पना भी न की हो।

"पदार्थ अपने स्वभाव में सिर्फ़ कण ही नहीं होता बल्कि तरंगों की तरह भी व्यवहार करता है। वेव नेचर ऑफ़ पार्टिकल्स, मैटर का दुनिया के किसी भी आयाम में जाना मुमकिन बना सकते हैं। इसके लिए बस एक टनल की ज़रूरत पड़ती है।" मैं उसे घूर रहा था जब उसने यह न समझ आनेवाली बातें मुझे बताई।

"घूरो मत। समझो।"

"समझाओ मत। महसूस करवाओ।"

"ठीक है आज पूर्णिमा है। सूरज, पृथ्वी और चाँद एक सीध में होंगे। पृथ्वी का गुरुत्वाकर्षण और सूरज और चाँद के गुरुत्वाकर्षण खिंचाव की वजह से वार्म हॉल में इतनी ऊर्जा पैदा होगी कि वह अलग-अलग आयामों से जुड़ जाएगा और हम जहाँ चाहे वहाँ जा सकते हैं।"

पूर्णिमा की उस रात जब हम वॉर्म हॉल के नजदीक पहुँचे तब अतीत, वर्तमान और भूतकाल और न केवल समय बल्कि अलग-अलग ब्रह्मांड, अलग-अलग आयामों के साथ मेरी आँखों के सामने घूमने लगे।

सब कुछ मेरी नज़रों के सामने बिखरा पड़ा था। मैंने जिलियट का हाथ पकड़ रखा था क्योंकि अपने शरीर पर मैं बहुत तेज़ दबाव महसूस कर रहा था। मेरा सिर चकरा रहा था। मेरी नसें मुझे दर्द दे रही थीं। उनमें खून का प्रवाह बहुत तेज़ी से हो रहा था। मेरी नाक और कान से खून बहना शुरू हो चुका था।

"किसी भी एक दुनिया को चुनो।" जिलियट ने चिल्लाकर कहा।

मैंने हड़बड़ाहट में उस दिन को चुना जब कमांडर्स मेरे बाबा की लाई मछलियों को गोलियों से उड़ा रहे थे।

उस दिन जब कमांडर्स मेरे बाबा की लाई मछलियों को गोलियों से भून रहे थे तब एक मछली संसद भवन की कैंटीन में उड़कर चली गई। उन दिनों ए.सी.का चलन नहीं था। आज की तरह हाई-फाई मॉडुलर किचन नहीं हुआ करते थे। संसद की किचन में खाना बनानेवाले बावर्ची खिड़की खोलकर ही खाना बनाते थे। जिस समय मछली तली जा रही थीं ठीक उसी समय बुलेट से उड़ी मछली गरम कड़ाही में जा गिरी जिसमें दोपहर के मेनू में फिश करी बनाने के लिए मछलियाँ तली जा रही थी और उस मछली को दोपहर का सत्र खत्म होने के बाद उसी सांसद ने खाया जिसने मेरे बाबा की मछली उड़ाने का आर्डर कमांडर्स को दिया था।

वह बूढ़ा नेता मछली खाकर गन्ध और स्वाद के मद में अपने होश खो बैठा। उसे बस किसी भी तरह उस नायाब गन्ध को फिर से सूँघना था और उस स्वर्गीय स्वाद को फिर से चखना था। उसने बावर्ची को संसद भवन से निकालकर अपना पर्सनल शेफ नियुक्त कर लिया। महीनों बीते, मिली हिदायत के हिसाब से वह बावर्ची वैसी ही मछली बनाने की कोशिश करता रहा लेकिन वह कभी भी बूढ़े सांसद को सन्तुष्ट नहीं कर पाया।

बसन्त की किसी गैररूमानी सुबह, जब बूढ़ा सांसद पटियाला हाउस कोर्ट के बराबर स्थित अपने सरकारी बँगले में पौधों को पानी देने की सोच रहा था, उसे एक सूख चुके पौधे को देखकर एहसास हुआ कि उसके पास जीवित रहने के अब कम दिन ही बचे हैं और अगर उसे वापिस उस मछली का स्वाद लेना है तो उसे सख्ती दिखानी होगी।

उसने बावर्ची के साथ वही किया जो मेरे बाबा के साथ किया गया था। उसे थाने में बन्द करवा दिया गया। थानेदार को यह खास हिदायत दी गई कि बावर्ची की खातिरदारी में कोई कमी नहीं रहनी चाहिए। उस बावर्ची की कोई पत्नी नहीं थी शायद इसलिए पुलिस वालों ने उस बावर्ची के गुदाद्वार में ही रोज़ लकड़ी का डंडा डालना शुरू किया। फिर एक दिन जब गुदाद्वार से बने दबाव के कारण बावर्ची के मुँह से खून आने लगा उसने हिम्मत हार दी और उस दिन का सारा हाल कह सुनाया।

बूढ़े सांसद को मछली खाने की इतनी गहरी तलब उठ चुकी थी कि वह उसी दिन राजधानी ट्रेन से भुवनेश्वर आ गया और फिर वहाँ से मेरे बाबा को ढूँढ़ता-ढूँढ़ता हमारे दरवाज़े पर खड़ा मिला। वह रात पूर्णिमा की थी। बाबा ने मुझे साथ लेकर डैम में नाव उतारी। वह बार-बार मछली पकड़ रहे थे और वापिस पानी में छोड़ रहे थे। उस दिन उनके चेहरे पर वही तेज था जब वह जिलियट के पिता के लिए मछली पकड़ा करते थे। वह सर्वश्रेष्ठ के लालच में बेहद-बेहद और बेहद अच्छी मछलियाँ पानी में लुटाए जा रहे थे। मुझे अपनी उनींदी आँखों से उन पर गुस्सा आ रहा था और फिर एकाएक हम वहीं पहुँच गए जहाँ आप सोने के कण देखते हुए गिरे थे। वहीं जिलियट के वॉर्म हॉल के पास। उनके जाल में एक बेहद शानदार रोहू फँसी और वह चिल्ला पड़े, "बूढ़ा सांसद इसे खाने के बाद सारी सियासत भूल जाएगा।" मेरे परिवार ने अतीत की सारी बातें भूलकर बूढ़े सांसद को बड़े चाव से मछली खिलाई।

मेरे बाबा जिलियट के साथ प्रयोगशाला में समय बिताते-बिताते अब दीन-दुनिया की बातों से ऊपर उठ चुके थे। जिलियट ने उन्हें और न सिर्फ़ उन्हें बल्कि हम सबको आकाशगंगाओं के बारे में बंताया, कैसे गुरुत्वाकर्षण चतुर्थ आयाम होता है, प्रकाश के वेग से हम ब्रह्मांड में दूरियाँ नापते हैं और पूर्णिमा के दिन क्यों हमारे डैम का पानी अशान्त हो जाता है और जबकि मेरे बाबा पृथ्वी को डोंगी के आकार का ही मानते थे जिलियट ने उन्हें यह समझाने में काफ़ी मशक्कत की कि पृथ्वी गोल है और अपनी धुरी पर घूमते हुए सूर्य के चक्कर काटती है। इतने ज़्यादा अप्रतिम ज्ञान ने मेरे बाबा के

दिमाग को झटका दिया। अब वह जीवन के प्रति बहुत गहरी और दार्शनिक समझ रखने लगे थे। यही कारण रहा कि बूढ़े सांसद ने जब उन्हें मछलियाँ लेकर दिल्ली आने का न्योता दिया तब उन्होंने मना कर दिया। गुस्से में आकर बूढ़े सांसद ने पूरे डैम को सील करवा दिया लेकिन उन्हें किसी मछली में वह स्वाद नहीं मिला जो मेरे बाबा की पकड़ी हुई मछली में मिलता था। इस तरह उन्होंने फिर दूसरी बार मेरे बाबा की शरण ली।

जिलियट ने मौके का फ़ायदा उठाया। वह हम सबमें सबसे ज़्यादा अक्लमन्द थी। उस समय बूढ़े सांसद के पास गठबंधन की सरकार में खनिज मंत्रालय था। उसने बूढ़े सांसद की इच्छा पूरी करने के एवज में उससे इस बात पर हामी भरवा ली कि देश में जो 'नई राष्ट्रीय मिनरल पॉलिसी' बन रही है जिसके अनुसार आदिवासियों की सहमति के बिना ही खनिजों के खनन का अधिकार उद्योगपतियों को मिल जाएगा उससे उसके जंगल यानी कि सोरोडा को मुक्त रखा जाए। जिलियट की दूसरी शर्त यह थी कि उसे एक बड़ा टेलीफ़ोन दिया जाए और वह भी टेलीफ़ोन माँगे जाने का कारण पूछे बिना।

बूढ़ा सांसद बस गन्ध और स्वाद पर लट्टू था। उसे सिर्फ़ मछली चाहिए थी। वह सभी शर्तों को बिना अगर-मगर के मान गया। अब वह हर पूर्णिमा की रात बिला नागा हमारे घर आता और मेरे बाबा उसे मछलियाँ पकड़कर खिलाते।

जिलियट को जैसे ही टेलीफ़ोन मिला वह बात करने के लिए बेचैन हो उठी। शुरू में उसने पुलिस और फायर डिपार्टमेंट में फ़ोन किए। फिर डाकखाने और बिजली विभाग के नम्बर मिलाए। लेकिन हर जगह एक ही प्रश्न पूछे जाने पर "बताइए, हम आपकी क्या सेवा कर सकते हैं?" वह चिढ़ गई। वह लम्बी बात करना चाहती थी। इसलिए उसने यह निर्णय लिया कि भंजनगर और सोरोडा के बाकी लड़कों की तरह मुझे भी बड़े शहर जाना होगा। काम-धन्धा करना होगा। ताकि वह हर शाम को मुझ से टेलीफ़ोन पर बात कर सके।

जिलियट ख़ुश थी कि उसने अपने बाबा की इच्छा का मान रखा और उसका जंगल, उसके लोग सुरक्षित हैं। लेकिन कई बार टेलीफ़ोन पर बात करते हुए मुझे महसूस होता था कि वह मेरे कन्धों पर सिर रखकर सुबक रही है।

उसकी आँखें गीली हैं और बार-बार वह खुद को कोस रही है कि वह एक स्वार्थी लड़की है जिसने सिर्फ़ अपने जंगल को बचाया और देशभर के जंगल को नई राष्ट्रीय मिनरल पॉलिसी के हवाले कर दिया। मैंने उसे दिलासा दिया। उसके सुबकने की आवाज़ आई और फिर वह मेरे कन्धे पर सिर रखे-रखे ही सो गई।

जिन दिनों मैं जिलियट की टेलीफ़ोन पर बात करने की ज़िद पूरी करने के लिए और हाँ कुछ हद तक रोज़गार की तलाश में भी, दिल्ली, पुणे, सूरत और बंगलौर के चक्कर लगा रहा था उन दिनों बूढ़ा सांसद दैवीय रोहू मछली खाने के बाद एक नेता से मनुष्य में परिवर्तित होता जा रहा था और उसके साथ-साथ देश भी पूरी तरह बदल रहा था। मस्जिद का ढाँचा गिराना, चारों तरफ़ ब्लास्ट, दंगे, सुनामी, आर्थिक मन्दी, भ्रष्टाचार और 26/11 जैसी घटनाओं ने देश के भविष्य को हिला डाला था। हिन्दू पहले से ज़्यादा हिन्दू होने लगा था और मुसलमान पहले से ज़्यादा मुसलमान। इस बात पर यक़ीन करना सच में मुश्किल होता जा रहा था कि कौन ज़्यादा जंगली है? हम आदिवासी या आप लोग?

बूढ़ा सांसद इतना सात्विक और भोला हो चुका था कि वह राजनीति को एक दलदल मानने लगा और रिटायर होने की सोचने लगा जबकि उसका शातिर दिमाग बेटा देश का प्रधानमंत्री बनने के ख्वाब देख रहा था। वह देश के उद्योगपतियों से मिलकर देश के हालात पर हर रोज़ चर्चा करता और रात को अपने पिता से इस बात पर झगड़ता कि उनकी मछली खाने की सनक ने सोरोडा के हज़ारों टन सोने को अब तक बचा रखा है। उसने महसूस किया कि उसके लिए अपने पिता की मछली खाने की इच्छा समाप्त करवाना मुश्किल है। कई बार उसके दिमाग में यह भी आया कि वह अपने पिता को मरवा दे ताकि प्रधानमंत्री बनने के बाद सोरोडा का सारा सोना वह अपनी मन मर्ज़ी से खर्च कर सके। लेकिन उनकी पार्टी जिसका नाम 'राष्ट्र गौरव सेना' था के आधे से ज़्यादा विधायक और सांसद, बूढ़े सांसद के इशारे पर ही उठते-बैठते थे इसलिए प्रधानमंत्री बनने तक उसने बूढ़े सांसद को ज़िन्दा रखने में ही भलाई समझी।

देश में आम चुनाव हुए और सत्ता बूढ़े सांसद की पार्टी को मिली। बूढ़े सांसद ने राजनीति से संन्यास ले लिया तो उसका शातिर दिमाग बेटा देश का प्रधानमंत्री बना।

मैं नहीं जानता कि यह ख़ुश होने की बात थी या दुखी होने की लेकिन देश में अमीर-अमीर होता जा रहा था और गरीब पहले से ज़्यादा गरीब। अर्थव्यवस्था का आकार बढ़ता जा रहा था और जबकि हम जैसे अनचाहे लोगों की ख़रीद-फ़रोख्त करने की शक्ति घटती जा रही थी। लेकिन फिर भी लोग ख़ुश थे। डाटा सस्ता हो चुका था। सबके हाथ में मोबाइल फ़ोन था जिसमें एक महीने आई.पी.एल. चलता था तो बाकी के ग्यारह महीने फ़ेक न्यूज़।

जिलियट के पास अब टेलीफ़ोन की जगह मोबाइल फ़ोन था। मैंने भी सैमसंग कम्पनी का एक मोबाइल ख़रीद लिया था। हालाँकि वह मोबाइल चोरी का था जो एक छपरी पाकेटमार ने मुझे तेरह सौ में दिया था लेकिन बढ़िया चलता था।

समय और अलग-अलग आयामों के बीच की जानेवाली यात्राओं ने जिलियट को आगाह कर दिया था। वह भविष्य को लेकर आशंकित रहने लगी थी और मुझे लेकर परेशान। जिलियट चाहती थी कि मैं वापिस आ जाऊँ। उसकी फ़ोन पर बात करने की इच्छा खत्म हो चुकी थी। वह सिर्फ़ मेरे साथ रहना चाहती थी लेकिन मेरी सोच अब बदल चुकी थी। मैं शहर देख चुका था। मैं अब अपने पिता की तरह सोचने लगा था। क्या यह अजीब इत्तफाक नहीं है कि एक उम्र के बाद जिस शख्स को हम सबसे ज़्यादा नापसन्द करते हैं वह लौटकर आता है हमारा ही अंग बनकर? एक दिन अचानक से हम पाते हैं कि उसमें और हममें कोई अन्तर नहीं रह गया है। मुझे मेरे पिता की तरह ही आदिवासियों की ज़िल्लत भरी ज़िन्दगी पर तरस आने लगा था। मुझमें पैसे कमाने की धुन सवार हो चुकी थी। मैं बस किसी भी तरह माँ-बाबा और जिलियट की सारी इच्छाएँ पूरी करना चाहता था। लेकिन मुझे नहीं पता था कि हमारे अदने से परिवार पर प्रधानमंत्री जैसे अति महत्त्वपूर्ण व्यक्ति की भी नज़र हो सकती है।

वे अपने पिता का भंजनगर आकर मछली खाना तो नहीं छुड़वा पाए। उन्होंने हज़ारों टन सोना हासिल करने के लिए दूसरे पैंतरे का इस्तेमाल करना शुरू किया।

उन दिनों मैं दिल्ली में था और भंजनगर के लड़कों के साथ बड़े-बड़े आपर्टमेंट में पानी का जार पहुँचाने का काम करता था। हमारे पास रहने का घर नहीं था, हम यमुना किनारे छोटी-सी झोंपड़ी बनाकर गुज़ारा करते थे। ऐसा नहीं है कि हम कमरा किराए पर ले नहीं सकते थे लेकिन अगर कमरा किराये पर ले लेते तो खाते क्या और बचाते क्या? हम सब भाई-बन्धु यमुना किनारे ही नहाना-धोना और खाना-पीना किया करते थे।

"तुम सब जहाँ जाते हो क्रिमिनल वाले काम ही करते हो। साले तुम सब इललीगल रहते थे दिल्ली में।" नरसिंहा अपनी चुप्पी तोड़ता है। उसका चेहरा गुस्से से सुर्ख लाल हो चुका है।

"हम सभी पुलिस वालों को महीने का तीन हज़ार देते थे तो इललीगल कैसे हुआ?" किस्सागो मछुआरा जिरह करता है।

"नरसिंहा तुम शान्त रहोगे?" मैं दखल देता हूँ। "आगे बताओ फिर क्या हुआ?"

जुलाई की एक चिपचिपी सुबह जब मैं सोकर उठा तो खुद को हल्का करने के नीयत से यमुना किनारे पेशाब करने लगा। मुझे नहीं पता था कि लोग इतने बेरहम हो सकते हैं। किसी ने चुपके से हमारी वीडियो बना ली। अगस्त के महीने में जब बारिश भयंकर हुई और हरियाणा सरकार ने अपने राज्य का सारा पानी यमुना के रास्ते दिल्ली में छोड़ा तब यमुना से सटे कई इलाके डूब गए। ठीक उसी समय मेरा पेशाब करता हुआ वह वीडियो फ़ेसबुक और वाट्सएप पर वायरल हो गया जिसकी टैग लाइन थी—आदिवासियों के मूतने से दिल्ली में आ रही है बाढ़।

हम इससे पहले कुछ समझ पाते एक पूर्णिमा की रात 'राष्ट्र गौरव सेना' के कार्यकर्ताओं ने हम पर हमला कर दिया। हम सभी ने अपनी जान बचाने के लिए यमुना में छलाँग लगा दी। यमुना के पानी के भीतर कहीं गहरे में वही सोने की चमक नज़र आ रही थी। वह जिलियट का बनाया वॉर्म हॉल था।

मैं जैसे-तैसे अपने साथियों को खींच-खींचकर उस वॉर्म हॉल में घुसाने की कोशिश करने लगा। हमारे दो साथी डूब गए और एक पानी की सतह पर तैर रहा था जिसे स्थानीय लोगों ने बाहर निकालकर तब तक मारा जब तक वह मर नहीं गया।

लगभग एक महीने तक इस घटना की न्यूज़ चैनल्स पर डिबेट होती रही। तब तक हम लोग भंजनगर में ही एक पहाड़ी पर छिपे रहे। एक-दो महीने बाद जब मामला शान्त हुआ तब हम अपने अंडरग्राउंड दड़बों से बाहर निकले। उस समय हमारी हालात चूज़ों की तरह हो गई थी जो अपनी जान बचाने के लिए कूल्हे अपने सिर पर टिका दौड़े जा रहे हैं इस डर से कि फिर से कहीं किसी फ़ेक या हेट न्यूज़ के पैरों के नीचे कुचलकर मारे न जाएँ।

इस बार लुटते-पिटते हम सूरत पहुँचे। हमें सूरत में तैयार किए जानेवाले लहँगों की पैकिंग का काम मिला। पिछली बार जो ग़लती हमने की थी वह इस बार नहीं दोहराई। इस बार हम सभी आठ-दस लोगों ने मिलकर एक कमरा किराए पर लिया और जैसे-तैसे दिन गुज़ारने लगे। बाथरूम बहुत गन्दा था जाने पर उल्टी आती थी। बाहर खुले में करने का जो आनन्द था वह यहाँ नहीं था लेकिन हम सबने समझौता कर लिया था। एक कमरे में जब आठ-दस लोग सोते हो और छत पर सिर्फ़ एक छोटा सा पंखा नाचता हो तो बहुत गर्मी लगती है। लेकिन हम लोगों के पास शिकायत करने के लिए समय नहीं था। हम दिन-रात काम करते रहते थे।

हम जिस घर में किराए पर रहते थे वह मकान मालिक दिखने में बहुत सभ्य आदमी लगता था। बस एक ही समस्या थी कि उसके पेट से ज़्यादा उसके गाल बाहर निकले हुए थे और अपने इन मोटे-मोटे गालों से वह हर अगली पंक्ति में बूढ़े सांसद के शातिर दिमाग बेटे की तारीफ़ करने लग जाता था। वह हमारे प्रधानमंत्री का बहुत बड़ा फ़ैन था। शर्ट-पैंट पहनने के बजाय धोती-कुरता पहनता था। महात्मा गांधी की तरह।

"नहीं महात्मा गांधी सिर्फ़ धोती पहनते थे। कुर्ता तुम अपनी तरफ़ से क्यों मिलाता है?" नरसिंहा तथ्यात्मक त्रुटि को सही करता है और मेरी तरफ़ देखकर सहमति लेने के अन्दाज़ में व्यंग्य में कहता है, "साला! मिलावटी आदमी।"

हाँ, लेकिन धोती के नाम पर मुझे सबसे पहले महात्मा गांधी ही याद आते हैं। वैसे हमारे मकान मालिक के सिर पर नेहरू टोपी भी होती थी। वह बहुत चिड़चिड़ा था। बात-बात पर गाली-गलौज पर उतर आता था। शायद इसका कारण यह था कि उसके बेटे ने लहँगे का जो नया कारखाना लगाया था वह डूब गया था और आजकल उसके घर में तंगी का माहौल था। या शायद उसके चिड़चिड़े होने का कारण यह था कि वह हम आदिवासियों से नफ़रत करता था। महँगाई और तंगहाली ने उसे इस कदर परेशान कर दिया था कि वह उनको भी कमरा किराए पर देने को तैयार हो गया जिन लोगों से नफ़रत करता है।

धीरे-धीरे हमें नज़र आया कि पनौती बेटे के अलावा उसकी एक बहुत ही ख़ूबसूरत बेटी भी है। मॉडलिंग करना चाहती थी। इसकी शुरुआत उसने हमारी लहँगा बनानेवाली कम्पनी से की। हमारी लहँगा बनानेवाली कम्पनी ने उसका फ़ोटो शूट कराया इसमें उसने अलग-अलग लहँगे पहन कर स्टाइलिश पोज़ दिए। उसके बहुत सारे पोस्टर हमारे घर में रखे रहते थे। हम रात-दिन लहँगे की पैकिंग करते हुए हर एक पैकेट में उसका फ़ोटो डाला करते थे।

शुरू के चार महीने बहुत आराम से बीते फिर अचानक हमारे आसपास अजीबोगरीब घटनाएँ घटने लगीं। हम सभी को रात को अचानक किसी के हिचकी लेने की आवाज़ आने लगती। वह आवाज़ इतनी तीखी और कर्कश होती कि हम सभी रात को ढंग से सो नहीं पाते। पूरे मोहल्ले में तरह-तरह की बातें होने लगी। मैं जो जिलियट को सारी बातें बताता था, इस बात को गोल कर गया। मुझे लगा कि वह बेकार ही परेशान हो जाएगी। हफ़्ते भर में पचास से ज़्यादा अनुमान मोहल्ले में तैर रहे थे पर सबसे भरोसेमन्द थ्योरी जिस पर पहली बार में हमने भी विश्वास किया वह यह कि हमारे मकान मालिक की बेटी को हिचकी आने की बीमारी हो गई है। वह ख़ूबसूरत जो इतनी थी। आख़िर लोग उसे याद कैसे न करते?

अगले दिन हमारे कमरे के बाहर पुलिस खड़ी थी। पुलिस ने बताया कि हमारे ख़िलाफ़ प्राथमिकी दर्ज हुई है कि हमारे मकान मालिक की बेटी की

मॉडलिंग वाली तसवीरें हमारे घर में है और हम लफंगों की तरह उसकी बेटी को रात-दिन याद करते रहते हैं। इसकी वजह से उसे हिचकियाँ आ रही हैं।

बात अगर यहीं तक रहती तो कोई हर्ज नहीं होता। हम अगले ही दिन पुलिस वालों को दस हज़ार देकर छूट चुके होते।

आज भी इस बात पर यक़ीन नहीं होता है कि प्रकाश की रोशनी ज़्यादा तेज यात्रा करती है या व्हाट्सएप के फ़ॉरवड्र्स। एक स्थानीय समाचार-पत्र ने जब इस खबर को छापा तो उसकी कटिंग व्हाट्सएप पर फ़ॉरवर्ड होने लगी। धीरे-धीरे मोहल्ले भर की लड़कियों को हिचकियाँ आने लगीं। मोहल्ला, शहर और फिर देश भर की लड़कियों को हिचकी आने की बीमारी हो गई। कोई भी लड़की यह मानने को तैयार नहीं थी कि वह कम ख़ूबसूरत है और उसे याद नहीं किया जा रहा।

मुख्यमंत्री कार्यालय से आनन-फानन एक प्रेस रिलीज़ जारी किया गया। मामले की संजीदगी को देखते हुए हम आदिवासी लड़कों को राष्ट्रीय सुरक्षा के लिए खतरा माना गया। हमारे ऊपर तरह-तरह के हेट न्यूज़ फ़ेसबुक और व्हाट्सएप पर तैरने लगे। देश में होनेवाली हर बुरी घटना को हमसे जोड़कर हमें कुसूरवार ठहराया जाने लगा।

तक़रीबन एक महीने तक हमें पुलिस की गिरफ्त में रखा गया। निचली अदालत ने हमें जमानत देने से इनकार कर दिया तो हमें जेल भेज दिया गया। हमें इतना मारा-पीटा गया कि मेरे अधिकांश साथी पुलिस कस्टडी में दम तोड़ चुके थे।

अकेला मैं ही था जो किसी तरीके से अपने अन्दर ज़िन्दगी को बचाकर रखे हुआ था। मेरे पूरे शरीर पर कटने और जलने के निशान थे जिनमें से हर समय खून रिसता रहता था। मुझे नहीं पता मेरे अन्दर वह कौन सा साहस था जो मुझे ज़िन्दा रखे हुए था। मुझे बस जिलियट को देखना था। बस उससे मिलना था। मैंने बहुत कोशिश की और अपने दिमाग पर ज़ोर दिया। मुझे लगा कि मेरे हाथ में जो सोने की अँगूठी है उसके ज़रिये मैं जिलियट तक पहुँच सकता हूँ। मैंने अपनी सोने की अँगूठी के बदले में एक सिपाही को इस बात के लिए मना लिया कि कल आनेवाली पूर्णिमा की रात को वह

मेरे लिए एक बाल्टी पानी का इन्तज़ाम कर दे ताकि मैं नहा सकूँ। सोने की अँगूठी शायद इस काम के लिए ज़्यादा थी, वह इतना ज़्यादा ख़ुश था कि उसने एक बाथ टब ही मेरे सेल में रखवा दिया। बाथ-टब में पानी भरने के बाद मैंने जैसे ही अन्दर प्रवेश किया जिलियट को वक़्त नहीं लगा। उसने वॉर्म हॉल बनाकर मुझे बाथ-टब से निकाल लिया।

ऐसा लग रहा था जैसे पूरा देश हमारे ख़िलाफ़ खड़ा हो गया है। हम जहाँ जाते, सिर्फ़ हमारी ही बात होती थी। हमें नफ़रत की निगाह से देखा जाता था। हर कोई हमें मारने के लिए, पीटने के लिए तैयार बैठा था। मैं आख़िर किसकी बात सुनता? जिलियट की? जो अपने पिता की तरह बोलने लगी थी। मेरे शरीर पर मलहम लगाते हुए कही उसकी बातें मेरे कानों में गूँज रही थी, "मुझे नहीं पता तुम किस देश की बात कर रहे हो? जंगल ही मेरी माँ है और जंगल ही मेरा देश है। मैं बस जंगल के लिए लड़ूँगी, तुम्हें जिसके लिए लड़ना है तुम लड़ो।" या फिर अपने पिता की? जिनके अन्दर ग्लानि थी और अन्दर एक विश्वास था कि वह आज नहीं तो कल इस देश का हिस्सा बन ही जाएँगे। वे तो बस संसद के सदस्यों को मछली खिलाना चाहते थे। ताकि उनकी भी प्रशंसा हो सके। ताकि लोग उनको भी पहचान सकें।

घर में तनाव का माहौल था। अब किसी भी हालत में मुझे मेरे घर वाले बाहर भेजने को तैयार नहीं थे। लेकिन मैं भविष्य के बारे में सोच रहा था। सिर्फ़ मछली पकड़कर चार लोगों के पेट नहीं पाले जा सकते थे। मैंने इस बार बैंगलोर जाने का मन बनाया। मुझे अगले दिन ब्रह्मपुर से ट्रेन लेनी थी। वह पूर्णिमा की रात थी। पिछले बीस वर्षों से पूर्णिमा की रात को बूढ़ा सांसद हमारे घर आ रहा था। उसके आने का सोचकर मैं भी मछली पकड़ने में बाबा की मदद करने लगा। मैं उनको बहुत अच्छी-अच्छी मछलियाँ पकड़कर दे रहा था लेकिन वह हर मछली को पानी में बहा देते। जब हमारी डोंगी उस स्थान पर पहुँची, जहाँ आप बेहोश होकर गिरे थे उन्होंने अपना जाल फेंका और उन्हें जो मछली मिली वे उसे देखकर उछल पड़े। सच में वह मछली इतनी सुन्दर थी कि अगर मेरे पास एक-दो दिन का समय होता तो मैं उसे फ्रेम करवाकर अपने घर में टँगवा लेता। बाबा बहुत ख़ुश नज़र आ रहे थे।

बाबा ने जिलियट के साथ मिलकर बहुत जतन से मछली बनाई और माँ ने चावल को चूल्हे पर चढ़ाया। बूढ़ा सांसद अपनी कड़ी सुरक्षा के साथ हमारे घर आया। उसके लिए हमारे घर के बरामदे में डाइनिंग टेबल लगवाई गई और दो सुरक्षाकर्मियों ने उसे पंखा करना शुरू किया। उस रात जब उसने मछली-चावल खाए वह बस पागलों की तरह खाता रहा। उसने एक बार भी अपना सिर ऊपर नहीं उठाया। उसने चावल का आख़िरी दाना और मछली का आख़िरी कौर अपने मुँह में दबाया और चबाते-चबाते कहने लगा, "आज मेरा जीवन सफल हुआ। मुझे इस दुनिया से अब कोई शिकायत नहीं है। न कोई मलाल है। इससे अच्छी मछली न मैंने कभी खाई है और न अब मैं खाना चाहता हूँ।" इतना कहते ही उसने एक लम्बी साँस ली और अपनी आँखें हमेशा-हमेशा के लिए बन्द कर लीं।

एक सांसद का इस तरह सन्देहास्पद हालत में मर जाने का मतलब तो समझते हैं आप? वह न केवल सांसद था बल्कि भारत के वर्तमान प्रधानमंत्री का पिता भी था और न सिर्फ़ भारत के वर्तमान प्रधानमंत्री का पिता बल्कि देश की सबसे बड़ी पार्टी का संस्थापक।

हमारे मिट्टी, बाँस और टट्टी से बने घर पर बुलडोज़र चलवा दिया गया। देखते-ही-देखते पूरा भंजनगर छावनी में तब्दील हो गया। चारों तरफ़ लोगों की भीड़ थी जिनमें राष्ट्रीय गौरव पार्टी के सदस्यों से लेकर आम जनमानस भी था जो देश के कोनों-कोनों से चलकर इनसाफ़ माँगने आया था। चारों तरफ़ नारों की आवाज़ ही सुनाई पड़ती थी। हमसे हर दिन घंटों पूछताछ होती। कभी स्थानीय पुलिस तो कभी सीबीआई।

भंजनगर की सीमा पर शिविर लगने लगे। मीडिया का ताँता लग गया। नेतागण आते और उत्तेजित करनेवाले भाषण देते। हमें बार-बार पुलिस थाने और अस्पताल के बीच घुमाया जा रहा था। अस्पताल में तरह-तरह की जाँच होती। हमें जैसे ही पुलिस जिप्सी में ले जाया जाता, आन्दोलन कर रहे लोगों की भीड़ हमारी जिप्सी पर कूद पड़ती। भीड़ एक स्वर में चिल्लाती—

देश के गद्दारों को, गोली मारो सालों को
देश में अगर रहना होगा, सोरोडा का सोना देना होगा

मुख्य आरोपी मेरे पिताजी और माँ को बनाते हुए सीबीआई ने चार्ज शीट दाखिल की। जिलियट और मुझे जिस दिन छोड़ा गया हमें उस दिन पता चला कि आदिवासियों की ज़िन्दगी बदलने का ख्वाब देखनेवाले मेरे बाबा ने अपने बच्चों को बचाने के लिए एक हलफ़नामे पर हस्ताक्षर किए हैं जिसमें उन्होंने यह स्वीकारा है कि वर्तमान प्रधानमंत्री के पिता और बूढ़े सांसद की हत्या मेरी माँ और बाबा ने एक साजिश के तहत की है।

नरसंहार से 01 दिन पहले

मैंने इंटरनेट पर पिछले एक महीने के न्यूज़ चैनल्स और अख़बारों को खँगाला और इस वॉर्म हॉल, आक्रामक भीड़, बूढ़े सांसद की मृत्यु, सोरोडा का सोना इन सबके पैटर्न को समझने की कोशिश की। अब मैं सारी कड़ियों को जोड़ पा रहा था। मेरे लिए ये आदिवासी, इनका सोना कभी से ज़रूरी नहीं था। जो चीज़ मुझे अस्थिर कर रही थी वह थी वॉर्म हॉल की परिकल्पना। मैं अपने शरीर में कम्पन को महसूस कर पा रहा था। मेरा माथा जल रहा था। मैं एक साथ उत्सुकता और डर को जी रहा था। विज्ञान की सबसे बड़ी खासियत यह है कि जो आज फैंटेसी है कल सच बन जाता है और जो आज सच है वह कल फैंटेसी बनकर अपना मज़ाक़ उड़वाता है। इस सच और फैंटसी के बारीक़ अन्तर को मिटाने को लिए हम वैज्ञानिक पेंडुलम की तरह डोलते रहते हैं, अज्ञात को जानने की तीव्रता इतनी बढ़ जाती है कि हम अपना घर-बार, दोस्ती, अपनी ज़िन्दगी का सबसे कीमती सरमाया—अपना प्यार तक खो देते हैं। मैं उत्सुक था कि पता नहीं कौन सा अद्वितीय ज्ञान हमारे हाथ लगनेवाला है साथ ही डर भी लग रहा था कि पता नहीं इस बार मैं क्या खोनेवाला हूँ।

जब मैं शाहिद सर और टीम के साथ पहुँचा तब हम सभी हैरान रह गए क्योंकि वॉर्म हॉल के पास कोई भी इलेक्ट्रोमैग्नेटिक फ़ील्ड नहीं बन रहा था जबकि इस केन्द्र के 500 मीटर की परिधि के बाहर हम उन्हीं भारी विद्युत चुम्बकीय तरंगों को डिटेक्ट कर पा रहे थे जिसके लिए हम यहाँ आए थे।

वहाँ जाते ही हमने सोने के उन कणों को उठाया और लैब में ले आए। गोताखोरों को सोने के कणों के भीतर जाने की इजाज़त नहीं थी। शाहिद सर पहले इस बात को लेकर निश्चिन्त होना चाहते थे कि ऊर्जा का इतना भरी स्रोत कहीं रेडियोएक्टिव तो नहीं है।

हम लैब में पूरे दिन तरह-तरह के ऑब्जरवेशंस और प्रयोग करते रहे। शाम को शाहिद सर ने मेरे साथ कॉफ़ी पी और टीम के सामने मेरी तारीफ़ करते हुए कहा, "महीनों की थका देनेवाली मेहनत के बाद आज हमें सफलता मिली है और इस कामयाबी का सेहरा शुभम के सिर ही बँधना चाहिए। शुभम को जूनियर रिसर्च एसोसिएट से सीनियर रिसर्च एसोसिएट प्रमोट किया जा रहा है और मुझे उम्मीद है कि अपनी लम्बी दाढ़ी को शुभम आज ही कटवा लेंगे।" मैंने हामी में सिर हिलाते हुए इस सराहना को स्वीकार किया। उन्होंने आगे कहा, "एक अच्छी बात और है कि वह सोने से दिखनेवाले कण रेडियोएक्टिव नहीं है। मुझे लगता है वे कण डार्क मेटर हो सकते हैं। शायद इसलिए वे किसी भी इलेक्ट्रोमैग्नेटिक फील्ड के साथ प्रतिक्रिया नहीं कर रहे हैं।" उनके इतना कहते ही एक बड़ा पत्थर लैब के काँच से टकराया। उनकी बात अधूरी ही रह गई। काँच का वह टुकड़ा हमारी टीम की सीनियर रिसर्च एसोसिएट बंशिका यादव के हाथ में लगा और झरने की तरह खून बहना शुरू हो गया।

प्रदर्शनकारियों की भीड़ ने हमारी लैब पर हमला कर दिया था। हमने जैसे-तैसे बंशिका के हाथ में से काँच निकाला, खून को रोकने के लिए मैंने कई लोगों के रूमाल को पट्टी की तरह इस्तेमाल किया। हालाँकि लैब में फ़र्स्ट एड बॉक्स था लेकिन किसी के भी दिमाग ने उस समय काम नहीं किया। हमने ज़रूरी रिपोर्ट्स और एक्यूपमेंट्स को बचाते हुए खुद को वहाँ से बाहर निकाला। बाहर पुलिस ने हमें सुरक्षा देने की कोशिश की। हमने पुलिस से मिन्नतें की कि वह इन प्रदर्शनकारियों को यहाँ से हटाए क्योंकि लैब का बचा रहना वॉर्म हॉल के रहस्य को समझने के लिए ज़रूरी है। हमारी मिन्नतों पर एक पुलिस वाला हमें हिकारत से भरी निगाहों से देखते हुए बोला, "अगर देश को सोरोडा का सोना मिल जाएगा तो हम चाइना को

भी पछाड़ सकते हैं। क्या तुम लोगों के अन्दर ज़रा भी देशभक्ति नहीं बची है। गद्दार बहिनचोद!" यहाँ बहस करने से कोई फ़ायदा नहीं होनेवाला था इसलिए हम शान्त होकर खड़े रहे। थोड़ी ही देर में हमारी लैब को आग के हवाले कर दिया गया।

नरसंहार वाले दिन

यहाँ का माहौल खौफनाक हो चुका था। मुझे समझ नहीं आ रहा था कि अब तक इंटरनेट सेवाएँ बन्द क्यों नहीं की गई हैं। व्हाट्सएप और फ़ेसबुक पर लगातार मार-काट की तसवीरें और वीडियो तैर रहे थे। प्रदर्शनकारियों का हुजूम जब-जब मेरे रूम के नीचे से गुज़रता मुझे कल रात वाली घटना याद आ जाती जब हमारी लैब को हमारी आँखों के सामने जला दिया गया और हम कुछ नहीं कर पाए। मैं अपनी बालकनी में लटके परदे की ओट में छिपकर प्रदर्शनकारियों को लाठी, पेट्रोल, देसी कट्टा लिए घूमते हुए देख रहा था। सबके हाथ में मोबाइल फ़ोन था। वे लगातार वीडियो बना रहे थे। फ़ोटो ले रहे थे।

हमारे सभी साथी सुरेश और नरसिंहा की मदद से भुवनेश्वर के लिए निकल गए थे। सभी ने अपने घर वालों के दबाव में आकर फ़्लाइट बुक कर ली थी।

पापा का फ़ोन आया। वे गृह मंत्रालय में सेक्शन ऑफ़िसर हैं। उन्होंने बताया कि आर्मी की तीन बटालियन भंजनगर की तरफ़ रवाना कर दी गई है और सोरोडा के जंगल को प्रदर्शनकारियों ने चारों तरफ़ से घेर लिया है। वहाँ कभी भी कुछ भी हो सकता है। उन्होंने इल्तिजा की कि मैं जैसे-तैसे फ़्लाइट पकड़कर घर आ जाऊँ। लेकिन सिर्फ़ मैं और शाहिद सर ही थे जो उस वॉर्म हॉल के रहस्य को जाने बिना जाने को तैयार नहीं थे।

शाहिद सर और मैंने योजना बनाई कि आज रात हम वॉर्म हॉल के पास जाएँगे और सुरक्षा यंत्रों और ड्रेस के साथ डैम में उतरेंगे। सुरेश और नरसिंहा वापस भंजनगर आ चुके थे। हमने उन्हें साथ लेना ज़रूरी समझा।

हम के.एस.यू.बी. कॉलेज से ढलान की तरफ़ बढ़ रहे थे तभी प्रदर्शनकारियों की भीड़ ने हमें घेर लिया और ज़बरदस्ती अपने साथ कॉलेज के बराबर में बने केन्द्रीय विद्यालय में ले आए। उनकी संख्या मुश्किल से पन्द्रह रही होगी।

इस प्रत्याशित घटना के बीच मेरी नज़र एकाएक आसमान की तरफ़ गई। वह रात पूर्णिमा की थी। इतने साफ आसमान में इतना ख़ूबसूरत चाँद मैंने आज तक नहीं देखा था।

चाँद से ज़्यादा खिंचाव जिलियट के चेहरे में था। विद्यालय के प्रांगण में आदिवासियों का नेतृत्व करनेवाली हो न हो वह जिलियट ही थी। उसका चेहरा आग की तरह चमक रहा था। उसकी आवाज़ में इतनी कशिश थी कि सुननेवाला व्यक्ति बस सुनता रह जाए। जिलियट के साथ वह किस्सागो मछुआरा भी था। उन सबके हाथ में मशाल थी। मैंने किस्सागो मछुआरे से पूछा कि वह अपनी भाषा में लोगों से क्या कह रही है? "कह रही है कि बारूद की सुरंग से बाहर निकलने के लिए मशाल लेकर जाना ही एकमात्र विकल्प हो तो भी मशाल जलाने में देर नहीं करनी चाहिए।" उसने आगे जोड़ा, "यह वे आदिवासी हैं जो जिलियट की मदद से सोरोडा के जंगल से भागने में कामयाब हुए हैं। प्रदर्शनकारियों ने सोरोडा के जंगल में सबको जला दिया। कुछ नहीं बचा। बस ये गिनती के 36 लोग बचे हैं जिनमें 12 बच्चे हैं।"

मैंने ध्यान दिया कि इस बीच शाहिद सर प्रदर्शनकारियों को समझाने की कोशिश कर रहे थे। शाहिद सर उस समय बहुत मज़बूत दिख रहे थे। मैं भी कोशिश करने लगा। लेकिन उन्होंने हमारी एक नहीं सुनी। शाहिद सर और मैं प्रदर्शनकारियों और आदिवासियों के बीच दीवार बनकर खड़े थे।

मुझे नहीं पता मुझमें इतनी शक्ति कहाँ से आई? या शायद मनुष्य अपनी जिस योग्यता को नहीं पहचानता वह यह कि सबसे कमज़ोर क्षणों में हममें सबसे ज़्यादा शक्तिशाली होने की सम्भावना होती है। मैंने मछुआरे की मशाल से अपनी दाढ़ी में आग लगा ली। वहाँ खड़े लम्बी-लम्बी दाढ़ी वाले तीन प्रदर्शनकारियों की दाढ़ी में भी आग लगा दी। सभी प्रदर्शनकारी अपने साथियों की दाढ़ी की आग बुझाने की कोशिश करने लगे।

जबकि सुरेश, नरसिंहा और किस्सागो मछुआरा मेरी दाढ़ी में लगी आग को गमछे से शान्त करने की कोशिश कर रहे थे। यह सही समय था। एक मिनट की देरी भी अनर्थ कर देती। शाहिद सर और जिलियट उन आदिवासियों को लेकर डैम की तरफ़ भागे। वहाँ हमारी पहले से तीन नाव तैयार थी।

मेरी दाढ़ी ज़्यादा बड़ी नहीं थी इसलिए आग जल्दी बुझ गई। मेरी इस हरकत पर दो प्रदर्शनकारियों ने मुझे मारना शुरू कर दिया। लात-घूँसे-मुक्के जिसे जो समझ आ रहा था वह बस उसी से मारे जा रहा था। सुरेश, नरसिंहा और किस्सागो मछुआरा बीच-बचाव करने की कोशिश कर रहे थे। बाकी प्रदर्शनकारी उन तीन बाबा टाइप की दाढ़ी की आग को बुझाने में व्यस्त थे। तभी अचानक एक प्रदर्शनकारी ने तलवार निकाली और मछुआरे की तरफ़ बढ़ते हुए हमला करने की कोशिश की लेकिन तभी सामने नरसिंहा आ गया। तलवार ने नरसिंहा के पेट को उबलते हुए खून में बदल दिया। मैंने अपनी पूरी शक्ति से मुझ पर टूट पड़े प्रदर्शनकारियों को धकेला। वहाँ पड़ी एक दूसरी तलवार से उन पन्द्रह प्रदर्शनकारियों को तब तक मारता रहा जब तक मैं निढाल नहीं हो गया। मैं ज़मीन पर अचेत होकर लेट गया। बाद बाकी क्या हुआ मुझे याद नहीं।

नरसंहार के दो हफ़्ते बाद

केन्द्रीय विज्ञान और ऊर्जा संस्थान, दिल्ली

शिफ़्ट खत्म होने के बाद मैं बैग पैक कर रहा था। शाहिद सर मेरे पास आए, "सीनियर रिसर्च एसोसिएट साहब, आज का दिन कैसा रहा?" इससे पहले मैं जवाब देता, उन्होंने मेरे चेहरे को ध्यान से देखते हुए कहा, "शुक्र है जलने के निशान थोड़े से हैं और हलके हैं, अच्छी क्रीम लगाओ। जल्दी ही मेरी तरह स्मार्ट लगने लगोगे।"

"फ़ेसबुक और इंस्टाग्राम पर क्लीनिकल एडवाइस और क्रीम के सजेशंस आने लगे हैं। जबकि मैंने गूगल पर कुछ सर्च भी नहीं किया है।" मैंने व्यंग्य भरी मुस्कान से मुस्कराते हुए कहा।

"जब उस दिन नरसंहार हो रहा था तब तुम्हारे फ़ोन की लोकेशन खुली रह गई होगी।" वे मुस्कराए, "और आर्टिफिशियल इंटेलिजेंस ने यह कैलकुलेट कर लिया होगा कि इस जगह के लोगों को किस चीज़ की ज़रूरत पड़नेवाली है।" इतना कहने के बाद उन्होंने एक गिफ़्ट का पैकेट मुझे दिया और वहाँ से चले गए।

मैंने गिफ़्ट खोला, वह छोटा सा बाउल था जिसमें पानी के अन्दर छोटी-छोटी रोहू तैर रही थीं। यह मछली और पानी दोनों भंजनगर के डैम के ही थे।

उस दिन जिलियट और वे सभी आदिवासी वॉर्म हॉल से हमेशा-हमेशा के लिए किसी दूसरी दुनिया में चले गए। कहाँ? पता नहीं।

शाहिद सर को लगता है कि वे किसी दूसरे आयाम में नहीं बल्कि भविष्य में गए हैं। क्योंकि हमारे पास अभी इतना इंजीनियरिंग इंटेलेक्ट नहीं है कि ऊर्जा के इतने बड़े स्रोत का निर्माण कर पाएँ और न सिर्फ़ निर्माण बल्कि उसे स्थिर रख पाएँ। भविष्य के लोगों को पता था कि एक न एक दिन यह नरसंहार होनेवाला है। शायद उस इंडिजनस ग्रुप को बचाए रखने के लिए उन्होंने वॉर्म हॉल बनाया हो और जिलियट सिर्फ़ एक ज़रिया हो।

ये सब शायद-अगर-मगर पर टिकी बातें हैं। सच क्या है कोई नहीं जानता। अब वहाँ कोई सोने जैसे दिखनेवाले डार्क मैटर नहीं हैं। उस वॉर्म हॉल के साथ भारी मात्रा में निकलनेवाली विद्युत चुम्बकीय तरंगें अब ख़त्म हो चुकी हैं। सोरोडा के जंगल को एक बड़े उद्योगपति ने अपने क़ब्ज़े में ले लिया है। वहाँ कल से खुदाई शुरू होनेवाली है।

नरसिंहा को बचाया नहीं जा सका। उसने उस आदिवासी के लिए अपनी जान दे दी जिसे वह पसन्द नहीं करता था और वह आदिवासी जिलियट के साथ इसलिए नहीं गया क्योंकि उसे उस वक़्त मेरी दाढ़ी में लगी आग बुझाना ज़रूरी लगा। विज्ञान की तरह प्यार भी कभी न खत्म होनेवाला रिसर्च एलिमेंट है। हमें जब-जब लगने लगता है कि हम इन्हें पूरी तरह समझ गए हैं ये अपने कारनामे से साबित कर देते हैं कि हम इनके बारे में कितना ग़लत थे और कितना कम जानते हैं।

मैं मेट्रो में हूँ। कान में इयर फ़ोन है। मैं अब प्रेम संगीत सुनने लगा हूँ। जिलियट ने वॉर्म हॉल में कदम रखते हुए जो अन्तिम शब्द शाहिद सर से कहे थे वह यह कि मेरे मछुआरे पति से कहिएगा कि मैंने उससे ज़्यादा किसी से प्यार नहीं किया। लेकिन मुझे रेड पावर के रेवलुश्नरी नेता की बेटी होने की कीमत तो चुकानी ही थी। हम इस दुनिया में न सही पर किसी और दुनिया में, किसी और समय में, किसी और आयाम में ज़रूर मिलेंगे।

किस्सागो मछुआरा अब सिर्फ़ डैम में अपनी डोंगी के साथ रहता है। उसने खाना-पीना छोड़ दिया है। उसे यक़ीन है कभी न कभी वॉर्म हॉल खुलेगा और वह जिलियट से मिल पाएगा।

मैं यू-ट्यूब पर एक बेहद रोमांटिक गाना सुन रहा हूँ—तुम्हारी तसवीर के सहारे मौसम कई गुज़ारे, मौसमी न समझो पर इश्क़ को हमारे। खैरियत पूछो, कभी तो कैफ़ियत पूछो। तुम्हारे बिन दीवाने का क्या हाल है।

यू-ट्यूब पर गाने के बीच में ही शिया बटर का विज्ञापन आ गया है। इसे लगाने से शायद जलने के निशान खत्म हो जाएँ और चेहरे की त्वचा पहले जैसी हो जाए।

बंकर

1

वह गीली सड़क पर सँभल के चल रही थी। हवा में इतनी नमी और ठंडक थी कि हाफ स्लीव्ज़ वाली सफ़ेद रंग की टॉप में उसके हाथ जमे जा रहे थे। उसने अपने स्तन के नीचे हाथ बाँध रखे थे जिन्हें वह अपनी हथेलियों से बार-बार सहलाकर खुद को गरम रखने की कोशिश कर रही थी।

एक बौना और एक बिल्ला, पूरे चाँद की रोशनी में इन भारी-भरकम अपार्टमेंट्स की आठवीं मंज़िल के छज्जे से, उसे घूर रहे थे। वह बंकर के पास आई तब तक वे नीचे उतर आए। उस लड़की ने ऊँची हील पहन रखी थी। ब्लूबेरी जैसी धूसर नीले रंग की उसकी वाइड लेग जींस टखनों से ऊपर खत्म हो रही थी। वह उतनी ही ख़ूबसूरत लग रही थी जितनी कि तीन दिन की बारिश के बाद स्ट्रीट लाइट की पीली रोशनी में कॉन्क्रीट की गीली सड़क लग सकती है।

"क्या यह वही बंकर है जिसमें हम अपनी स्मृतियों को सुरक्षित रख सकते हैं ताकि समानान्तर दुनिया का हमारा दूसरा व्यक्तित्व वह ग़लतियाँ न दोहराए, जो ग़लतियाँ हमने की हैं?" उसने कदम सावधानी से आगे बढ़ाते हुए पूछा।

बिल्ला उसे देखे बिना हामी भरता है। बिल्ले की बड़ी-बड़ी पलकों और उनको सँभालने के चक्कर में आँखों के ऊपर गिर रही मोटी चमड़ी देखकर लड़की को अन्दाज़ा हो जाता है कि बिल्ला बूढ़ा हो चुका है या किसी दुर्लभ बीमारी से ग्रसित है।

"अब हमें चलना चाहिए।" बिल्ले ने तीन दिशाओं में देखने के बाद सम्भावित खतरे से बचने की फ़ुर्ती में कहा।

"मैं तैयार हूँ।" वह गहरी साँस लेते हुए कहती है।

यह बंकर गुड़गाँव के वीर सावरकर सोसाइटी के पिछवाड़े में बना हुआ था। इसे बनाने में बौने, बिल्ले और दानियाल ने तीन साल लगाए थे। तीनों ने इस बंकर को तब तैयार किया था जब इस सोसाइटी के निर्माता दिवालिया घोषित हो गए थे और लोन देने में नियमों की अनदेखी करने के आरोप में बैंक के अनेक शीर्ष अधिकारियों की गिरफ़्तारियाँ हुई थीं। इन तीनों को यह सबसे सुरक्षित जगह लगी थी। इन्हें लगा था कि कोर्ट को फैसला सुनाने में सालों लग जाएँगे और बंकर पर किसी की नज़र नहीं जाएगी। कोर्ट में मामला अभी भी लटका हुआ है लेकिन किसी दूसरे उद्योगपति ने इस सोसाइटी का स्वामित्व हासिल कर लिया और दिल्ली, गुड़गाँव के उन आम नौकरीपेशा लोगों को जिन्हें लगा था कि उनकी जीवन भर की कमाई बर्बाद हो गई है, आख़िरकार सालों के संघर्ष के बाद फ़्लैट्स मिल गए। अच्छी बात यह रही कि इतने सालों में जहाँ यह बंकर बनाया गया है वह भाग अनछुआ ही रहा। पहले यहाँ सोसाइटी के बच्चों के लिए छोटा-सा रोलर कोस्टर बनाने की योजना थी लेकिन जब रोलर कोस्टर के लिए दो सौ फ़ीट की ऊँचाई पर लॉन्च ट्रैक बनाया जा रहा था अचानक पाँच मज़दूर नीचे गिर गए। जिनमें से तीन की तत्काल मृत्यु हो गई। उन्हीं में से एक बौने के पिता थे।

अपने पिता के लिए इनसाफ़ माँगनेवाले फ़रियादी दिनों में बौने को एहसास हुआ कि अमीर लोगों के लिए गरीबों का मरना सिर्फ़ संख्या होता है इसलिए यह घटना समाचार की हेडिंग में कहीं नज़र नहीं आई लेकिन तब से इस जगह को अभिशापित मान कर छोड़ दिया गया। अब यहाँ अच्छा-खासा जंगल उग आया है और एक तरह से यह जगह बंकर के लिए मुफ़ीद ही है।

बौने ने रोलर कोस्टर के अवशेष के बीच सावधानी से आगे बढ़ते हुए जंगली झाड़ और लकड़ियों के गट्ठर हटाकर बंकर पर रखी सिल्लियों

की धूल साफ़ की। इसके बाद बिल्ले ने अपने हाथ और आँखों को बंकर के दरवाज़े से स्कैन किया। लड़की की आँखें हैरानी से बड़ी हो गई थीं। वह इनकी हर एक हरकत पर ध्यान दे रही थी। दरवाज़े के खुलने पर तीनों ने तहखाने जैसी सीढ़ियों में उतरते हुए अन्दर प्रवेश किया। अन्दर जामनी रंग के तेज प्रकाश में दो आधुनिक कुर्सियाँ और एक बिस्तर रखा हुआ था। इनके अतिरिक्त इस बंकर में दानियाल का बनाया एक सुपर कम्प्यूटर, एक फ्रिज और स्वास्थ्य जाँचने के लिए कुछ ज़रूरी उपकरण रखे थे।

सर्दी की वजह से लड़की की नाक बह रही थी। वह अपनी नाक को उलटी दिशा में सुड़कते हुए बंकर की दीवारों को छूकर देखने लगी। इसके बाद उसने कुर्सी पर खुद को सहज किया और पूछा, "यह कैसे काम करता है?"

"यहाँ का तापमान काफ़ी आरामदायक है। तुम्हें अच्छा महसूस होगा।" बिल्ले ने अपनी नाक पर चढ़े हुए चश्मे को आँखों से लगाकर कहा।

"आपको यहाँ रात भर रहना होगा। आप जब सो रही होंगी तब आपकी स्मृतियाँ यहाँ हमेशा के लिए सुरक्षित हो जाएँगी। आपने वह फ़िल्म देखी होगी, 'इटर्नल सनशाइन ऑफ़ द स्पॉटलेस माइंड'। यह कुछ उसी तरह काम करेगा।" डबल डोर वाले फ्रिज से एक टेबलेट निकालते हुए बौने ने एक प्रसिद्ध फ़िल्म का सन्दर्भ दिया ताकि लड़की के भय को कम किया जा सके।

टेबलेट को पानी से लेने के बाद लड़की सो गई। बिल्ले ने उसकी नब्ज़, ब्लड प्रेशर और आँखों को अच्छे से जाँचा। बौने ने सुपर कम्प्यूटर को चालू किया। बिस्तर से जुड़े आई-पेड का स्विच ऑन किया। पूरे कमरे में एम.आर.आई. मशीन जैसी आवाज़ें गूँजने लगीं। इसके बाद बिस्तर पृथ्वी के आकार में सिमट गया और पेंडुलम की तरह छत से लगी रेलिंग पर झूलने लगा। बिल्ला अन्दर ही रुका रहा जबकि बौना बंकर के बाहर पहरा देने चला गया।

लड़की को सोए हुए अभी एक घंटा ही बीता था कि बौने को दो जिप्सी से हथियारबन्द सैनिक उतरते दिखाई दिए। उनकी काली वर्दी देखकर ऐसा लग रहा था कि वह किसी संगठन का निजी फ़ोर्स है।

एक न एक दिन यह सब होना ही था इसलिए वे इन सबके लिए तैयार थे। बौने ने बिना देर किए बंकर खोला और बिल्ले को इशारा किया। बिल्ले ने मशीनें बन्द कीं और लड़की को उठाकर बंकर के पिछले दरवाज़े से बाहर निकाला और अपार्टमेंट्स की तरफ़ जानेवाले गलियारे में घुसते हुए वे तीनों नीम अँधेरे में गायब हो गए।

वे दोनों, लड़की को गुड़गाँव और दिल्ली से सुरक्षित निकालकर पश्चिम बंगाल के उत्तर में स्थित बौने के गाँव बानरहाट ले जा रहे थे। लड़की ट्रेन के दरवाज़े के साथ लगे हुए वॉशबेसिन पर अपना चेहरा देख रही थी। पसीने से भीगे हुए अपने चेहरे पर पानी के छींटे मारते हुए लड़की ने पूछा, "अब बंकर का क्या होगा?"

"बंकर सुरक्षित है। बंकर को इस तरह से डिज़ाइन किया गया है कि वे इसे आसानी से नुकसान नहीं पहुँचा सकते। इससे पहले जितने भी लोगों ने बंकर में अपनी स्मृतियाँ सुरक्षित की हैं वह हम दूसरे बंकर तक ट्रांसफर कर चुके हैं। वे ज़्यादा-से-ज़्यादा इस बंकर को नष्ट कर सकते हैं इसके डेटा को रिस्टोर नहीं कर सकते।" बौने ने कहा।

अपने चेहरे पर पानी के छींटे मारनेवाली वह लड़की महविश है।

वह खुद को एंटरप्रय्नोर कहती थी और बॉस की दी हुई डेडलाइन को हर शुक्रवार को पूरा करने की विलक्षण क्षमता के साथ उसने गुड़गाँव के एक फ़र्म में आर्किटेक्ट के तौर पर पाँच साल पूरे कर लिए थे। हफ़्ते के पाँच दिन कम्प्यूटर स्क्रीन पर ऑफ़िस, विला और रेजिडेंशियल कॉम्प्लेक्स डिज़ाइन करते हुए उसे इस बात की सन्तुष्टि होती थी कि लाख रुपये की सैलरी उड़ाने के लिए उसके पास भरे-पूरे शनिवार और रविवार हैं। वह सप्ताहान्त में पब या लॉन्ज जाती और दो बियर के साथ हफ़्ते भर की गॉसिप करती जिनमें ऑफ़िस के सहकर्मियों का फ़ैशन सेंस, एक्स्ट्रा मेरिटल अफ़ेयर्स, बॉस का पॉवर गेम, बोरिंग लंच और

अप्रैज़ल की राजनीतियों पर कभी न खत्म होनेवाली गैर-ज़रूरी बातें शामिल रहतीं।

महविश अपने जीवन से जुड़े मनुष्यों, यहाँ तक कि निर्जीव वस्तुओं तक के प्रति जितनी सौम्य थी, अतीत में घटी एक घटना उसके प्रति उतनी ही निर्मम साबित हुई। उसने अपना स्टार्ट-अप खोला और बुरी तरह असफल रही। दरअसल, बौने के पिता के मरने में महविश की उपस्थिति भी उसी तरह शामिल है जिस तरह एक पौधे के पनपने में सूरज की किरणें शामिल होती हैं। यही वह घटना है जिसने महविश को कभी भी सामान्य व्यक्तियों की तरह अपने लक्ष्यों के प्रति एकाग्र नहीं होने दिया।

उन दिनों, वह नई-नई कॉलेज से निकली थी। उसी फ़र्म में इंटर्नशिप कर रही थी जिसे वीर सावरकर सोसाइटी को तैयार करने का ठेका मिला था। वह शनिवार का दिन था और बौने के पिता ने हफ़्ते में एक दिन आराम करने के लिहाज़ से छुट्टी करने के लिए यही दिन चुना था। अन्य एजेंसियों से तुलना की जाए तो ये एजेंसी बुरी नहीं थी क्योंकि यहाँ मज़दूरों के पास आराम करने के लिए सप्ताह का कोई भी एक दिन चुनने की सहूलियत थी।

तीन हफ़्ते पहले बौने ने मज़दूर बस्ती की अपनी झुग्गी में बाँस पर कील के सहारे टँगे आईने को देखने के लिए एक प्लास्टिक का स्टूल किनारे पर लगाया। अपने चेहरे को ध्यान से देखने के बाद बाल में कंघा करते हुए उसने पिता से कहा, "तीन सौ रुपये चाहिए।"

इससे पहले कि पिता कारण पूछते। बौने ने झट से कहा, "मुझे बाल स्ट्रेट करवाने हैं।"

बौने के पिता दिन की पाँच सौ रुपये मिलनेवाली मज़दूरी में मुश्किल से घर चला पाते थे। जो भी बचत थी वह दो महीने पहले बौने की माँ की 'कान की मशीन' ख़रीदने में खर्च हो गई थी। बौना उनका एकलौता बेटा था, इस कारण भी, और शारीरिक अक्षमता के साथ पैदा होने की वजह से भी, बौने के माता-पिता उससे कुछ ज़्यादा ही सहानुभूति रखा करते थे।

आज तक ऐसी कोई भी जायज़ माँग नहीं थी जो बौने के माता-पिता ने पूरी न की हो।

तीन हफ़्ते तक बौने की ज़िद को अनदेखा करने के बाद बौने का फूला हुआ मुँह देखकर पिता ने काम पर जाने का फैसला लिया। छुट्टी वाले दिन काम करने के सौ रुपये अतिरिक्त भी मिलते थे। जब वे अपनी शर्ट में खैनी की पुड़िया रखने के बाद स्टील की छोटी डिबिया में चूना भर रहे थे तब उन्होंने हँसते हुए बौने से वे आख़िरी शब्द कहे, "बाल तो तुम्हारे पहले ही अच्छे हैं बाबू! लेकिन इसी बहाने आज कई दिनों बाद मुर्गा-भात बन जाएगा।" उन्होंने सोचा कि बाल स्ट्रेट करवाने के लिए तीन सौ रुपये बेटे को देने के बाद बचे हुए पैसे से पूरा मुर्गा ख़रीदा जा सकता है। पहले वे हर रविवार मुर्गा-भात खाते थे लेकिन जब से बौने की माँ की सैंतीस हज़ार पाँच सौ रुपये की कान की मशीन ख़रीदी थी तब से वे लोग हर रविवार को सिर्फ़ मुर्गे का पंजा ही ख़रीदकर बना रहे थे।

बौना मुर्गे के पंजों के लिए बीस रुपये चुका कर एक किलो के बराबर मुर्गे के पंजे थैली में भरता है तब मुर्गे का गोश्त बेचनेवाला कसाई का लड़का जो बौने का हमउम्र है और उसने नया-नया दुकान पर बैठना शुरू किया है, बौने को हिकारत की नज़र से देखकर चिल्लाता है, "ओए बंगाली! अब बस कर। बीस रुपये में इतना ही मिलेगा।" बीस रुपये गल्ले में डालने के बाद वह चापड़ और छुरी को आपस में रगड़कर मुड्डी पर घिसता है और चिकनाई साफ़ करते हुए ढिठाई से बोलता है, "सालो! तुम लोग खा कैसे लेते हो ये सब?" लड़के के इस तंज़ पर, जिबह हो चुके मुर्गे की खाल उतार रहे अब्बा उसे घूरते हैं। लड़का सकपका जाता है लेकिन लड़के का यह रवैया बौने के दिल को छलनी कर चुका है। इसीलिए आज वह ख़ुश है कि पापा जब शाम को छह सौ रुपये कमा कर लाएँगे तो हमेशा की तरह उसे ही मुर्गा लाने भेजेंगे तब वह उस लड़के के मुँह पर सौ-सौ के दो नोट फेंक कर एक किलो मुर्गे का गोश्त ख़रीदेगा न कि पंजे।

उस दिन वह महविश ही थी जिसने बौने के पिता को चार अन्य मज़दूरों के साथ रोलर कोस्टर के ऊपर जाकर नट-बोल्ट कसने के लिए कहा था। हालाँकि इस तरह के निर्देश देना महविश के अधिकार-क्षेत्र में नहीं था लेकिन मज़दूरों की सुरक्षा के लिए ही उसने बौने के पिता से यह निवेदन किया था।

बौने के पिता गिरे और हमेशा के लिए बौने की स्मृतियों में कैद हो गए।

बौना 'कंस्ट्रक्टशन साइट' पर पिता के लिए खाना लेकर आया था। उसने अपने छोटे-से मुँह पर, प्याज की तरह उभर आई बड़ी-बड़ी आँखों से नीचे गिर रहे पिता की तरफ़ देखा। उसके पिता के हाथ और पैर जिस गति और अन्दाज़ से लहरा रहे थे, वह फ़ाहे की तरह नरम और चपलता से भरा था और कहीं से भी एक मज़दूर को शोभा नहीं दे रहा था इसलिए ज़मीन पर सिर और शरीर टकराने के लिए पिता ने अतिरिक्त बल लगाया। ठीक वैसे ही जैसे आसमान से गिर रहे फ़ाहे को ज़मीन पर साफ़गोई से स्पर्श करने से पहले कुछ मिलीसेंटर ऊपर ही रोक दिया जाए और एक हथौड़े से इतनी तेज़ वार किया जाए कि फ़ाहे के चिथड़े ज़मीन के अन्दरूनी हिस्से को चोटिल कर दें। पिता ऐसे ही गिरे। उनका सिर मरून और काले रक्त में डूबे हुए छप्पन टुकड़ों में चिथरा गया। पिता के गुज़र जाने के बाद माँ भी ज़्यादा दिन तक ज़िन्दा नहीं रह पाई।

ट्रेन में बौने ने महविश को ये सब याद दिलाते हुए कहा, "बाल स्ट्रेट करवाने की सिर्फ़ एक इच्छा ने मेरे पूरे जीवन को नष्ट कर दिया। मैं अपने पिता से जुड़े सारे दृश्यों को भूल गया सिवाय उनके और मेरे बीच के आख़िरी संवाद को, जब वे स्टील की छोटी डिबिया में चूना भर रहे थे। उन्होंने कहा था, "बाल तो तुम्हारे पहले ही अच्छे हैं बाबू! जब भी मैं आँखें खोलता था यह दृश्य मेरी आँखों के सामने तैरने लगता था। जब भी आँखें बन्द करता था यही दृश्य बार-बार मेरे मस्तिष्क में रिवाइंड होकर चलने लगता था।"

महविश चुपचाप उसकी बातें सुनती रही और दानियाल के बारे में सोचने लगी।

2

चामुर्ची के जंगली बीहड़ में बने बंकर के अन्दर बैठे दानियाल के हाथ में एक तसवीर है जिसमें उसका परिवार बिल्ले के साथ खेल रहा है। इस तसवीर के पीछे लिखा है, 'मैंने अपने जीवन के पूरे अट्ठाइस साल यह जानने में बिता दिए कि जीवन का सार क्या है? मुझे केवल दो चीजें मिलीं एक दुख और दूसरा भ्रम। और जो यह सोचते हैं कि वे ख़ुश हैं वे दुख और भ्रम के बीच में हैं।'

दानियाल स्मृति में नहीं जी रहा था जब उसने यह पंक्तियाँ पढ़ीं हालाँकि जहाँ वह पैदा हुआ था वहाँ हर कोई स्मृति में जीता था। यहाँ लोगों के पास स्मृतियाँ सालों में थी—सत्तर साल, एक हज़ार साल और सनातन काल की स्मृतियाँ। यहाँ लोगों को विश्वास था कि सत्तर सालों में कुछ नहीं हुआ और हज़ार सालों में इतना कुछ कि इसे बदलना ज़रूरी है और सनातन काल इस नज़रिये से सबसे पवित्र है क्योंकि इस काल में जो कुछ भी हुआ वही अन्तिम सत्य है इसलिए इसे बदलने या न बदलने का सवाल ही पैदा नहीं होता।

हम कितना कुछ बदल सकते हैं और कितना कुछ नहीं, यह निर्भर करता है कितने मौके हमें मिले। दानियाल को मौका मिला एक बंकर बनाने का—एक बौने और बिल्ले के साथ। वह बिल्ला जिसकी हड्डियाँ कमज़ोर पड़ चुकी थीं और चमड़ी झूल रही थी। हमेशा ताव में खड़ी रहनेवाली उसकी मूँछें नीचे झुकी हुई थीं।

बौना दानियाल से तब टकराया था जब वह अपने पिता की दर्दनाक मौत के बाद रोलर कोस्टर के अवशेषों के बाहर मज़दूरों को लंच टाइम में मुर्गे के पके हुए पंजे और भात बेच रहा था। दानियाल वहाँ अक्सर जाया करता था क्योंकि फ़ील्ड वर्क के नाम पर महविश वहीं इंटर्नशिप कर रही थी।

एक दिन जब वह महविश का इन्तज़ार कर रहा था तब स्ट्रेट बालों में तीन फुट का एक बच्चा, हालाँकि वह बच्चा नहीं था, उसकी उम्र बाईस

की होने के बाद भी सोलह की लगती थी, टाँगों में हद दर्जे तक चिपकी हुई जींस पहने उसके पास आया। उसके बाल नीले रंग से डाई थे। उसकी नाक प्लास की तरह पिचकी और चिपकी हुई थी। उसने हल्की पड़ चुकी लाल रंग की सुपरमैन प्रिंटेड टी-शर्ट पहन रखी थी। वह अपनी रेंजर साइकिल पर रखे दो भगोनों से मुर्गे का पंजा और भात बेच रहा था। उसका कद इतना कम था कि उसने भात को निकालने के लिए पहले एक बड़ा पत्थर अपनी साइकिल के पिछले पहिए के पास खड़ा किया। फिर उस पर चढ़ कर भगोने को पीटने लगा ताकि मज़दूर समझ जाएँ कि वह उनके लिए सस्ता और ज़ायकेदार खाना ले आया है।

दानियाल को उसके छोटे कद, मासूम चेहरे और मेहनत करते छोटे-छोटे हाथों को देखकर बड़ा तरस आया। उसके पास महविश का इन्तज़ार करते हुए काफ़ी समय था इसलिए उसने वक़्त गुज़ारने की गरज से उससे बातचीत शुरू कर दी। बौना अन्दर से काफ़ी दुखी था। खाने की अन्तिम प्लेट दानियाल की तरफ़ बढ़ाने बाद वह एक पत्थर पर बैठ गया।

उसने अपनी हथेली और छोटी-छोटी उँगलियों को गाल और ठुड्ढी पर रखते हुए कहा, "दो-चार दिन पड़ोसियों ने खाना खिला दिया लेकिन फिर भूख ने तंग करना शुरू किया तो काम की तलाश में निकल पड़ा। बहुत ट्राई मारा कि यहीं पापा की जगह काम मिल जाए लेकिन मेरी हाइट और चेहरे-मोहरे को देखकर ठेकेदार को लगा कि मैं अभी बच्चा हूँ। फिर एक प्लास्टिक के खिलौने बनानेवाले कारखाने पर काम माँगने गया तो उसने भी भगा दिया, मालिक बोला, पुलिस वाले उसे और मुझे, दोनों को लेबर केस में अन्दर कर देंगे। फिर मैंने यही काम कर लिया, मुर्गे के पंजे और भात बेचने का, जिससे पीछा छुड़ाने के लिए काम पर निकले पापा की डेथ हो गई थी। मैं इस बात को कभी नहीं भूल सकता कि अपने पापा और मम्मी की मौत का ज़िम्मेदार मैं खुद हूँ।" यह कहते ही उसका गला भर आया और आँखों से आँसू गिरने लगे। "अगर मैंने बाल स्ट्रेट करवाने के लिए पैसे न माँगे होते तो शायद आज वे दोनों ज़िन्दा होते।" इतना कहकर वह वहीं उस पत्थर पर बैठकर रोने लगा।

बौने को उसकी ही स्मृतियों से बचाने के लिए दानियाल ने उसे बंकर बनाने की योजना बताई। उस समय बगल में बैठे बिल्ले ने गोल फ्रेम का चश्मा पहन रखा था ठीक वैसा ही जैसा बरसों पहले महविश ने पहना था। महविश जिसे दानियाल ने छोड़ दिया या शायद महविश ने दानियाल को छोड़ा या दोनों ने एक-दूसरे को छोड़ दिया था।

बौने के पिता समेत पाँच मज़दूरों के रोलर कोस्टर से गिरनेवाले दिन महविश बहुत परेशान थी। वह जब घर लौटने के लिए दानियाल के साथ सिकन्दरपुर मेट्रो के एस्क्लेटर पर चढ़ रही थी तब उसके हाथ काँप रहे थे। वह तीन दिन तक सो नहीं सकी थी। महविश को लगता था कि सुरक्षा इन्तज़ाम में चूक हुई है। वह बीच एस्क्लेटर पर खुद पर काबू नहीं रख पाती और फ़फ़ककर रो पड़ती है, "रिकार्ड्स में जो दिखाया जाता है, हक़ीक़त में उसका आधा भी किया गया होता तो वह पाँच जानें बच जातीं, दानियाल!"

"अगर तुम उन्हें वहाँ जाकर काम करने के लिए न भी कहती तो कोई और कहता और अगर उनकी जानें नहीं गई होतीं तो किसी और की जातीं। तुम इसमें कुछ नहीं कर सकती थीं महविश! जो लिखा था, वही हुआ।" दानियाल महविश को सँभालने की कोशिश करता है। लेकिन महविश इस बारीकी को समझने की मानसिक अवस्था में नहीं है।

महविश ने कम्पनी के सीईओ को इस अनियमितता के सम्बन्ध में मैनेजर्स और ठेकेदार की मिली-भगत के सबूत देते हुए कई मेल्स भेजे लेकिन कोई कार्यवाही नहीं हुई। अन्त में नतीजा यही निकला कि अपने भविष्य के बारे में सोचते हुए उसे वह इंटर्नशिप छोड़नी पड़ी। कुछ दिनों बाद महविश को अच्छी नौकरी मिल गई। अगले सालों में चीज़ें बदतर नहीं हुई तो बेहतर भी नहीं हो सकीं लेकिन महविश रोलर कोस्टर वाली घटना को भूल नहीं पाई।

अच्छे लोग और अच्छी चीज़ें लम्बे समय तक सुरक्षित नहीं रखी जा सकतीं। काम से लौटे हुए एक थकी रात में जब दोनों स्विगी से ऑर्डर किए हुए पेने पास्ता और मशरूम पिज़्ज़ा का इन्तज़ार कर रहे थे तब महविश

ने अचानक से बताया कि उसकी शिफ़्ट रात में लग गई है। जिसे दोनों ने सहजता से स्वीकार किया लेकिन महीनों बाद उन्हें एहसास हुआ कि वे एक-दूसरे को सिर्फ़ शनिवार और रविवार को ही देख पाते हैं। किसी तरह जोड़-तोड़ के दानियाल ने अपनी शिफ़्ट रात में करवाई तो महविश को कम्पनी ने कोरिया भेज दिया। इस तरह उन्हें एक बार फिर एहसास हुआ कि प्यार, नौकरी और ज़िन्दगी; ये तीनों इस दुनिया की मुख़्तलिफ़ शय हैं जिन्हें एक ही जन्म में उत्कृष्टता से साध पाना कद्दू के बीज को तलवार से काटने के बराबर है।

उन सालों में वह इतनी अस्त-व्यस्त रही कि दानियाल को पहली बार उसके और अपने रिश्ते में एक बड़ा फासला नज़र आया। दानियाल ने इन दूरियों को खत्म करने की कोशिशें की लेकिन वह खुद अपनी ज़िन्दगी में इतना उलझा हुआ था कि वह समझ नहीं पाया कि कैसे उसे इस मानसिक तनाव के दलदल से बाहर निकाले।

3

नार्थ-ईस्ट एक्सप्रेस मुग़लसराय क्रॉस कर चुकी थी। आउटर से निकलकर जब ट्रेन ने दौड़ना शुरू किया तब महविश ने गहरी साँस ली और मुस्कराते हुए कहा, "प्यार में लड़के कमज़ोर होते हैं लड़कियाँ नहीं। अपनी कमज़ोरी दिखाते हुए दानियाल ने सबसे कायराना रास्ता चुना। मेरी अबसेंस में अपनी ऑफ़िस की एक सहकर्मी के क़रीब आने का। लोग सही कहते हैं लॉन्ग डिस्टेंस रिलेशन नेवर वर्क्स।"

बिल्ला और बौना उसे ध्यान से सुन रहे थे।

वह एक साँस में कहती चली जा रही थी, "इस दुनिया में देनेवाले और पानेवाले के बीच एक ही रिश्ता होता है—एहसान का। जिसे पाना है, वह एहसान के बोझ तले दबता चला जाता है और देनेवाला! देनेवाला, एक अलग ही नफ़्सानियत में रहता है। तुम लोगों ने नौकरी के विज्ञापन देखे हैं? चाहे लिंक्डइन हो या कोई और जॉब एजेंसी। किसी भी पोजीशन के लिए

बड़े-बड़े विज्ञापन तैयार किए जाते हैं। जॉब प्रोफ़ाइल में भूमिका, ज़िम्मेदारियाँ और योग्यता वगैरह-वगैरह के बखान किए जाते हैं लेकिन कहीं भी यह नहीं लिखा होता है कि सैलरी क्या देंगे। क्योंकि यहाँ पर देनेवाला भगवान के रोल में होता है और जिसे चाहिए वह मामूली इनसान। मक्खी के बराबर तुच्छ जीव। क्या प्यार भी इसी तरह काम नहीं करता? जिससे हम प्यार करते हैं, हम चाहते हैं कि वह भी हमसे उतना ही प्यार करे। हमें भी प्यार मिले। लेकिन एक झटके से वह आदमी हमारा साथ छोड़ देता है पूरी ज़िन्दगी घुटते हुए बिताने के लिए।

"दानियाल ने भी तो यही किया न! वह भी तब, जब मैं अपने दोस्तों में शेखी बघारा करती थी कि मेरा दानियाल अलग है। हम दोनों का प्यार मामूली नहीं है।

"वह सुनहरा समय था जब हमने सपने देखने शुरू किए थे और मैं यक़ीन से कह सकती हूँ कि सपने देखना इस बात का सबूत है कि अभी हम ज़िन्दा हैं। लेकिन दानियाल खत्म हो चुका था। मैं जानती थी कि वह प्रतिभावान है लेकिन हर कोई जितना हकदार होता है उतना कहाँ पा पाता है? उसके जैसे कुछ लोग दुनिया में अलग ही लावण्य लेकर पैदा हुए होते हैं। वे जिस भी क्षेत्र में जाएँ कुछ असाधारण ही करते हैं लेकिन एक दिन हम पाते हैं कि औसत लोग बहुत-बहुत-बहुत आगे निकल गए। तो क्या इसका यह मतलब है कि सपने देखना छोड़ दिया जाए? वह गुड़गाँव की एमएनसी में डाटा एनेलिस्ट था। उसके साथी जो बहुत औसत होते हुए भी कई सारे प्रोजेक्ट्स का नेतृत्व कर रहे थे और विदेशों की महँगी शराब का स्वाद चख रहे थे। वह सोमवार से शुक्रवार की नौ से पाँच की नौकरी में सिर्फ़ कोडिंग कर रहा था।

"उसका खत्म होना मुझे टुकड़ों में बाँट रहा था। वह बस रील्स और फ़ोन के बीच उँगलियों की हरकत तक ही ज़िन्दा बचा था। मैंने ही उसे यह सुझाव दिया कि वह अपने वालिद के लिए कुछ करे। मुझे लगा था कि इस तरह वह व्यस्त रहेगा और चीज़ों के बारे में कम सोचेगा। यह कितना अजीब है कि वह पापा को किसी मनोवैज्ञानिक के पास ले जाने की बजाय तुम

दोनों के साथ बंकर बनाने लगा। जब तक उसका कंसर्न पापा के साथ जुड़ा था मैंने इसे ख़ुशी की तरह लिया। तीन साल की मेहनत लगाकर उसने वह बंकर बना भी लिया जिसने उसके पापा की तुमसे जुड़ी उस एक दिन की स्मृति को अलग कर दिया जो उन्हें परेशान करती थी।" महविश ने बिल्ले की तरफ़ देखते हुए कहा।

"लेकिन मुझे नहीं पता था कि रोलर कोस्टर वाली घटना की वजह से मेरा अवसाद में चले जाना और बंकर बनाने में दानियाल का एकाग्र हो जाना मेरी ही ज़िन्दगी तबाह कर देगा। उसे मुझसे इस कदर दूर कर देगा।"

बिल्ले ने अपने चश्मे को नाक पर ठीक करते हुए कहा, "उसके पास कई सारी चीज़ें थी सोचने के लिए। उसके पापा, उसकी बहन, उसकी प्रोफेशनल लाइफ़, बीते सालों में मुसलमानों को लेकर देश के बदले हालात। सब कुछ बहुत उलझा हुआ था।"

महविश हँसी। "बकवास! तुम लोग तो उसका साथ दोगे ही।" उसने अपने फ़ोन पर समय देखा। घड़ी आठ बजकर बारह मिनट दिखा रही थी। उसने रेल नीर की बोतल खोलकर दो घूँट गले के नीचे उतारा और अपने सिर को शीशे की बड़ी आयताकार खिड़की पर टिकाकर कहना शुरू किया, "खैर, हम दोनों अलग हो गए। शुरुआती दिन तो ठीक से बीत गए लेकिन धीरे-धीरे मैं उसकी याद में घिरती चली गई। भले ही मैंने मुश्ताक़ को डेट करना शुरू कर दिया था लेकिन मैं दानियाल से बाहर नहीं निकल पाई। उसने हर उस चीज़ के लिए मेरे भीतर नफ़रत पैदा कर दी जिसे मैं कभी अपना जुनून माना करती थी। उसका चेहरा मेरे आगे घूमने लगता, जब भी मैं किसी रेस्तराँ या कैफ़े से गुज़रती। मेरी साँसें फूलने लगतीं और मुझे एन्ज़ाइटी होने लगती। मेट्रो में बैठती तो प्रेमी युगलों को देखकर चीखने का मन करता। हर वह पल जो मैंने उसके साथ जिया था किसी स्केरी मूवी की तरह मुझे डराने लगा था। मैं खुद को कुसूरवार ठहराने लगी था। मैं उसका शुक्रिया अदा करना चाहती थी कि जितना समय उसने मेरे साथ बिताया उससे कई गुना ज़्यादा समय उसने अपनी याद में तड़पने के लिए मुझे छोड़ दिया।

"मेरे ही सुझाव पर वह कम्प्यूटर के डाटा से खेलते-खेलते एक बंकर बनाने लगा था ताकि दुनिया में हर कोई स्मृतियों के इस जंजाल से बाहर निकल जाए। इस बंकर में आपकी स्मृतियाँ सुरक्षित रहती हैं ताकि इस दुनिया में जो ग़लती आपने की समानान्तर दुनिया में आपका दूसरा व्यक्तित्व वही ग़लती न करे। और अब मुझे खुद इस बंकर की ज़रूरत है। एक ग़लती मुझसे भी हुई, दानियाल को अपनी ज़िन्दगी का खुदा बनाने की। और अब मैं दानियाल से जुड़ी सारी स्मृतियाँ खुद के अन्दर से निकालना चाहती हूँ।"

4

एक दिन महविश दानियाल को छोड़कर चली गई।

दानियाल ने कई बार कोशिश की कि वह महविश को अपनी ज़िन्दगी में वापिस बुला सके। लेकिन दोनों ही अपनी ज़िन्दगी में इतना आगे निकल आए थे कि थोड़ी सी भी फ़ेरबदल की कोशिश उन्हें वापिस सिफ़र कर देती।

यह एकलौती ऐसी चीज़ थी जिस पर दानियाल की बिल्ले और बौने से कई बार बहस हो चुकी थी। "कम-से-कम एक बार मिल तो लो महविश से। उससे बेहतर तुम्हारे लिए और कोई नहीं हो सकता।" जिस दिन बंकर का काम पूरा हुआ उस दिन बौने ने महविश की तरफ़दारी करते हुए कहा ।

बार-बार वही बातें सुनकर दानियाल खीज उठा, "कितनी बार मिलूँ? आख़िर कितनी बार!" उसे एहसास हुआ कि वह बहुत तेज़ चिल्लाया है, कुछ देर शान्त रहा फिर अपने थूक को गले में उतारते हुए बोला, "अन्त में हम सब सिर्फ़ स्मृतियाँ हैं मेरे दोस्त।" उसकी आवाज़ में पेंसिल को काग़ज़ पर घिसने जितना महीन घर्षण था।

"इस तरह की दार्शनिक बातें करके तुम खुद को तसल्ली दे सकते हो हमें नहीं।" बिल्ला चीखा।

दानियाल इस बार भी शान्त रहने की कोशिश करता है, "प्यार कभी भी दोनों तरफ़ बराबर नहीं हो सकता। यह विज्ञान की प्रकृति के विरुद्ध होगा। ईश्वर के विपरीत, हम इनसान अपने जज्बातों में द्वंद्व रखने के लिए मजबूर हैं। भावनाएँ दो आत्माओं के अन्दर कम या ज़्यादा हो सकती हैं और यही दुख या पीड़ा की सबसे बड़ी वजह है। पीड़ा को सिर्फ़ कुछ समय के लिए कम किया जा सकता है या ज़्यादा-से-ज़्यादा इसे भटकाया जा सकता है। इस पीड़ा का कोई इलाज नहीं है।"

"तुम भाषण दे रहे हो।" बिल्ला दानियाल की बातें सुनने के बाद अपना मुँह फेरकर खिड़की के शीशे से बाहर झाँकने लगता है।

"तुम मानो या मत मानो। लेकिन आप अपनी आत्मा से महसूस होनेवाले दर्द, पश्चात्ताप, यहाँ तक कि ख़ुशी को भी बयान नहीं कर सकते। इसे सिर्फ़ महसूस किया जा सकता है। और जैसे ही समय बीतता जाता है, आपकी हर भावना एक स्मृति में, एक याद में, बदल जाती है। और स्मृतियाँ जीने और भूलने के लिए होती हैं, किसी को समझाने के लिए नहीं। मैं महविश को अब और नहीं समझा सकता।" दानियाल यह कहते हुए कुर्सी से खड़ा होता है और कमरे से बाहर निकल जाता है।

अपने वालिद, बौने और बिल्ले के लिए बंकर बनाते हुए नाउम्मीदी से भरे दिनों में, जब दो साल बीत गए, तब दानियाल को एक म्यूच्युअल फ्रेंड से पता चला कि महविश अपने बेस्ट फ्रेंड को डेट कर रही है। वही मुश्ताक़, जिसे वह भाई जैसा कहती थी। ठीक वह समय जब हमारा मस्तिष्क स्मृतियों का निर्माण करता है दानियाल के मस्तिष्क ने प्रतिरोध किया और वह महविश से जुड़ी स्मृतियों में गुम हो गया। अब वह चाँद और तारों से भरे आसमान को सिर्फ़ एक काली चादर की तरह चिह्नित कर पाता था। खाना उसके लिए चलने-फिरने की ताकत हासिल करने की दवाई भर था। वह ऑफ़िस जाता। घर आता। और फ़ोन पकड़कर रील्स की दुनिया में समा जाता। नींद उसके लिए आराम करने का ज़रिया न होकर अब सिर्फ़ मौत का प्रतिरूप थी जिसके भीतर प्रवेश करने के बाद आठ घंटे के लिए उसे अपनी सारी त्रासदियों को भूल जाने का मौका मिलता था। इससे पहले कि सब कुछ खत्म हो जाता उसने बंकर बनाना चुना।

5

बंकर बनाना कैसे शुरू हुआ? इसके लिए हमें कुछ साल पीछे जाना होगा। छह लोगों के दानियाल के परिवार में वालिद साहब हर चीज़ पर कुनमुनाते थे। वे एक फ़्लैट में रहते थे। उनके परिवार में ख़ुशियाँ तब ही गायब हो गई थीं जब परिवार में तीन भाइयों पर इकलौती बहन अचानक व्हील चेयर पर आ गई। इसलिए वे हर छोटी-मोटी चीज़ में ख़ुशियाँ ढूँढ़ने की कोशिश करते थे। और एक दिन ख़ुशी ने उनके घर पर एक बिल्ले के रूप में दस्तक दी। उस समय मँझोला भाई अपने मोबाइल फ़ोन में गेम खेल रहा था जिस पर वालिद साहब अपने कमरे में बैठे-बैठे ही बड़बड़ा रहे थे। उसने चुपके से दरवाज़ा खोला—वह एक शेर जैसे चेहरे और धारियों वाला बिल्ला था। मँझोले भाई को बिल्ली-कुत्ते बहुत पसन्द थे। इसलिए उसने बिना आवाज़ किए फ्रिज में से दूध निकालकर एक कटोरे में भरा और बिल्ले के आगे रख दिया।

अब यह बिल्ले का शगल बन गया था। वह सुबह नौ बजे के आसपास दरवाज़े पर आता और दो पट वाले दरवाज़े पर अपने सिर से धक्का देता और साथ में "म्याऊँ" की आवाज़ से पुकारता जैसे कह रहा हो कि दरवाज़ा खोलो मैं आ चुका हूँ। वह तब तक धक्का देता रहता जब तक कोई दरवाज़े को खोल नहीं देता। फिर वह घर में घुस आता और हर एक चीज़ का मुआयना करता। इस लिहाज़ से वह बहुत साहसी और बेधड़क था। उसे कोई फ़र्क़ नहीं पड़ता था कि कौन कहाँ खड़ा है या कौन कहाँ बैठा है। अमूमन वह बिल्ले जो पालतू नहीं होते हैं इनसानों को देखकर भागते हैं। इसीलिए वह दानियाल के परिवार को अनोखा लगता था क्योंकि वह अधिकार के साथ घर में शान से घूमता था।

उसका शरीर भरा हुआ था। वह बहन की व्हीलचेयर से अपने शरीर को खुजाता तो सबके चेहरे खिलखिलाने लगते। चूँकि घर में सात में पाँच दिन गोश्त बनता ही था इसलिए बिल्ले को यहाँ एक कटोरी दूध पीने और साथ में गोश्त खाने की आदत लग गई। वह गोदरेज की अलमारी के ऊपर

चढ़ जाता और घंटों तक ऊँघता रहता फिर आँख खुलने पर खुद ही फ़्लैट से बाहर चला जाता। घर के सभी लोग उसको घर का सदस्य मान चुके थे सिवाय वालिद साहब के।

घर में हमेशा इस बात पर चर्चा चलती रहती कि इस बिल्ले के लिए अगर एक टब में बिस्तर लगा दिया जाए तो शायद यह रात को सोने भी यहीं लगे। लेकिन दो कमरे के इस फ़्लैट में जब पहले ही छह सदस्य मुश्किल से गुज़ारा कर रहे हों, एक बिल्ले को भी जगह देना बड़ा दिल दिखाने की बात थी। दूसरी असहमति इस बात पर बनती कि जब बिल्ला घर में घुसता है तब किचन में उछल-कूद करने के बाद वह सीधा वालिद के कमरे की तरफ़ भागता है। घर के सभी सदस्य उसे किसी तरह रोकते हैं। वालिद को देर तक सोने की आदत है लेकिन बिल्ला उनकी नींद ख़राब कर देता है। यह बात घर के सदस्य जानते हैं कि अगर वालिद की नींद ख़राब हुई तो वह इस बिल्ले की एवज में घर के सभी लोगों पर चिल्लाना शुरू कर देंगे।

एक दिन, दानियाल, जो घर में सबसे छोटा है, दोपहर के खाने में बिरयानी खाने के बाद नींद की झपकी ले रहा था तब अचानक बिल्ले की म्याऊँ-म्याऊँ से उसकी नींद टूटी। उसे लगा कि कहीं ऐसा तो नहीं है कि बिल्ला चुपके से अन्दर आया हो और हममें से किसी ने मुख्य दरवाज़ा बन्द कर दिया हो। इस एहसास के साथ उसने दोनों कमरों के पलँग के नीचे झाँक कर देखा। बिल्ला वहाँ नहीं था। उसकी आवाज़ सुनकर सब इकट्ठा हो गए। दोपहर का समय होने के कारण वालिद घर में नहीं थे इसलिए दानेयाल ने चैन की साँस ली। सभी ने पूरा घर छान मारा, वह कहीं नहीं मिला लेकिन आवाज़ का आना बदस्तूर जारी रहा। इसके बाद घर के सभी सदस्यों ने आवाज़ को ध्यान से सुनना शुरू किया। वह आवाज़ दूसरे कमरे से सटे वाशरूम से आ रही थी। सभी हैरान थे क्योंकि वाशरूम का दरवाज़ा बाहर से बन्द था और ऐसा कभी नहीं होता था कि इस्तेमाल न होने पर वाशरूम का दरवाज़ा खुला रह जाए। दानियाल ने जैसे ही दरवाज़ा खोला बिल्ला नीचे बैठा सबका इन्तज़ार कर रहा था।

दरवाज़ा खुलते ही वह ख़ुशी से सबकी ओर देखने लगा और चुपचाप घर में टहलने लगा।

इस घटना को सबने भुला दिया होता अगर यह घटना अगले दिन दोबारा इसी तरह न घटी होती। वही दोपहर का समय था और दानियाल नींद की झपकी ले रहा था। अचानक से बिल्ले की म्याऊँ-म्याऊँ से दानियाल की नींद टूटी। वह हड़बड़ा के उठ बैठा। सभी सो रहे थे। दानियाल की नींद कच्ची है इसलिए वह ही सबसे पहले उठा। इस बार उसने पूरे घर में खँगालने के बजाय सीधा आवाज़ का पीछा किया। कल ही की तरह बिल्ला वाशरूम से चिल्ला रहा था। इस बार जैसे ही दानियाल ने दरवाज़ा खोला वह ऊपर रोशनदान से नीचे उतर आया और पूरे घर में चक्कर काटने लगा। इस बार उसका माथा ठनका। उसने घर के सभी लोगों को उठाया। सभी इस सोच में डूब गए कि आख़िर यह बिल्ला अपने आप वाशरूम में पहुँच कैसे रहा है? जबकि यह तो गर्व के साथ दरवाज़े को धक्का देकर अन्दर घुसनेवाला जीव है।

फिर बहन ने अन्दाज़ा लगाते हुए रास्ता सुझाया, "अरे तुम लोग पागल हो। सोचो ज़रा। वाशरूम के रोशनदान में जो थोड़ी-सी जगह खाली है वह पीछे पाइप्स के लिए खुलती है। पूरी बिल्डिंग का पाइप कनेक्शन यहीं से होकर गया है और हर फ्लोर पर सीढ़ियों की तरफ़ इसके अन्दर जाने का छोटा-सा दरवाज़ा बना हुआ है। शायद यह बिल्ला इसी दरवाज़े से घुसकर पाइप पर चढ़ता हुआ रोशनदान तक आता है और फिर हमें तंग करता है।"

बहन सही थी। ऐसा नहीं था कि बिल्ला अब मुख्य दरवाज़े से अन्दर नहीं आता था। सुबह और शाम उसका आना वहीं से जारी था। बस वह दोपहर में घर के लोगों को तंग करने के लिए यह शरारत करता था। घर के लोगों को उसकी इन शरारतों से कभी तकलीफ़ नहीं हुई। वे बस हँसना चाहते थे। लेकिन वे जानते थे कि बिल्ला और उनका साथ ज़्यादा दूर तक का नहीं है क्योंकि परिवार का बड़ा भाई लगातार इस कोशिश में लगा हुआ था कि बड़ा लोन उठाए ताकि इस फ़्लैट को बेचकर, तुलनात्मक रूप से एक बड़ा मकान ख़रीद सके।

वह जनवरी की ठिठुरती सुबह थी जब परिवार के लोगों ने आख़िरी बार बिल्ले को एक कटोरी दूध दिया। वह इस बात से अनजान था कि घर के लोग इसे छोड़कर जानेवाले हैं। वह आम दिनों की तरह ही बेफिक्री से दूध पी गया और फ़्लैट से चला गया। शाम तक सारा फ़र्नीचर, ज़रूरी और गैरज़रूरी सामान फ़्लैट से खाली कर दिया गया और दानियाल का परिवार अपने नए घर में शिफ़्ट हो गया।

अगले दिन सुबह, जब वालिद साहब एक बार फिर फ़्लैट में यह देखने गए कि कहीं कोई सामान छूट तो नहीं गया है, वह बिल्ला अपने तयशुदा समय पर फ़्लैट के अन्दर आया। इस बार बिल्ले को दरवाज़ा खोलने की ज़रूरत महसूस नहीं हुई क्योंकि दरवाज़ा पहले से खुला हुआ था। अन्दर आकर बिल्ले ने एक अजीब किस्म की उदासी का अनुभव किया जो वालिद के साथ खाली फ़्लैट की एक-एक दीवार में पसर चुकी थी। वह बिल्ला जैसे ही अन्दर घुसा न केवल लोग बल्कि फ़र्नीचर, फ्रिज, पंखे की अनुपस्थिति ने उसे खिन्न कर दिया। वह अजीब तरह का व्यवहार करने लगा। वह बार-बार बाहर जाता अपने कदम गिनता कि कहीं वह ग़लत फ़्लैट में तो नहीं घुस गया है। दो-तीन बार आश्वस्त हो जाने के बाद वह फ़्लैट में आकर रुआँसा हो गया और रोने लगा। उसकी कर्कश आवाज़ की उदासी ने वालिद साहब के मज़बूत दिल को पिघला दिया। उनसे उसकी यह हालत देखी नहीं गई। वह तुरन्त बाहर गए। आधे किलो के दूध का पैकेट ख़रीदकर लाए और उस बिल्ले को सुकून से दूध पीता हुआ देखते रहे।

जब वालिद साहब ने घर आकर यह कहानी सुनाई तो सबका कलेजा मुँह को आने जैसा हो गया। सब भरी आँखों से बिल्ले के बारे में सोचने लगे कि पता नहीं वह कहाँ होगा? किस हाल में होगा?

दानियाल ने पागलों की तरह बिल्ले को ढूँढ़ा। दानियाल के दोनों बड़े भाइयों ने बाइक से आसपास के रकबे में कई गश्त लगाई लेकिन वह नहीं मिला।

पूरा परिवार उसकी याद में किसी और बिल्ली या बिल्ले का इन्तज़ार करते रहे लेकिन उनके नए घर में कोई भी नया फ़रिश्ता नहीं आया।

बिल्ले के जाने का सबसे बड़ा असर वालिद साहब पर हुआ। वे अवसाद में घिरते चले गए। बिल्ले से मिली एक दिन की स्मृतियों के साथ जीना उनके लिए मुश्किल होता चला गया। वे पूरे दिन बिल्ले के बारे में सोचते रहते और खुद को गुनहगार ठहराते रहते।

इसलिए दानियाल के लिए यह बहुत ज़रूरी था कि वह एक ऐसा बंकर बनाए जिसमें वालिद साहब की स्मृतियाँ सुरक्षित रखी जा सकें ताकि समानान्तर दुनिया में उनका व्यक्तित्त्व वह ग़लती न दोहराए जो उन्होंने इस दुनिया में की है।

दो साल बाद, पतझड़ की किसी अम्लान दोपहर में जब चारों तरफ़ फटे हुए दूध की महक फैली हुई थी, जिसे सूँघने के लिए लोग बार-बार गहरी-गहरी साँसें ले रहे थे, बिल्ला वापिस लौट आया। पता नहीं कैसे! लेकिन उसने बहुत संघर्ष करके दानियाल के नए घर को ढूँढ़ निकाला। घर में सब लोग फिर से ख़ुश हो गए। सिवाय वालिद साहब के।

उनका गुमसुम होना वैसे ही जारी रहा जैसे वह पहले के दिनों में पेन जेब में डाले उँगलियों से लिखने लग जाते थे। तकिए को अपने पेट में दबाए बैठे-बैठे सोने लग जाते थे। अख़बार हाथ में पकड़े होने के बावजूद बन्द आँखों से पढ़ने की कोशिश करने लगते थे। उन्होंने साफ़ कह दिया कि वह अब पहले जैसे नहीं हो सकते, "भले ही बिल्ला वापिस आ गया है। लेकिन उन बीते हुए दिनों का क्या! जब बिल्ला नहीं था और तुम सब उदास रहे। उस नुकसान की भरपाई कोई नहीं कर सकता। मैं जैसा हूँ मुझे वैसा ही रहने दो।"

इस तरह दानियाल बिल्ले को अपने साथ लेकर गुड़गाँव आ गया और डाटा एनालिस्ट की नौकरी करते हुए महविश के सुझाव पर अपने वालिद साहब के लिए बंकर बनाने लगा।

वालिद साहब के बंकर में एक रात गुज़ारने के बाद दानियाल ने महसूस किया कि उसका बंकर भले ही स्मृतियों को सुरक्षित रखता है, लोगों को पश्चात्ताप से बाहर निकालता है लेकिन वह हमारे भीतर के सारे लगाव, सारे जुड़ाव को भी खत्म कर देता है। भले ही वालिद साहब बिल्ले की एक

दिन की स्मृति से उपजे दुख से मुक्त हो गए थे लेकिन उनके भीतर का सारा लगाव अब खत्म हो गया था। उन्होंने अपने कामकाज, नमाज़ और दोस्ती-यारियों से खुद को अलग कर लिया। वह हर उस चीज़ को अनदेखा करने लगे जो धीरे-धीरे हमारी आदत में शुमार हो जाती है। हर वह चीज़ जो हमारे अन्दर एक लगाव पैदा कर देती है।

वालिद साहब के बाद बौना फिर बिल्ला और इन सबके बाद आम राह चलते लोग दानियाल के बंकर में रात गुज़ारने लगे। अब दानियाल को इस चीज़ में मज़ा आने लगा था। वह माउथ टु माउथ पब्लिसिटी के सहारे हर दिन किसी-न-किसी की स्मृतियाँ बंकर में सुरक्षित रखने लगा और लोगों को पश्चात्ताप से मुक्त करने लगा। उसे लगता था कि वह कोई सामाजिक कल्याण का काम कर रहा है। वे लोग जो स्मृतियों में जी रहे थे और जिनके भीतर सनातन काल, हज़ार साल और सत्तर साल की स्मृतियों ने एक खोह का निर्माण कर दिया था वह खत्म होने लगा। सबसे बड़ी बात लोगों के लगाव खत्म होने लगे। वह आलीशान ज़िन्दगी जो हमें आकर्षित करती है महँगे रेस्तराँओं में जाना, दिनभर सोशल मीडिया से चिपके रहना, अमेज़न-फ्लिपकार्ट पर वस्तुओं को ख़रीदने की लालसा में देखते रहना, उँगलियाँ से रील्स स्क्रोल करना, सब कुछ। सब कुछ लोग भूलते जा रहे थे।

एक बड़े नागरिक समूह के इस तरह बेजार हो जाने को सरकार और बड़ी-बड़ी कम्पनियों ने महसूस करना शुरू किया। शेयर मार्केट धराशायी होने लगा। चुनाव से मनपसन्द नतीजे गायब होने लगे। ऐसे में यह ज़रूरी हो गया था कि दानियाल के नेक्सस को पकड़ा जाए। दानियाल पर नज़र रखी जाने लगी। खतरे को भाँपते हुए उसने बिल्ले और बौने को गुड़गाँव वाले बंकर की ज़िम्मेदारी दी और हमेशा के लिए गायब हो गया। किसी ख़ुफ़िया जगह पर नया बंकर बनाने के लिए। अब यही उसके जीवन का एकमात्र ध्येय था, लोगों को स्मृतियों के मकड़जाल से मुक्त करना। बीते सालों में वह सौ से अधिक बंकर बना चुका था जिन्हें बिल्ले और बौने जैसे उसके दोस्त सँभालते थे।

6

बारिश! बारिश! बारिश!

यह सितम्बर का महीना था। महविश बिल्ले के साथ बानरहाट में बौने के घर पर थी। इस इन्तज़ार में कि बारिश रुके। लेकिन पिछले तीन दिन से यह सोचते-सोचते ही उसने समय बर्बाद कर लिया। उसे अब छाता और रेनकोट के सहारे डायना नदी तक जाना होगा। बौना और बिल्ला खुद नहीं जानते कि दूसरा बंकर कहाँ हैं? उनके हाथ में कोई यंत्र था जिससे वे बंकर के को-ऑर्डिनेट्स का पता लगा रहे थे। उन्हें यक़ीन था कि दूसरा बंकर लाल-झमेला बस्ती और चामुर्ची के बीच में कहीं होगा।

हवा में ठीक वही गन्ध थी जो किसी आयुर्वेदिक वैद्य औषधालय में दवाइयों को पीसने के बाद उभरती है। ऐसा लग रहा था कि लगातार हो रही इस बारिश ने जंगल और पहाड़ों की हवा को परिष्कृत कर दिया है। इतनी निर्दोष हवा में महविश सम्मोहित होती जा रही थी। दूर तक बिखरे हुए चाय के बागान और भूटान के पहाड़ के बीच वह स्कूटी से आगे बढ़ने लगी। स्कूटी बौने की चचेरी बहन की है। बौना और बिल्ला महविश के पीछे बैठे हैं। महविश उनके दिशा-निर्देश को ध्यान में रखकर धीरे-धीरे स्कूटी चला रही है। एक बार तो उसकी स्कूटी पहाड़ के घुमावदार रस्ते की फ़िसलन भरी चढ़ाई पर हल्की बूँदाबाँदी के बीच फिसलते-फिसलते बची। लेकिन शुक्र है कि बौने ने अपनी छोटी टाँगों पर सारा भार ले लिया और वे तीनों इस दुनिया को अलविदा कहने से बच गए।

वे जब डायना नदी के पास पहुँचे तो स्कूटी को फ्लाईओवर की शुरुआत में लगाकर तीनों ने पैदल चलना शुरू किया। वे फ़्लाईओवर के बाईं तरफ़ बने मेंड़ पर चलते हुए नीचे नदी के किनारे पर उतर आए। मेंड़ के चारों तरफ़ उगे हुए जंगली झाड़ और कीट-पतंगों की फ़ौज ने उनके पैर और हाथों में खुजलाहट पैदा कर दी थी। खुद को साँप और अन्य जंगली जानवरों से बचाते हुए वे तीन सौ मीटर की दूरी पर नज़र आ रहे ट्रेन के पुल की तरफ़ धीर-धीरे बढ़ने लगे। स्टील से बना वह पुल डूबते सूरज के प्रकाश में कुछ

जगहों पर श्वेत और कुछ जगहों पर स्वर्णिम दिख रहा था। पुल के पास पहुँचकर तीनों ने दूरबीन से चारों तरफ़ देखा।

वे घंटों पुल पर बैठे सिग्नल पकड़ने का इन्तज़ार करते रहे। पिछले तीन घंटों में सिर्फ़ एक सुपरफास्ट, एक विस्टा डॉम और एक मालगाड़ी गुज़री थी। सूरज ढलने को था और आसमान का लाल और बैगनी रंग धुँधला पड़ने लगा था।

तभी बौने को हथियारबन्द सिपाही पुल की तरफ़ आते हुए दिखाई दिए। तीनों ने उन्हें देखते ही भागना शुरू कर दिया। सिपाही पुल के दक्षिणी छोर पर थे जबकि वे तीनों पुल के उत्तरी छोर पर। सिपाहियों ने अन्धाधुन गोलियाँ चलाना शुरू किया। सारी गोलियाँ पुल की बीम, ब्रेसिंग और स्तम्भ से टकरा रही थी। एक गोली बौने के पैर को छूते हुए निकल गई। वे तीनों बदहवासी में चीखने लगे। तभी महानन्दा एक्सप्रेस ट्रेन उस पुल पर भड़भड़ाती हुई आने लगी। पुल पर ट्रेन काफ़ी धीमी थी। बिल्ला तेज़ी से ट्रेन के आख़िरी कोच के आख़िरी दरवाज़े की सीढ़ियों पर कूदा। महविश और बौने ने बिल्ले का देखादेखी ट्रेन की सीढ़ियों के ऊपर हैंडल को पकड़ा और कई मीटर तक घिसटने के बाद किसी तरह ट्रेन पर चढ़ने में कामयाब रहे।

उदलाबाड़ी के पास जंगल में हाथियों के पटरियों पर आ जाने से ड्राइवर को ट्रेन रोकनी पड़ी। तभी तीनों छिपते-छिपाते उतरकर जंगल के सहारे बौने की बुआ के घर पहुँच गए। वे पूरी रात वहीं पर रुके और फिर अगली सुबह को-ओर्डिनेट्स का पीछा करते हुए बंकर को ढूँढ़ने निकल पड़े।

पूरे दिन पैदल चलते-चलते और को-ओर्डिनेट्स का पीछा करते-करते आख़िरकार अँधेरा होने पर वे बंकर तक पहुँच ही गए। इस बार यह बंकर जहाँ बनाया गया था वहाँ नदी के चारों तरफ़ विशाल जंगल था। दूसरी तरफ़ भूटान के पहाड़ नज़र आ रहे थे।

बौने ने अपनी आँखें और हाथ स्कैन किए और वे तीनों अन्दर आ गए। अब बौने ने बंकर को लॉक किया और महविश को सोने का इशारा किया।

महविश को लगा था कि यहाँ दानियाल होगा पर वह यहाँ नहीं था। उसकी नज़रें न चाहते हुए भी उसे ढूँढ़ रही थी।

वह जैसे ही बिस्तर पर गिरी, दिन-भर की थकान की वजह से उसे तुरन्त नींद आ गई।

अगली सुबह जब वह उठी, तब खुद को बेहद तरोताज़ा महसूस कर रही थी।

"अब आपकी सारी स्मृतियाँ यहाँ सुरक्षित हो गई हैं और अब आप बिना किसी पश्चात्ताप या बोझ के जी सकेंगी।" बौने ने एक चाय का कप महविश की और बढ़ाते हुए कहा।

वह उठ बैठी और अपनी पीठ और कमर को ऊपर की तरफ़ खींचते हुए एक गहरी साँस ली। वह बिना दूध की चाय थी। उसने अपने होंठ मोड़ते हुए सिर न के स्वर में हिलाया। बौने ने उसकी तरफ़ निवेदन की दृष्टि से देखते हुए कहा, "यह हमारे घर के पास वाले चाय के बागान की पत्तियों से बनी चाय है। पी लीजिए। अभी के लिए यह आपके हार्मोनल बदलाव को सन्तुलित करेगी।"

"क्या तुम्हें सच में लगता है कि हमारी स्मृतियाँ मल्टी-यूनिवर्स में पहुँच सकती हैं और सिर्फ़ एक रात यहाँ सो जाने से पैरलल वर्ल्ड का हमारा दूसरा व्यक्तित्व ऐसी कोई ग़लती नहीं दोहराएगा जो हमने इस दुनिया में की है?" उसने चाय के मग को अपनी दोनों हथेलियों से पकड़ा और मग की गरमाहट को अपने शरीर में खींचने की कोशिश करते हुए पूछा।

बिल्ले और बौने ने एक-दूसरे को देखा। थोड़ी देर चुप्पी छाई रही।

महविश ने फिर से कहना शुरू किया, "और यह कैसे मुमकिन है कि पैरलल वर्ल्ड का हमारा दूसरा व्यक्तित्व वह ग़लतियाँ न दोहराए जो हमने इस दुनिया में की है। उस दुनिया का समय भी तो ठीक हमारे समानान्तर, हमारे साथ-साथ ही बीत रहा होगा न?"

"और यह खयाल आपको पहले नहीं आया?" बौने ने कप-प्लेट को उठाते हुए महविश से पूछा।

"नहीं!" महविश ने एक गहरी साँस ली।

"तुम समानान्तर दुनिया के बारे में इतनी निश्चिन्त कैसे हो कि वहाँ का समय हमारी दुनिया के समय के साथ ही बीत रहा होगा?" बिल्ले ने अखबार पढ़ चुकने के बाद, तह लगाकर मेज़ पर रख दिया और महविश को एक बुज़ुर्ग की तरह देखते हुए पूछा।

"पता नहीं, पर लगता तो यही है।" महविश ने संशय के साथ शून्य में देखते हुए जवाब दिया।

"तुम ही समानान्तर दुनिया की वह दूसरी व्यक्तित्व हो।" बिल्ले ने खामोशी से कहा।

मोबियस स्ट्रिप

पानी टंकी के ऊपर से प्रवासी साइबेरियन सीगल का पहला झुंड गुज़रा तब तक अक्टूबर बीत चुका था। कहानी शुरू करने से पहले यह बताना ज़रूरी है कि उस दिन आँखों की जहाँ तक भी देख पाने की शक्ति थी, वहाँ तक धूम-कोहरा नज़र आ रहा था। और अमीरों के बच्चे जो देश में पुरानी संस्कृति लानेवाली दक्षिणपंथी सरकार के हिमायती हैं, इन्दिरा गांधी अन्तरराष्टीय हवाई अड्डे पर, अपने घरघुस्सू पिता को गले लगाकर बाय कह रहे थे और उनके पिता, जिनके फ़ोन में पचास से ज़्यादा व्हाट्सएप सन्देश 'गर्व से कहो हम हिन्दू हैं' ग्रुप से फ़ॉरवर्ड होने के बेतहाशा इन्तज़ार में थे, एयरपोर्ट लाउंज की एंट्री पर खड़ी सुन्दरी को बार-बार निहारे जा रहे थे। उन सभी बच्चों की आँखों में आँसू की जगह आशा की गमगीन चमक थी कि एक दिन इनके माता-पिता, दिल्ली जैसे प्रदूषित, बेतरतीब और जनसंख्या के बोझ से दबे पड़े शहर को छोड़कर, उनके साथ पश्चिम की उदार योजनाओं का मज़ा लेने ज़रूर आएँगे।

मुझे भी इन्दिरा गांधी अन्तरराष्टीय हवाई अड्डे पर नेहा को लेने एक न एक दिन जाना ही था लेकिन अभी इसमें वक़्त है। अभी वक़्त मेरे माता-पिता के भविष्यवक्ता बनने में भी है, जिनकी दिव्यवाणी सुनकर मेरी अर्थी का इन्तज़ाम किया जाना था। सही वक़्त आने से पहले यह ज़रूरी है कि हम इस कहानी के प्रत्येक हिस्से को सही तह में लगा सकें। इसलिए शुरुआत हम यमुना के निगम बोध घाट से करते हैं। इस घाट से चार किलोमीटर की दूरी पर, लोगों से खचाखच भरे पाँच मंज़िला मकान के ऊपर से जब सीगल का झुंड गुज़रा, तब पंखों की फड़फड़ाहट सुनकर

मैंने अपनी खिड़की खोलकर बाहर झाँकने की कोशिश की। कोहरे और धुएँ में अन्तर करना इतना मुश्किल हो गया था कि हवा में फैली भुरभुरी गन्ध ने मेरी नाक में खुजली पैदा कर दी थी। मैंने नेहा के सिखाए जन्तर पर स्वयं को केन्द्रित करने का प्रयास किया जिससे आँखों की पुतलियाँ चौड़ी करके अनन्त तक देखने की शक्ति मिलती है। यह किसी जादुई आख्यानक जैसे सुनाई पड़ सकता है लेकिन मेरे जीवन से जुड़े सभी पात्र इसी तरह गुँथे हुए हैं जहाँ आपको हर बात की तर्कसंगत व्याख्या नहीं मिल सकेगी।

पिछले तीन घंटे से सामान्य गणित का अभ्यास करते हुए, जम्हाई को मुँह में कैद करने के बाद, खुद को विराम देने के लिहाज़ से मैंने टीवी खोला। टीवी में मर्दाना नैन-नक्श वाली न्यूज़ एंकर चिल्ला रही थी कि दिल्ली के ऊपर जमी धुएँ की यह चादर पंजाब और हरियाणा की पराली जलाने से छाई है। दीवाली से दो दिन पहले की बारिश ने हालाँकि हवा को तुलनात्मक रूप से शुद्ध कर दिया था लेकिन दो दिन बाद स्थिति पहले जैसी ही हो जानी थी। इसलिए मैं अपने पिता को लेकर चिन्तित था।

मेरे पिता काफ़ी समय तक खाली बैठे रहे थे। वे मौसम के हिसाब से काम बदलते थे। कभी काम रहता था, कभी नहीं। गर्मियों में वे आम या खरबूजे का ठेला लगाते थे तो सर्दियों में मूँगफली और गजक बेचने लगते थे। बीते सालों में जब पेट्रोल गाड़ियों की कमियाँ गिनाते हुए इलेक्ट्रिक गाड़ियों के फ़ायदे बताए गए तो उन्होंने ई-रिक्शा चलाना शुरू कर दिया। उन्हें साँस लेने में समस्या होती है इसलिए उन्हें लगा कि ई-रिक्शा चलाने से उनके फ़ेफ़ड़ों को आराम मिलेगा। उन्होंने कल रात ही मुझसे कहा था कि उनका रिक्शा कुछ दिन मैं चला लूँ।

स्कूल खत्म हुए दो साल बीत चुके हैं। मैं कॉम्पिटिशन की तैयारी के साथ-साथ पत्राचार माध्यम से बी.ए. कर रहा हूँ। मेरे पास यह सोचने के लिए काफ़ी समय रहता है कि कौन सा कोर्स करूँ जिससे जल्दी नौकरी मिल जाए या फिर कनाट प्लेस में किसी मोबाइल कवर का या चाय का ठिया लगा लूँ और बहुत पैसे कमाऊँ।

फ़्लेवर्ड हुक्के का कश खींचते हुए कैपेसिटी ध्यान देता है कि मैं किताबों में घुसा हुआ सामान्य इतिहास के तथ्यों का रट्टा लगा रहा हूँ। वह मुझे टैटू बनानेवाले इंफ्लुएन्सर्स के वीडियो दिखाता है, "इससे तो अच्छा होगा कि तू टैटू बनाना सीख ले, पैसों से खेलेगा बेट्टे! याद रखियो मेरी बात।" वह जब यह उपदेशात्मक ज्ञान मुझे देता है तो मेरे मुँह पर फ़्लेवर्ड हुक्के का कश खींचने के बाद बने धुएँ के छल्ले तैरने लगते हैं।

कैपेसिटी मेरा भाई है जो बारहवीं कक्षा में पढ़ता है और काफ़ी बदमाश है। दिन-भर स्कूल के बाथरूम में बैठकर दोस्तों के साथ सिगरेट या बीड़ी पीने के अलावा टिक-टॉक के लिए रील्स बनाना उसके शौक में शामिल है। सिगरेट या बीड़ी की बारूदी गन्ध को मुँह से गायब करने के लिए वह रजनीगन्धा की इलाइची चबाता है। इन सारी फ़ुटानियों के लिए वह मंगलवार को लगनेवाले साप्ताहिक बाज़ार में चोरी करके पैसे जुटाता है। घर पर उसका सारा समय ट्रेंडिंग वीडियोज़ देखने, रील्स बनाने, वीडियो एडिट करने में बीतता है। इसलिए मैंने अपने पढ़ाई के समय को दीवार घड़ी की बारह सूइयों के बीच करीने से फ़िट कर रखा है ताकि एक कमरे के हमारे किराए के घर में हर कोई अपनी ज़रूरतों और शौक को बिना व्यवधान के पूरा कर सके।

कैपेसिटी को कई बार पुलिस पकड़कर ले जा चुकी है। एक दो बार तो उसने नेहा के पापा से, जो दिल्ली पुलिस में सब-इंस्पेक्टर हैं और बहुत लम्बे समय से प्रमोशन पाकर इंस्पेक्टर बनने के इन्तज़ार में हैं, बहुत मार भी खाई। उसकी मध्यावधि परीक्षाएँ शुरू होनेवाली हैं और जब मैं अपने पिता के साथ उसे छुड़ाने गया तब पुलिस स्टेशन पर कांस्टेबल ने मेरे पिता पर एहसान लादते हुए उन्हें झिड़का, "तुम बिहारियों ने न, गन्द मचा रक्खी ऐ दिल्ली में। अगली बार इत्ता मारूँगा न, गुदा बी नजर न आवेगा इसका।" कांस्टेबल ने अपनी तोंद से नीचे खिसक रहे पैंट को ऊपर उठाते हुए सख्ती से कहा, "हर बुधवार सुबा ग्यारह बजे हाजरी के लिए आणा पड़ेगा बाई इसे।" इसके बाद कांस्टेबल ने तार-तार हो चुके बड़े से लाल रजिस्टर पर कैपेसिटी और पापा से हस्ताक्षर करवाए और जाने की इजाज़त दे दी।

उस दिन पापा का चेहरा देखकर मेरी रुलाई छूट गई थी। इस तरह के अवसर पर, मैं अपनी माँ को साथ नहीं ले जाता क्योंकि वह जहाँ भी जाती है वहीं छाती पीट-पीट कर रोना शुरू कर देती है। बड़े शहरों में इस तरह की चीख-पुकार मचानेवालों को गँवार समझा जाता है और मैं पूरी कोशिश करता हूँ कि अपने ऊपर चढ़े गँवार, गरीब और बिहारी जैसी अन्दर तक भेद देनेवाली तोहमतों से पीछा छुड़ा सकूँ। मुझे बहुत श्रम करके लोगों को यह समझाना पड़ता है कि मैं बिहारी नहीं हूँ बल्कि मेरा पैतृक गाँव उत्तर प्रदेश के बस्ती जिले में है।

कैपेसिटी का नाम कैपेसिटी कैसे पड़ा, यह मैं नहीं जानता। मेरे माता-पिता भी नहीं जानते। लेकिन कमरेआलम जानता है। वह रील्स बनाने में कैपेसिटी का सहयोगी है। दोनों जिगरी यार हैं। मिलकर टिकटॉक के लिए वीडियो शूट करते हैं, फिर रातभर साथ बैठकर वीडियो को एडिट करते हैं और अगली सुबह बगल वाले साइबर कैफ़े के वाईफाई के डेटा का चोरी से इस्तेमाल करते हुए वीडियो अपलोड करते हैं। कैपेसिटी सिर्फ़ और सिर्फ़ अपना समय बर्बाद कर रहा है और वह बिहारी कमरेआलम, कैपेसिटी को बिगाड़ने का सबसे बड़ा ज़िम्मेदार है। वैसे तो कमरेआलम मेरी ही क्लास में पढ़ता था लेकिन शुरू से ही मुझ से ज़्यादा उसकी दोस्ती कैपेसिटी से थी।

मैं जब भी अपने पिता को मेहनत करते हुए देखता हूँ तो उनके चेहरे पर मुझे हमेशा एक भलमनसाहत, एक मासूमियत नजर आती है। जब-जब अपने पिता के चेहरे को निहारता हूँ तो मुझे एहसास होता है कि इस दुनिया में इतनी मेहनत करने के बाद भी उन्हें कुछ नहीं मिलनेवाला। उनके ठेले के सामने से गुज़रनेवाली बड़ी-बड़ी चमकती गाड़ियाँ जब धूल उड़ाकर निकलती हैं तो वे खाँसने लगते हैं। मैंने बचपन से ही जनवरी की ठिठुरती रातों में उन्हें अपने ठेले के पास ग्राहकों के इन्तज़ार में लकड़ी के घिस चुके गल्ले को निहारते देखा है। तब जब नाउम्मीदी उनके सिकुड़ चुके गालों पर छाए हुए चेचक के धब्बों को भरने लगती है। तब जब वे हताशा में अपने गमछे को उतारकर गल्ले पर रख देते हैं। तब जब वे अपने सिर पर हाथ

रखकर आसमान की तरफ़ देखने लगते हैं। मैंने चुपके से उन्हें, उन सारी अवस्थाओं में देखा है जिसे कोई भी पिता अपने बेटे के सामने ज़ाहिर करने से बचना चाहेगा।

मेरी माँ, पिता की तरह सीधी नहीं है लेकिन उसका शरीर आँगनबाड़ी का काम करते-करते अब थकने लगा है। वह पिछले पन्द्रह सालों से आँगनबाड़ी का काम कर रही है। उसे काम के सिलसिले में गली-गली घूमना पड़ता है। घर आती है। खाना बनाती है और पूरे परिवार को सहारा देने की कोशिश करती है।

अब वापिस उसी शाम पर लौटकर आते हैं जिस शाम पानी टंकी के ऊपर से प्रवासी साइबेरियन सीगल गुज़र चुके थे और उनके गुज़रने के साथ ही अक्टूबर बीत चुका था। मैंने अपनी खिड़की के बाहर फिर से झाँक कर देखा। इस बार मैंने अपनी आँखों को डूब रहे सूरज की सीध में रखा, अपनी सारी इन्द्रियों को माथे पर केन्द्रित कर लेने के बाद मैं आज पहली बार उस सिद्धि को पाने में कामयाब रहा जिसके लिए मैं पिछले दस महीने बाईस दिन से अभ्यास कर रहा था। मेरी आँखों की पुतलियाँ चौड़ी होकर चारों दिशाओं के आर-पार देखने की अपूर्व शक्ति से फैल गईं।

अब मुझे घर के पीछे खाली पड़ी ज़मीन, जिस पर एक अत्याधुनिक मॉल लगभग बनकर तैयार हो चुका है, और उस मॉल की बाउंड्री पर कैपेसिटी धब्लेश्वर और कमरेआलम रील्स के लिए वीडियो रिकॉर्ड करते हुए नज़र आ रहे हैं। जबकि दो किलोमीटर दूर सीलमपुर मेट्रो स्टेशन पर मेरे पिता ई-रिक्शा के बाहर खड़े, कश्मीरी गेट से आई मेट्रो से उतरनेवाली सवारियों के लिए आवाज़ लगा रहे हैं। मैं अपनी आँखों की पुतलियों को और चौड़ा करता हूँ और पाता हूँ कि मेरी माँ का सुपरवाइज़र, बच्चे को पोलियो की दवा पिलाती हुई फ़ोटो अपलोड न कर पाने की अक्षमता का हवाला देते हुए, उसे बुरी तरह डाँट रहा है। मैं इन तीनों को देखकर खुद पर लगभग चीख पड़ता हूँ, “हम कभी भी उनकी बराबरी नहीं कर पाएँगें। मेहनत करते-करते पापा मर जाएँगे। मेरी माँ इस उम्मीद में, कि हर चीज़ का बदला परलोक में मिलेगा। फिर एक दिन मैं।

फिर एक दिन कैपेसिटी धबलेश्वर। शायद वह मेहनत न भी करे। पर हमें ऐसे ही अपनी मामूली ज़िन्दगी गुज़ार देनी है। हमारे पास कभी यह सोचने का वक़्त भी नहीं होगा कि वे कौन सी दृश्य शक्तियाँ हैं जो इस दुनिया को चला रही हैं।"

मैं नज़रें घुमाता हूँ और उत्तर दिशा में देखने की कोशिश करता हूँ। मुझे वह भीमकाय पानी की टंकी नज़र आ रही है जो इस घर से पाँच सौ मीटर की दूरी पर है। वह वैसी पानी की टंकी नहीं है जो आपने 'शोले' फ़िल्म में देखी होगी या ट्रेन का सफ़र करते हुए प्लेटफार्म के किनारे पर नज़र आई होगी। वह एक मशरूम के आकार की विशालकाय सीमेंटेड टंकी है जिसमें नीचे से लेकर ऊपर तक पानी भरा हुआ है। टंकी का छतरीनुमा ऊपरी सिरा किसी खंबे या लोहे की संरचना पर टिका न होकर मशरूम की तरह नीचे से ऊपर तक एक ही विन्यास पर खड़ा है। मैं इस टंकी को बचपन से देख रहा हूँ। उस समय तक दिल्ली में इतने ऊँचे-ऊँचे घर नहीं हुआ करते थे। कम-से-कम सीलमपुर के इस इलाके में तो नहीं। बचपन के दिनों में जब मैं पीने का पानी लाने के लिए गली-गली भटकता था तो यह पानी की टंकी दूर सड़क से नज़र आती थी। यह इतनी विशाल है, इतनी विशाल कि इसे देखने भर से मैं रोमांच से भर जाता था। टंकी की ऊँचाई पर पहुँचने की कल्पना मुझे एक दहशत और भयावह पूर्वाभास से भर देती थी। जो भी थोड़ा-बहुत गणित मैंने स्कूल में पढ़ा है उसके आधार पर अगर अन्दाजा लगाएँ तो इस मशरूम के आकार की टंकी के ऊपरी सिरे की त्रिज्या कुछ नहीं तो कम-से-कम तीस मीटर की होगी और ऊँचाई कुछ नहीं तो कम-से-कम अस्सी मीटर। पानी की टंकी के आसपास ऊँची-ऊँची दीवारों से घिरी हुई सीमा है। अन्दर कुछ इमारतें हैं जिनमें शायद जल बोर्ड के कर्मचारी काम करते हैं और चारों तरफ़ पेड़-पौधों से घिरा गलियारा है। कमरेआलम वहीं सिक्योरिटी गॉर्ड है। अभी हाल ही में उसकी नौकरी लगी है।

मेरे पिता ने जब मुझे ई-रिक्शा चलाने के लिए कहा, उस दिन मैंने बारहवीं कक्षा के आधार पर होनेवाली जूनियर क्लर्क की परीक्षा दी थी।

पिछले दो सालों से मैं किताबों में घुसा रहा हूँ। अब कुछ दिन आराम करना चाहता हूँ। कुछ दिन घूमना चाहता हूँ।

यह इलेक्ट्रिक रिक्शा इस लिहाज़ से अच्छी सवारी है। मैंने अपने पिता को घर में बैठने की सलाह देकर सीलमपुर मेट्रो स्टेशन से ब्रह्मपुरी रोड तक की सवारी को लाने ले जाने का काम शुरू कर दिया है। मैं इस रिक्शे पर, दिन-भर, लोगों को मेट्रो से घर और घर से मेट्रो तक पहुँचाता हूँ। कामकाजी महिलाएँ, स्कूल-कॉलेज जाते किशोर, मज़दूर, गुड़गाँव-नोएडा जाने के लिए मेट्रो के पीछे दौड़ते उत्साही और सपनों से भरे युवा, प्रेमी युगल, इन सब लोगों को, मैं अब चेहरे से पहचानने लगा हूँ। इन आम से दिखनेवाले चेहरों को देखकर मुझे कभी-कभी लगता है कि मैंने बचपन से लेकर अब तक कितनी बकवास ज़िन्दगी गुज़ारी है। मेरे कन्धों पर हमेशा एक चाहा-अनचाहा बोझ रहा कि कैसे मैं अपने परिवार को एक बेहतर ज़िन्दगी दे सकूँ। मेरी ज़िन्दगी में कोई ढंग का दोस्त नहीं है कोई लड़की नहीं है।

दिन-भर ई-रिक्शा चलाने के बाद शाम को अपने थके शरीर के साथ घर में प्रवेश करता हूँ इतने धीमे से कि किसी को मेरे घर पहुँचने की आहट तक न मिले। कैपेसिटी अपने फ़्लेवर्ड हुक्के में सिगड़ी जला कर रखता है और कमरेआलम को अपने फोर-पैक दिखाते हुए कहता है, "बन्दियाँ बॉडी बनाने से बनती हैं, कमरे।" रात भर मेरे बराबर में लेटा-लेटा वह अपनी बन्दी से बात करता है। मैं शाम को कही उसकी बात का जवाब अब देता हूँ, "सारी नहीं।" वह मुझे चौंक कर देखता और मैं पटिए से बनी छत पर आकृतियाँ उकेरने के बाद करवट बदलकर सो जाता हूँ।

2

गुरुवार की उस बेहद बादामी सुबह, मेरी हथेली लगातार खुजला रही है और मान्य परम्परा के अनुसार मुझे यक़ीन है कि आज मेरी जेब में नोटों की बरसात होगी, लेकिन पैसों की जगह मेरे जीवन में नेहा 'उस्ताद' कहते हुए

दाखिल होती है। मैं उसके 'उस्ताद' कहने पर बिफ़रता हूँ लेकिन मेरे लिए उसका चेहरा जाना-पहचाना है, सिर्फ़ चेहरा भर, इसलिए मैं उसके 'उस्ताद' कहने का गर्मजोशी से स्वागत करता हूँ।

नेहा पहली बार सीलमपुर की सरकारी लाइब्रेरी में दिखी थी। जब वह सिर्फ़ एक हफ़्ते तक लाइब्रेरी आई। उन दिनों, मैं हर सुबह, दस से एक बजे के बीच लाइब्रेरी के रीडिंग हाल में जाकर समाचार-पत्र पढ़ने के साथ-साथ प्रतियोगी परीक्षाओं की तैयारी कर रहा था। वह कई बार मेरे सामनेवाली कुर्सी पर बैठी थी, पक्षी विज्ञान से जुड़ी मोटी-मोटी किताबें फैलाए, नोट्स बनाते हुए और फिर अगले हफ़्ते वह अदृश्य हो गई।

मेरी हथेली खुजलानेवाले दिन जब नेहा ने पहली बार मुझे ई-रिक्शा चलाते हुए देखा तो वह चौंक गई लेकिन अन्य सवारियों की धक्का-मुक्की और शोरगुल में अगले ही क्षण सामान्य हो गई। सीलमपुर मेट्रो से ब्रह्मपुरी रोड तक के अपने सफर में, जिसमें अनगिनत लोगों के बीच से गुज़रते हुए, मैं अपने चक्कर पूरे किया करता था, वह अकेली लड़की थी जिसने मेरे दिल की धड़कनें तेज़ की थीं। मैंने उसे मेट्रो स्टेशन के पास बने ई-रिक्शा स्टैंड पर छोड़ा। उसने अपनी जींस के जेब से दस रुपये का सिक्का निकालकर कहा, "उस्ताद! आपके दस रुपये।" और मैं उसे मेट्रो स्टेशन के प्रवेशद्वार की तरफ़ जाते हुए देखने लगा।

वह दिल्ली विश्वविद्यालय में जूलोजी के अन्तिम वर्ष की छात्रा होने के अलावा बीस-इक्कीस साल की मध्यम कद की एक ख़ुशमिज़ाज लड़की थी जिसके चेहरे पर हमेशा एक संयमित मुस्कान बिखरी रहती थी।

'उस्ताद' कहने की इस एक घटना के बाद, अब मेरी आँखें मेट्रो से सवारी लाने-ले जानेवाले हर चक्कर में, उसे तलाशती थीं। कई हफ़्तों के प्रयास के बाद मैं यह पता लगाने में सफल रहा कि उसका घर से निकलने का समय क्या है। यहाँ से मेरे छोटे से दिल में एक प्रेमी ने, और अगर, और सटीकता से कहा जाए तो प्रेम करने और पाने की आदमज़ात भूख ने गड़बड़ करने की शुरुआत की, और यहीं से नेहा को देखकर उसकी संक्षिप्त मुस्कान, हर भावी सुबह, मेरा दिन बनानेवाली थी।

मैं अगली सुबह नेहा की गली के बाहर ब्रह्मपुरी रोड पर नेहा का इन्तज़ार कर रहा था। बेकरी की दुकान पर पापे और फैन को सही से रख रहा बाबर खान, जो जंगली बालों की लटें लटकाए, कव्वाल-सा दिखता है और पान के पीक से अपने कुरते को रँग चुका है, कई दिनों से मेरी उत्साही आँखों पर गौर करने के बाद मुझे हिदायत देता है, "पहला प्यार चुनते हुए तुम्हें होशियार रहना चाहिए प्यारे! यह ताउम्र तुम्हारी पसन्द पर बुरे असरात डालेगा—ख़ासकर जब मसला नई माशूका या बीवी से जुड़ा हो।" ऐसा कहकर वह बहुत ज़ोर से खिलखिलाने लगता है। तब तक, जब तक की उसकी हँसी, खाँसी में नहीं बदल जाती और मुझे मजबूरन, पापे और फ़ैन के सजाए हुए पिरामिड के बराबर में रखे पीतल के जग से पानी निकालकर उसे पिलाना पड़ता है।

वह नवम्बर की एक ठंडी और सुस्त शाम थी जब मैंने पाया कि बहुत देर इन्तज़ार करने के बाद भी कोई सवारी नहीं मिल रही है, तभी अचानक पिट्ठू बैग अपने कन्धे पर लटकाए नेहा आती दिखी। उसने ब्लू जींस और सफ़ेद कुरते के ऊपर ऊनी स्टोल को गले में दो फन्दे बनाकर ओढ़ा रखा था। उसके बैठते ही मैंने ई-रिक्शा आगे बढ़ा लिया।

नेहा अपने बैग को बराबर वाली खाली सीट पर रखते हुए पूछती है, "आज कोई और सवारी नहीं लेनी, उस्ताद?"

"बहुत देर से इन्तज़ार कर रहा था लेकिन आज लोगबाग बाहर कम निकले हैं शायद।" मैं रियर व्यू मिरर में देखते हुए जवाब देता हूँ। वह पीछे चल रही डीटीसी बस के हॉर्न से असहज होती है। फिर अपने स्टोल से नाक और मुँह ढकते हुए जवाब देती है, "हाँ, स्कूल-कॉलेज भी बन्द हैं। गवर्मेंट ने पोल्यूशन के बढ़ते लेवल को देखते हुए तीन दिन के लिए सब बन्द कर दिया है।"

"आज तो तुम्हारा रिज़ल्ट आनेवाला था न?" वह कुछ देर ठहरकर, अचानक कुछ याद आ जानेवाली फ़ुर्ती दिखाते हुए सवाल करती है।

"परसों ही सर्कुलर आ गया था। पेपर लीक होने की वजह से फिर से कैंसिल कर दिया गया है। क्या ही रिज़ल्ट आएगा!" मैं सड़क पर बने बड़े-बड़े

गड्ढों से बचाते हुए रिक्शे को बड़ी साफगोई से सुरक्षित निकालता हूँ। "पिछले सोलह महीने में यह दूसरी बार है जब पेपर लीक होने की वजह से कैंसिल हुआ है।"

"सुनकर दुख हुआ। क्या ही कर सकते हैं?" उसकी आवाज़ में ग्लानि है। "अच्छे की उम्मीद करते हैं।" वह गहरी साँस लेती है और बात बदलते हुए अचानक कहती है, "अच्छा सुनो, इस बार गली के बाहर न उतारकर, पानी टंकी के पास ले जा सकते हो? एक काम था।"

हम जल्दी ही पानी की टंकी के पास पहुँच गए। कमरेआलम, जो एक लम्बा-चौड़ा, सुराही जैसी गरदन का मालिक, खूबसूरत नौजवान है। गेट के अन्दर बने सिक्यूरिटी रूम में अपनी कुर्सी पर बैठा लैपटॉप से वीडियो एडिट कर रहा था। नेहा ने ई-रिक्शा से उतरकर सफ़ेद रंग से पुते लोहे के दरवाज़े की कुंडी बजाई। कमरेआलम अपनी टोपी सिर पर ठीक करता हुआ, अन्दर से बाहर आया और मुझे देखकर मुस्कराने लगा। नेहा को देखकर उसने अपनी त्योरियाँ ऊपर चढ़ाकर, मुझसे संकेतों में पूछा कि मामला क्या है? नेहा के कौल को सुनकर उसने साफ़ मना कर दिया। मैंने दोनों को उत्तर-प्रत्युत्तर करते देख कमरेआलम की ख़ुशामद की। मेरे बहुत ज़ोर डालने पर उसने नेहा की विज़िटर डायरी में एंट्री करवाई और उसे किसी अधिकारी के पास ले गया। नेहा ने अधिकारी को अपना परिचय दिया कि वह जीव विज्ञान में स्नातक कर रही है और उसे पानी की टंकी के ऊपर जाकर बया पर शोध करना है जो धीरे-धीरे दिल्ली से लुप्त होने के कगार पर हैं। अधिकारी ने आँवला कैंडी को मुँह में डालते हुए अपने फ़ोन पर चल रहे भोजपुरी गाने को पोज़ किया और एक नज़र नेहा को निहारा, फिर सुरक्षा का हवाला देकर उसे पानी की टंकी के ऊपर जाने से मना कर दिया।

इस घटना के आठवें दिन, गणेश चतुर्थी का जुलूस निकाल रहे श्रद्धालुओं के लिए रास्ता बनाती पुलिस ने जब सभी गाड़ियों को एक तरफ़ रोक दिया तब ई-रिक्शा में बैठी नेहा की तरफ़ मुड़कर मैंने कहा, "मैं ले चल सकता हूँ तुम्हें पानी टंकी के ऊपर।" जुलूस से आ रही डीजे

की आवाज़ के बीच वह ठीक से सुनने की कोशिश करती है, "क्या?" मैं तेज़ चिल्लाता हूँ, "पानी टंकी के ऊपर...मैं ले चल सकता हूँ तुम्हें।" ठीक से सुनने के बाद उसकी आँखों में चमक बिखर जाती है, "ठीक है, उस्ताद! चलते हैं फिर।" उसकी संयमित मुस्कान इस बार सेब की फाँक की तरह खिल जाती है।

कूबड़ निकले जिम ट्रेनर के निर्देश पर बेढंगे स्क्वॉट्स मार रहे कमरेआलम से मैंने चिरौरी की। भले ही वह मेरा सहपाठी रह चुका था लेकिन उसके अन्दर मुझे लेकर एक स्पष्ट त्याज्य का भाव था तो उतनी ही मात्रा में कैपेसिटी को लेकर सम्मोहन का भाव था। अपने शरीर को जिम के आईने में निहारता हुआ वह मुझे अनदेखा करता है। मजबूरन, मुझे बराबर में बाईसेप्स मार रहे कैपेसिटी का सहारा लेना पड़ा। उसने कमरेआलम से कहकर इन्तज़ाम करवा दिया। कमरेआलम ने योजना बनाई कि तीन दिन बाद शुरू होनेवाले दिसम्बर के महीने से उसकी ड्यूटी रात के दस से छह वाली नाइट शिफ़्ट लगेगी। सुबह हम जितना पहले आ सकते हैं आ जाएँ और आठ बजे से पहले-पहले तक हमें टंकी के ऊपर चढ़कर जो करना है कर लें।

वह कैपेसिटी के कहने पर अपनी ड्यूटी से दो घंटे ज़्यादा रुकने के लिए भी तैयार था।

"हम कुछ करने के लिए नहीं जा रहे हैं वहाँ। वह बस दोस्त है और उसे रिसर्च वर्क करना है।" मैंने सफ़ाई दी जब कमरेआलम और कैपेसिटी रात को घर पर बैठकर यू-ट्यूब पर अपना चैनल बना रहे थे। "और अगर हमें आठ बज गए और दूसरा गार्ड आ गया तो?"

"अबे बौड़म तू क्यों टेंशन लेरा ए। हम लोगों में ये सब चलता रहता है—एक-दूसरे की शिफ़्ट पूरी करना। तू लड़की के साथ मज़े मार न।" कमरेआलम मेरा मखौल उड़ाता है लेकिन कैपेसिटी के सख्त चेहरे को देखकर चुप हो जाता है।

अगली सुबह जब हम छह बजे पानी टंकी के पास पहुँचे, चारों तरफ़ घुप अँधेरा छाया हुआ था। कमरेआलम ने हमारे आने से पहले ही सिक्योरिटी कैमरा बन्द कर दिए थे। हम चुपके से अन्दर घुसे। उसने हमें वापिस जाने

के लिए एक गुप्त रास्ता दिखाया जो इस परिसर की सीमा वाली दीवार के टूट जाने से बना था। दीवार में हुए इस छेद को, अन्दर परिसर में खड़े पीपल के पेड़ के मोटे तने ने ढक रखा था जबकि बाहर की तरफ़ बने अस्थायी रैन बसेरे की ओट में इस छेद को देख पाना किसी भी राह-चलते सामान्य व्यक्ति के लिए असम्भव था।

आख़िरकार अब हम उस विशाल पानी की टंकी के नीचे खड़े थे जिसके साथ लोहे की सीढ़ी लगी हुई थी। पहले नेहा चढ़ी, फिर मैं।

हम जब ऊपर पहुँचे तो दिसम्बर की सर्द सुबह की ठंडी हवा से मेरे कान झन्ना गए और सुन्न पड़ने लगे। ऊपर टंकी के चारों तरफ़ गोलाई में उसी लोहे की रेलिंग थी जिसकी सीढ़ी पर चढ़कर हम ऊपर तक पहुँचे थे। वहाँ पहुँचते ही मेरा मुँह खुला का खुला रह गया। ढेर सारे पक्षी अपने शरीर को उल्टा किए अन्धकार को पतला करनेवाले रजतसदृश प्रकाश में अपने शरीर को सुखा रहे थे। नेहा ने चारों तरफ़ देखा। टंकी के पश्चिम में एक बड़ा सा सफ़ेद रंग का पक्षी जिसके डैने पर काली धारियाँ थीं, घायल पड़ा था। नेहा उन पक्षियों के बीच सँभलते हुए उस घायल पक्षी तक पहुँचती है, और मैं, उसके पीछे-पीछे सावधानी से आगे बढ़ता हूँ ताकि किसी अन्य पक्षी को चोट न पहुँचे। नेहा ने तुरन्त उसे उठाया। उसके दाएँ डैने पर माँझा उलझा हुआ था जिससे उसका पंख बुरी तरह ज़ख़्मी हो गया था। वह पक्षी को अपनी गोद में उठाने के बाद टंकी के ठीक केन्द्र में बैठ जाती है।

"बोतल की कैप में पानी भरो जल्दी।" वह बदहवास-सी चिल्लाई।

मैंने जल्दी से उसके पिट्ठू बैग में अटकी बोतल को निकाला और ढक्कन में पानी भरा। फिर उसे पक्षी के मुँह के पास ले गया। नेहा ने पक्षी की चोंच को खोला और मैंने कुछ बूँद उसके मुँह में गिराईं।

नेहा ने बड़ी सौम्यता से पक्षी के गरदन पर अपनी उँगली रख रखी थी। उसे जैसे ही आभास हुआ कि पक्षी पानी की बूँदें गटक रहा है उसने गहरी साँस ली और मुझे देखकर शाबाशी देने के अन्दाज़ में अपने होंठ भीतर दबाकर अपना सिर हिलाया।

अँधेरा अब पूरी छँट चुका था और पीपल के झुरमुट से सूरज निकलता हुआ सुन्दर लग रहा था। जब हम वापिस जाने लगे तब सीढ़ियाँ उतरते हुए नेहा ने बताया कि यह साइबेरियन सीगल है। ये पक्षी हज़ारों के समूह में साइबेरिया की रूह जमा देनेवाली ठंड से बचने के लिए हर साल भारत आते हैं और यमुना और गंगा के किनारों पर ठहरते हैं।

उसकी बातों के बीच अचानक से एक तारा टूटता है जो दिन निकलने की एकरेखीय प्रक्रिया में धुप्पल से घुस आने की कोशिश करता, मुझे और नेहा को हैरान कर देता है। नेहा अपनी गोद में सीगल को लिए और मैं अपनी गोद के ठीक निचले हिस्से में जहाँ से लिंग की शिनाख्त की जा सकती है वहाँ हुए बेतहाशा दर्द में चीख पड़ता हूँ। नेहा एक बार ठिठककर मेरी तरफ़ देखती है और मैं किसी नौसिखिये प्रेमी की तरह सफ़ाई देता हूँ, "यह पहली बार हुआ न, जब सुबह-सुबह टूटता हुआ तारा नज़र आया इसलिए मेरी चीख निकल गई।" मैं झेंपकर गरदन झुका लेता हूँ, "क्या तुम कोई विश माँगना चाहोगी?"

नेहा जो एक तरह से देखा जाए तो बेहद ज़हीन है और ब्रह्मांड में घटित होनेवाली बड़ी-बड़ी हलचलों के बीच, एक छोटी सी घटना—सीगल की देखभाल पर पूरी तरह केन्द्रित है। लापरवाही से हँसते हुए कहती है कि "यह बहुत ओल्ड-स्कूल है और क्लिशे है। इस तरह की इच्छाएँ कभी पूरी नहीं होतीं, मैं हमेशा इसके उलट काम करती हूँ। मुझे लगता है कि जब भी हम विश माँगते हैं वह कभी पूरी नहीं होती। इसके बजाय अगर हम अपनी विश के विपरीत इच्छा माँगें तो कुछ प्रतिशत ही सही लेकिन सम्भावना है कि वह पूरी हो जाए क्योंकि संसार का प्रत्येक तत्त्व एक सिस्टम और एक मेट्रिक्स को बनाए रखने के लिए ही काम करता है और तत्त्वों को जैसे ही पता चलता है कि हम एक निश्चित परिवर्तन की अपेक्षा उनसे कर रहे हैं तो वे तुरन्त विपरीत दिशा में काम करना शुरू कर देते हैं। इसलिए उलटी विश माँगो तो वह सीधी होकर पूरी हो जाएगी।"

दो दिन बाद नेहा ने मुझे उसी अदबी अन्दाज़ में फ़ोन किया, जिस तरह वह इच्छा और ब्रह्मांड की वैज्ञानिक व्याख्या कर चुकी थी।

कुछ देर इधर-उधर की बात करने के बाद उसने कहा, "अब वह पक्षी ठीक है और हमें उसे यमुना के पास ले जाकर छोड़ना चाहिए। क्या कहते हो, उस्ताद?"

जब आप प्यार में होते हैं तब आपके पास हामी भरने के सौ कारण होते हैं और नकारने का एक भी नहीं।

हम अगली सुबह यमुना के निगम बोध घाट के ठीक सामनेवाले किनारे पर पहुँचे। कश्मीरी गेट जा रहे पुल से ठीक पहले एक कच्चा रास्ता नीचे तलहटी की ओर जा रहा था। हमने किनारे की रेतीली ज़मीन पर पहुँचकर पक्षी को मुक्त कर दिया।

वह कुछ देर इधर-उधर देखता रहा फिर उसने उड़ान भरने की कोशिश की। उसके पंखों के फड़फड़ाने में एक अजीब-सी झनझनाहट थी। शायद उसके घाव अभी भी पूरी तरह भरे नहीं थे। लेकिन दो-तीन प्रयास के बाद, वह अपने पारिवारिक पक्षियों के झुंड में शामिल होने में कामयाब रहा।

नेहा ने एक मल्लाह से नाव पर चढ़ने का सौदा किया और हम पूरे दो घंटे तक उन उड़ते पक्षियों की खेमाबन्दी में घूमते रहे। हमारी नाव कोहरे के बने फैन और झाग छोड़ रहे पानी के बीच, दस मीटर की दृश्यता को चीर कर, आगे बढ़ रह थी और कलाबाज़ियाँ करते सीगल किसी जन्नत के दरवाज़े पर खड़े मेज़बान की तरह हमारा स्वागत कर रहे थे। यह वह समय था जब मैंने नेहा के कन्धे और खुद के कन्धे को एक साथ स्पर्श होता महसूस किया। मैं एक बार फिर पेट के नीचे उठे उसी असहनीय दर्द से चीख पड़ा जिसने सीढ़ी से उतरते समय मेरे पूरे शरीर को निचोड़ दिया था।

नेहा मुझे घूर कर देखती है और मल्लाह मेरी इस हरकत पर अपने बाहर निकले दाँतों की अश्लील हँसी को रोकने की कोशिश करता है।

"नहीं, कुछ नहीं।"

नेहा इस बार मेरी इस हरकत को अनदेखा करने के मूड में नहीं है। "कुछ तो?" वह मेरे पास सँभलकर बैठते हुए अपनी जैकेट की चैन को गले तक चढ़ा लेती है। पूरे दृश्य में हड्डियों के भीतर सन्नाहट पैदा कर देनेवाली ठंड है।

"बस एक सवाल था मेरे मन में।" मैं गले में खराश करता हुआ मज़बूती से कहता हूँ, "उस दिन तुम जानती थीं न कि उस पानी की टंकी पर वह सीगल ज़ख़्मी है?" मैं इस सवाल से पूरे दृश्य को दूसरी दिशा में मोड़ने का प्रयास करता हूँ।

"नहीं।" वह अपने साथ लाए नोटपैड पर लिखने के लिए पेन अपनी उँगलियों में फँसाती है। नाव धीमे-धीमे आगे बढ़ रही है। पानी की ऊपरी सतह पर पड़ रहे गोल घेरे से पैदा होनेवाली तरंगों में, मैं दोबारा खलल डालने की कोशिश करता हूँ। "तुम झूठ बोल रही हो, तुम्हारी हर एक क्रिया ...एवरी एक्शन ...यही बता रही थी कि तुम पहले से जानती हो वहाँ वह पक्षी घायल है। क्या तुम नहीं जानती थीं?"

वह कुछ देर चुप रही। फिर उसने कहना शुरू किया, "तुम्हें सुनने में यह बचकाना लग सकता है लेकिन मैं बया पर शोध करने नहीं गई थी, न ही मुझे सीगल के घायल होने के बारे में ज़रा भी अन्दाज़ा था। मैं हमेशा इस तरह की ऊँचाई वाली जगह तलाशती रहती हूँ जहाँ से मैं घर गिराते बुलडोज़र को देख सकूँ।"

"घर गिराते बुलडोज़र को?" मैं अपने कानों पर विश्वास न होने पर उसके जवाब को दोहराता हूँ।

"मैंने अपने भीतर एक खास तरह की क्षमता विकसित की है। मैं तीन बार पलकों को झपकाने के बाद जब अपनी आँखों की पुतलियों को चौड़ा करती हूँ तब मेरी सारी इन्द्रियाँ मेरे माथे पर केन्द्रित हो जाती हैं। फिर अगले ही क्षण मैं कई किलोमीटर दूर तक देख पाने के योग्य हो जाती हूँ। मुझे जैसे ही पता चलता है कि किसी कारण से बुलडोज़र किसी घर या किसी बस्ती को गिरानेवाला है तो मैं किसी ऊँची जगह की तलाश में जुट जाती हूँ।"

"और इससे तुम्हें क्या हासिल होता है?"

"कुछ नहीं, मुझे बस देखना होता है। मुझे सुकून मिलता है या शायद मुझे इसकी आदत लग गई है।"

"तुम यह काम अपने घर की छत से भी कर सकती हो? नहीं? फिर इतनी ऊँची जगह की तलाश क्यों?"

"मुझे बर्ड व्यू चाहिए होता है। जितनी ऊँचाई से मैं बुलडोज़र को लोगों के घर गिराते हुए देखती हूँ उतना ही मुझे मज़ा आता है। मैंने इसके लिए कई सारी बहुमंज़िला इमारतें, होटल्स या इस तरह की पानी की टंकी की लिस्टिंग कर रखी है। जूलोजी में ग्रेजुएशन करना इसमें मेरी बहुत मदद करता है। मैं अपना कॉलेज आई-कार्ड और प्रोफ़ेसर्स के रिकमंडेशन लेटर दिखाकर कई बार अनुमति लेने में कामयाब हो जाती हूँ लेकिन कई बार मुझे सुरक्षा का हवाला देकर इतनी ऊँचाई पर जाने से मना भी कर दिया जाता है।"

"तो क्या तुम किसी पक्षी पर कोई भी शोध कार्य नहीं कर रही हो?"

"नहीं, ऐसा नहीं है, पक्षियों से मुझे प्यार है और इन सीगल पर ही मैं रिसर्च भी कर रही हूँ। लेकिन पानी की टंकी पर मेरा जाने का उद्देश्य दूसरा था।" इसके बाद उसने मेरी तरफ़ ध्यान से देखा और कहा, "थैंक यू फ़ॉर एव्रीथिंग। तुम एक अच्छे इनसान हो। इस दुनिया में अच्छे इनसानों से मिल पाना इतना आसान नहीं है। अपना खयाल रखना।"

"यह कुछ अलविदा जैसा सुनाई पड़ रहा है। क्या हम अब आगे नहीं मिलनेवाले?"

"हम नहीं जानते कि भविष्य में क्या लिखा है, इसलिए ही। वैसे कल हम फिर चलेंगे, पानी की टंकी के ऊपर।"

अगले दिन हम कमरेआलम के दिखाए उस गुप्त रास्ते से पानी की टंकी के ऊपर चढ़े जो टूटी दीवार के चारों तरफ़ जंगली पेड़-पौधों के उग आने की वजह से छिपा हुआ था। नेहा को मुझे तीन बार पलकें झपक कर, आँखों की पुतलियाँ चौड़ी करके, दुनिया के आर-पार देखना सिखाना था। मुझे यह सीखने में समय लग रहा था। विशेषरूप से अपनी इन्द्रियों को माथे के बीच में केन्द्रित करना मुझे नहीं आ रहा था। मैं घर पर दिन-रात इसका अभ्यास करता रहता।

दस महीने बाईस दिन लगातार अभ्यास करने के बाद मैंने यह सिद्धि प्राप्त कर ही ली। मैंने नेहा को बताया कि अब मैं तैयार हूँ। तुम्हें कैसे पता चलता है कि कहीं पर बुलडोज़र चलनेवाला है?

उसने बताया कि हमें आसपास की घटनाओं को ध्यान से ऑब्ज़र्व करना होगा। अगर कोई ऐसी घटना घटे जहाँ कोई अपराध हुआ हो और टीवी पर बड़ा सेंसेशन बन गया हो तो इस बात की सम्भावना रहती है कि अगले दिन पकड़े गए अभियुक्तों के घर बुलडोज़र चल जाए।

तीन दिन बाद टीवी पर खबर उड़ने लगी कि 'क' को दूसरे धर्म के व्यक्ति 'ख' की हत्या करने के अपराध में पकड़ा गया है। रात-दिन इसके बारे में न्यूज़ चैनल्स पर खबरें दिखाई जा रही थीं।

मैंने नेहा को फ़ोन किया।

उसने कहा, "गुड, यह सही समय है।"

हम अगले दिन उसी गुप्त रास्ते के सहारे पानी की टंकी पर चढ़कर आराम से चादर बिछाकर बैठ गए। नेहा ने मार्क कर रखा था कि पकड़े गए अभियुक्त का घर किस दिशा में और कितनी दूरी पर है। हम उस दिशा में लगातार देखने की कोशिश करते रहे। उसने मुझे कई तरीके बताए कि मैं कैसे दूर तक देखने की रेंज को नियंत्रित कर सकता हूँ। एक घंटे बाद हमें बुलडोज़र चलता हुए नज़र आया। बुलडोज़र को रोकने के लिए उस अभियुक्त के परिवार वाले धरना देने के लिए बैठे हुए थे। उन्हें पुलिसकर्मियों ने ज़बरदस्ती उठाकर किनारे कर दिया। चीख-पुकार और स्थानीय निवासियों के जमघट के बीच बुलडोज़र ने धीरे-धीरे उनके तीन मंज़िला छोटे से घर को गिराना शुरू किया। सीमेंटेड छत के बाद पूरी की पूरी समूची दीवार धराशायी होने लगी। कुछ ही मिनट में वह जगह पूरी जगह मलबों और धूल के गुबार से भर गई।

एक हफ़्ते बाद हमें पता चला कि हमारे घर के पास की अवैध झुग्गियों को गिराने की योजना है। हम सुबह-सुबह ही सारा ताम-झाम लेकर टंकी के ऊपर पहुँच गए। इस बार मैंने इस सिद्धि पर पहले से ज़्यादा महारत हासिल कर ली थी। नेहा और मैं लगातार अपने इस पसन्दीदा खेल पर प्रयोग करते रहे। कुछ ही महीनों में हमने अपने देखने की रेंज को एक हज़ार किलोमीटर तक बढ़ा लिया।

3

वह मार्च के मध्य की खिलखिलाती सुबह थी जब निगम बोध घाट के पूरे जमघट से सारे सीगल उड़कर जा चुके थे। नेहा ने अपने कैम रिकॉर्डर को बन्द करके बैग में रखा और कहा, “मुझे लगता है मेरे पास रिसर्च पेपर जमा करने के लिए अब बहुत-सी सामग्री है।” उसे पक्षी विज्ञान में विशेषीकृत स्नातकोत्तर करने के लिए पेन्सिल्वेनिया के किसी विश्वविद्यालय में छात्रवृत्ति मिल गई थी।

इसके बाद हम पूरे तीन साल तक नहीं मिले।

इस दौरान कोरोना आया, यह हर कोई जानता है, लेकिन जिस बेहद और बेहद ज़रूरी चीज़ को अन्तरराष्ट्रीय षड्यंत्र ने छिपा लिया वह यह कि पृथ्वी बीसवीं सदी के मानवीय पापों का प्रायश्चित्त कर रही थी। और प्रायश्चित्त का असर सबसे ज़्यादा हम जैसे दस-बाई-दस के कमरे में परिवार चलानेवाले उन बेहिस और आततायी लोगों पर होना था, जो सड़क किनारे खड़े कचौड़ी के खोमचे से दो-दो साबुत कचौड़ियाँ डकारने के बाद, सार्वजानिक शौचालय के बराबर में, जहाँ लिखा होता है ‘गधे के पूत वहाँ मत मूत’ के ठीक नीचे, मूत की धाराओं से कुतुबमीनार का निर्माण करते हैं।

22 मार्च, 2020, जनता कर्फ्यू के दिन, (तारीख बताना इसलिए ज़रूरी है क्योंकि तारीख को अनदेखा करना कहानी की वास्तविक घटनाओं को काल्पनिक बना सकता है।) कैपेसिटी और कमरेआलम छत पर खड़े होकर थाली पीट रहे थे। मेरी माँ ने एक कोने में खड़े होकर बिप्पत पड़ने की भविष्यवाणी करते हुए मेरे पिता से कहा, “यह समय बोरिया बिस्तर बाँधने का है, परसाल जो अनाज कोठरी में रखा था, अब सहेजना होगा।” पिता ने खुद को ज़्यादा बड़ा भविष्यवक्ता साबित करने की गरज से कहा, “ए मोंटिया की मम्मी, पहले सबके लिए बढ़िया जूते कीन लाओ, हमें एक पैदल लम्बी यात्रा पर निकलना है।” थाली पीटने की पहली ध्वनि ने मेरे पेट के रास्ते लिंग में वही तरंगें पैदा कीं जो बार-बार मैंने नेहा के साथ समय बिताते हुए महसूस किया था और जिसके आगमन पर मेरे मुँह से चीख निकल जाती थी। लेकिन इस बार का दर्द स्थायी था। कभी न जानेवाला

और इससे भी ज़्यादा स्थायी लग रहा था, करतल ध्वनि के बीच, मेरे माँ और पिता के भीतर उपजा भविष्यवक्ता बनने का विश्वास।

लॉकडाउन लगने के अगले दिन, 25 मार्च, 2020, जब मैं अपने पेट के नीचे झूल रहे लिंग में उठनेवाले असहनीय दर्द से परेशान होकर इरविन (लोकनायक भी) अस्पताल जाने की तैयारी कर रहा था और नाके पर खड़े पुलिसवालों ने मेरे कूल्हों पर ताबड़तोड़ दी लाठियाँ बजाईं, मैंने फेज़ 1 से फेज़ 4 तक चलनेवाले अड़सठ दिन के लॉकडाउन में अपने शरीर को दर्द के हवाले कर दिया। शरीर के अगले भाग में किडनी में पनप रही क्रॉनिक डिज़ीज़ का दर्द जबकि पिछले भाग में दो लाठियों के समानान्तर बननेवाले लाल निशान ने मुझे अड़सठ दिन तक यातना में बिताने को मजबूर किया। इन हालातों में, मैं सिर्फ़ करवट के सहारे सो सकता था। मेरे पिता अपने सिर पर लाल गमछा बाँधे, तिलकधारी हुलिया धारण किए, मेरे कूल्हों को देखते हुए कहते हैं, "हमें मोंटिया के लिए एक अर्थी तैयार करनी होगी। यह समय तिगड़म-बगड़म और लगातार हो रही आपाधापी के बीच सही फैसला लेने का है।" मेरी माँ अपनी उँगलियों में पहनी अँगूठी को ध्यान से देखती है और देर तक सोचते रहने के बाद उँगली नाक की सीध में उठाकर कहती है, "सही फैसला सिर्फ़ एक औरत ही ले सकती है। यह समय अर्थी तैयार करने के साथ-साथ कूच करने का है। गाँव जाने के लिए, हम कल सुबह पाँच बजे से आनन्द विहार से यात्रा शुरू करेंगे।"

मेरी माँ और पिता के अचानक से भविष्यवक्ता बन जाने के बाद, यह बात आसपास के मज़दूरों में फैल गई कि अनहोनी से बचने का रास्ता उद्‌गम तक पहुँचने में छिपा है। ट्रेन-बस और रोज़गार के सारे रास्ते बन्द हो जाने के बाद, एक्सप्रेस-वे के सहारे पैदल अपने गाँव तक पहुँचने की तरकीब को लेकर कैपेसिटी संशय में था, "जब तक कैपेसिटी ज़िन्दा है मेरे परिवार को कहीं भटकने की ज़रूरत नहीं पड़ेगी।" वह दरवाज़े पर खड़ा होकर मम्मी और पापा को फ़िल्मी अन्दाज़ में विश्वास दिलाता है और मुझसे आँखों के इशारे से रुकने की मनुहार करता है।

मुझे कैपेसिटी की आँखों में सच तैरता नज़र आ रहा था। टिकटॉक बैन होने के बाद उसने इन्स्टाग्राम पर अपना अकाउंट खोल लिया था और मैंने महसूस किया कि अब वह देश के वर्तमान हालातों पर छोटी-छोटी रील्स बनाकर डालने लगा है। इन्स्टाग्राम पर उसके फ़ॉलोवर्स मिलियंस में थे और नए-नए खोले यू-ट्यूब पर उसके सब्सक्राइबर दिन-ब-दिन बढ़ते जा रहे थे। उसके चैनल का वाच टाइम अन्य सभी चैनलों के औसत से ऊँचा था और उसकी रीच बेहिसाब ढंग से बढ़ती जा रही थी। उसने मेरे सामने अपना लैपटॉप ऑन किया और दिखाया कि एक हफ़्ते पहले ही उसका चैनल मोनेटाइज़ हो चुका है और आज सुबह ही उसके खाते में डेढ़ लाख रुपये आए हैं।

मेरे माता-पिता के भविष्यवक्ता बन जाने से लाखों मज़दूर आनन्द विहार से अलग-अलग हाई-वे और एक्सप्रेस-वे के सहारे अपने-अपने उद्गम की तरफ़ बढ़ने लगे जबकि उन्हें राह दिखानेवाले मेरे माता-पिता ने उसी क्षण भविष्यवक्ता होने की नेमत को त्याग दिया; जब कैपेसिटी ने एटीएम से पैसे निकालकर न केवल अनाज, सब्ज़ियाँ, ब्राउन-ब्रेड, दूध का इन्तज़ाम किया बल्कि लॉकडाउन के उस अवैध समय में चोरी-छिपे खुली किसी कपड़े की दुकान जाकर मम्मी और पापा के लिए कपड़े ख़रीद लाया। तब मुझे एहसास हुआ कि समय वह नहीं, मैं ख़राब कर रहा था।

वह धीरे-धीरे इन्स्टाग्राम पर स्टार बनने लगा। कमरेआलम और वह मिलकर अपनी लफ़ंडर वाली भाषा में लोगों को कोरोना के अवसाद से निकलने के तरीके बताते थे। बीच-बीच में उनके एक-दो वीडियो देश के वर्तमान हालातों पर आ जाती थी जहाँ वे इतिहास से लेकर सामाजिक मुद्दों पर बेबाकी से अपनी राय रखते थे।

अड़सठ दिन बाद, लॉकडाउन के अनलॉक होने पर जब ज़मीनों के रेट मुम्बई के दलाल स्ट्रीट की तरह अपने न्यूनतम स्तर पर थे तब कैपेसिटी ने अपने पैसों से पच्चीस गज का एक घर ख़रीद लिया और मुझे तीन लाख में एक पुरानी स्विफ्ट कार दिलवा दी। मैंने भी ड्राइविंग सीखकर कैब चलाना

शुरू कर दिया। मैं अपने लिंग में उठनेवाले दर्द से बचने के लिए झोला-छाप डॉक्टरों से दवा लेता रहा क्योंकि अस्पताल जाने की हिम्मत नहीं थी। एक तो वहाँ डॉक्टर पहले ही कोविड के मरीजों से ओवरलोडेड थे। दूसरा कोरोना वायरस से संक्रमित होने का खतरा भी था।

मेरे कैब चलाने से और कैपेसिटी के स्टार बन जाने से हमारे घर के हालात बहुत बदल गए थे। कैपेसिटी ने मुझसे वादा किया था कि कुछ दिनों में पैसे जमा करके किसी अच्छे निजी अस्पताल से मेरा इलाज करवाएगा। घर के सभी लोग इस बात पर एकमत थे कि तब तक मुझे सरकारी अस्पताल में ही दिखाना चाहिए। दो महीने बाद जब कोरोना के मामले कम होना शुरू हुए तो कैपेसिटी ने ज़िद करके मुझे अस्पताल भेजा। अस्पतालों के चक्कर लगाने के दौरान मुझे एहसास हुआ कि मेरी माँ कितने धोखे में रही कि भगवान बीमारियाँ अमीरों को देता है। मैं अस्पताल दर अस्पताल, वार्ड दर वार्ड, बेड दर बेड चक्कर लगाता रहा। उन अस्पतालों में जहाँ एक ही बिस्तर पर एक साथ तीन मरीज़ों को सुलाया जाता था। जब मुझे पहली बार अस्पताल में भर्ती किया गया तब बिस्तर उपलब्ध न होने की वजह से मुझे ज़मीन पर लेटना पड़ा तब मैंने माँ की गोद में सिर रखते हुए कहा, "तू कहती थी कि अमीरों के पास बिस्तर तो होता है पर नींद नहीं।" माँ ने अपने आँसू पोछते हुए मेरे होंठ पर अपना हाथ रख दिया ताकि मैं शान्त हो जाऊँ। मैंने माँ के हाथ को हटाते हुए कहा, "देख, मेरे पास न बिस्तर है और न नींद।"

वह चुप रही और भविष्यवक्ता बनने के बाद आई दार्शनिकता से शून्य में देखती रही।

अस्पतालों से छुट्टी मिलती रही और मैं पेट के नीचे झूलते लिंग में असहनीय दर्द को अपने भीतर जज़्ब करता रहा। डॉक्टर ने मेरे पेशाब करने के रास्ते पर एक यूरिन बैग लगा दिया था। मैं अपने पेशाब करने और रोकने की शक्ति से नियंत्रण खो चुका था। डॉक्टरों का कहना था कि मुझे तुरन्त एक सर्जरी की ज़रूरत है। हमने अस्पताल में सर्जरी के लिए एंट्री करवाई तो सर्जरी की तारीख आठ महीने बाद की मिली जबकि डॉक्टरों का कहना था

कि अगर दो महीने के भीतर सर्जरी नहीं करवाई गई तो मेरी दोनों किडनी कभी भी फेल हो सकती हैं। कैपेसिटी ने निजी अस्पताल के किसी डॉक्टर को फ़ोन किया। वह डॉक्टर उसका फ़ैन था। कैपेसिटी ने उसके अस्पताल में कई चक्कर लगाए और सर्जरी कराने का सम्भावित खर्चा पूछा जो आठ लाख रुपये बैठ रहा था।

इस पूरे वक़्फ़े में जब ख़ुशियों का आना हमारे घर में एक चमत्कार की तरह हो गया था जिस पर विश्वास करने की कोई भी वजह मेरे पास नहीं बची थी, मेरे पास अभी भी खुद को बहलाए रखने के लिए एक चीज़ थी। पानी की टंकी के ऊपर जाकर घर गिराते बुलडोजर को देखना। जिसे देखकर मुझे असीम शान्ति का अनुभव होता था—एक नफ़्सी सुकून। जिसे बस बार-बार अनुभव किया जा सकता था। यह एक ऐसा अनुभव था जिसे समझा पाने के लिए शब्द कम पड़ जाएँ और सुन पाने के लिए कानों की श्रवण शक्ति धोखा दे जाए।

नेहा के जाने के बाद भी मेरा पानी की टंकी के ऊपर जाकर बुलडोज़र को घर गिराते हुए देखना जारी रहा। मई या जून के किसी सबसे गरम दिन में मैंने पाया कि दीवार के उस छेद को, जो पीपल के पेड़ की ओट से छिपा रहता था और जिसका इस्तेमाल करके मैं और नेहा चोरी-छिपे पानी टंकी के परिसर में घुसपैठ किया करते थे, उस छेद को भर दिया गया है। दीवार पहले से ऊँची भी कर दी गई थी। दो-तीन बार वहाँ से मायूस होकर लौट आने पर मेरे भीतर की व्यग्रता बढ़ने लगी। मेरी साँसें तेज़-तेज़ चल रही थीं और पूरा शरीर पसीने से तरबतर था। मैंने भाग कर दीवार के चारों तरफ़ रेकी की और एक ऐसा कोना खोज निकाला, जहाँ से दीवार फाँद के पानी टंकी के उस परिसर में प्रवेश किया जा सकता था। भले ही नेहा मेरे साथ नहीं थी लेकिन मैं उसे अपने बराबर में बैठा हुआ महसूस कर सकता था। यह अकेली ऐसी जगह थी जहाँ मैंने नेहा को हमेशा पाया था। टुकड़ों-टुकड़ों में उसके अक्स को पूरा किया था। मेरा उस पानी की टंकी के ऊपर बैठना क्रमशः जारी रहा। सर्दियाँ आती रहीं, सीगल आते रहे। सर्दियाँ जाती रहीं, सीगल जाते रहे। बस नहीं आई तो नेहा और ख़ुशियाँ।

तीन सर्दियाँ बीत जाने के बाद, मेरे लिए नेहा के वापिस आने की उम्मीद धुँधली पड़ती जा रही थी। मैं अकेला ही बुलडोज़र से लोगों का घर टूटना देखता रहा। कोरोना के बाद यूक्रेन-रूस युद्ध में जब ऊँची-ऊँची इमारतें गिराई जा रही थीं तब मैंने अपनी शक्ति को देश की सीमा के बाहर पहुँचा दिया। अब मैं न केवल युद्ध की बमबारी को देख सकता था बल्कि हर रोज़ दफन होते लोग भी मुझे नज़र आ रहे थे। चारों तरफ़ गिरती हुई इमारतें, विस्फोट के धुएँ से आसमान का भर जाना और सबसे अन्त में लाशों को गिनना। ये सारे घटनाक्रम मेरे अन्दर के पलायन को सुदृढ़ करते जा रहे थे। मुझे ज़िन्दा रखने के लिए इतना काफ़ी था।

इस बीच्च पूरे तीन साल तक यूरिन बैग लटकाए मैंने दो बार परीक्षा दी। इन दो बार की परीक्षाओं में पहली बार पेपर लीक हो गया। दूसरी बार पेपर लीक होने से बच गया तब मेरी रैंक पाँचवें नम्बर पर आई लेकिन मैं मेडिकल में फ़ेल हो गया।

4

नेहा ने मुझे तीन साल बाद फ़ोन किया कि वह फ़िलेडैल्फ़िया एयरपोर्ट पर है। कल सुबह दिल्ली पहुँचनेवाली है और मैं उसे एयरपोर्ट पर लेने आ जाऊँ। वह अपने घरवालों को सरप्राइज देना चाहती थी। इसलिए उसने किसी को न बताकर मुझे ही बताया।

मैं जब कैब से उसे लेने पहुँचा तो वह काफ़ी बदल गई थी। उसके डील-डौल और नैन-नक्श में कहीं अधिक परिपक्वता आ गई थी। शायद यह बदलाव मुझ में भी हुआ था। वे जनवरी के ठंड के दिन थे इसलिए मेरा यूरिन बैग मेरी जैकेट में छिप गया।

मैंने जैसे ही उसे एयरपोर्ट से पिक किया वह मुझे देखकर हँसने लगी, "यू हेव चेंज्ड अलॉट उस्ताद, एंड अ कैब ड्राइवर नाओ, हम्म इम्प्रेसिव मंगेत्श्वर! नहीं-नहीं मोंटी!"

मैंने उसे घर पर ड्रॉप किया। उसने ज़िद की, कि मैं उससे एयरपोर्ट से घर तक का किराया ले लूँ लेकिन मैंने मुस्कराते हुए सिर न में हिला दिया और कैब स्टार्ट कर दी।

कुछ दिन बाद उसने मुझे मैसेज किया कि वह पानी की टंकी के ऊपर ज़ाना चाहती है। इज़राइल और हमास के बीच बमबारी शुरू हो गई है और वह देखना चाहती है। उसने मुझसे पूछा, क्या मैं साथ चलूँगा? मैंने तुरन्त उसे जवाब नहीं किया। मैं अपने यूरिन बैग और अपनी बीमारी से घबरा रहा था। मुझे बेहद शर्म आ रही थी। वह मेरे बारे में आख़िर क्या सोचती? शायद उसे मुझसे घिन आती और वह मुझसे घृणा करने लगती। मैंने खुद को समझाया कि इस हालत में भी उसके पास जाया जा सकता है। यह बस एक यूरिन बैग ही तो है, लेकिन मैं बार-बार 'हाँ, चल सकते हैं' टाइप करते-करते डिलीट कर देता। आख़िरकार मैंने काम का बहाना करके उसे मना कर दिया।

अगले दिन वह मेरे घर पर आई। दुनिया की बहुत सी बातें जो मुझे नहीं पता हैं उसमें से मुझे यह भी नहीं पता कि उसने हमारा नया घर कैसे ढूँढ़ा। आते ही उसने कहा कि वह पानी की टंकी के पास गई थी लेकिन वह गुप्त रास्ता अब बन्द कर दिया गया है।

मैंने अपने यूरिन बैग को चादर से ढकते हुए उसे भरोसा दिलाया, "ठीक है। मैं कुछ करता हूँ।"

उस समय कैपेसिटी और कमरेआलम 'तेल लगा लो डाबर का, नाम मिटा दो बाबर का' गाने को सुन रहे थे, जिस वक़्त मैंने कैपेसिटी को नेहा के साथ पानी की टंकी पर जाने के लिए कहा। इस गाने को कमरेआलम ने लिखा था और कैपेसिटी ने गाया था। वे इस रिकार्डेड गाने के लिए म्यूज़िकल वीडियो शूट करनेवाले थे। कैपेसिटी को विश्वास था कि इस गाने के रिलीज़ होने के बाद उसे अच्छा-खासा पैसा मिलेगा। उसका अनुमान बीस लाख रुपये कमाने का था। जिसमें से उत्पादन लागत और कमरेआलम का हिस्सा देने के बाद बचे आठ लाख रुपये से वह मेरी सर्जरी कराने की सोच रहा था।

दो दिन बाद, जब रात को कैपेसिटी और कमरेआलम म्यूजिकल वीडियो शूट करने के लिए योजना बना रहे थे तो मैंने कैपेसिटी से पूछा, "सब ठीक से हो गया? नेहा को पानी की टंकी तक ले जाने में कोई दिक़्क़त तो नहीं हुई?"

"बन्दी बहुत कड़क है।" कैपेसिटी ने अपनी लफ़ंडर वाली भाषा में कहा जिसमें वह हमेशा मुझसे बात करता था। "उसने मुझे वादा किया है कि वह मुझे घर गिराते बुलडोजर देखना सिखाएगी।"

"मज़ाक़ मत कर। वह एक अच्छी लड़की है उसके बारे में यह सब नहीं।" मैं उसे सही करने की कोशिश करता हूँ।

"हर बार जब भी मैं किसी लड़की से मिलता हूँ मेरे मन में दो ही खयाल आते हैं। हम पहले क्यों नहीं मिले और हम कभी न बिछड़ें।" वह कमरेआलम से कहता है और दोनों हँसने लगते हैं।

मुझे पूर्वाभास होने लगा था कि कैपेसिटी और नेहा का मिलना ठीक नहीं है। लेकिन मेरे पास कैपेसिटी को डाँटने या लड़ने का मौका नहीं था। क्योंकि मैं अपनी सर्जरी के लिए पूरी तरह उस पर निर्भर था।

शायद यह मेरे, नेहा, कैपेसिटी और कमरेआलम—हम सबके जीवन का सुखद अन्त होता। अगर कैपेसिटी और कमरेआलम ने वह गाना रिलीज़ न किया होता। और एक नज़रिये से मैं यह स्वीकारता हूँ कि इस गाने को हमारे आसपास के जाहिल और कमअक्ल लोगों ने हवा में घुल रही सांप्रदायिकता के लिए नहीं बल्कि पतलून को ढीला करनेवाली कामुकता के लिए याद रखा।

इस गाने के रिलीज़ होने के बाद बेकरी चलानेवाले बाबर खान को छोटे-छोटे बच्चे, तेल लगा लो डाबर का, नाम मिटा दो बाबर का, कहकर चिढ़ाने लगे। वह पान के पीक को अन्दर गटकता हुआ, भट्टी में से खौलता हुआ बाहर निकलता है। अपने जंगली स्वरूप को और भी ज़्यादा बर्बर करता हुआ। उसके बाहर निकलने तक बच्चे साँप-सी रेंगती हुई गलियों में गायब हो जाते हैं। लेकिन उसकी परेशानी हर गुज़रते दिन के साथ बढ़ती जाती है। हर दिन निकलनेवाले धार्मिक जुलूसों में कानों

की स्वीकार्य डेसिबल लिमिट से ऊपर तक बजनेवाले कानफोड़ू संगीतों में बार-बार उसका नाम मिटाने का आह्वान उसे अन्दर तक खाली कर रहा है। तंग आकर वह मोहल्ले के सभी परचून वालों को हिदायत देता है कि कोई भी डाबर का तेल न बेचे।

कुछ समय बाद जब बच्चों ने उसे चिढ़ाना छोड़ा तो उसकी पत्नी का कृत्य उस पर एक ज़ुल्मी औरत के कहर की तरह गिरा। उसकी पत्नी मेहरुन्निसा जो दिन-भर की हाँड़-मांस को थका देनेवाली मेहनत करके, बिस्तर पर गिरने के बाद सुकून से सोना चाहती थी कभी भी बाबर खान की ज़िद की वजह से सो नहीं पाती थी। बाबर खान हर रात को अपनी पतलून को नीचे खिसकाकर अपनी बीवी से "तैयार हो जाओ" कहकर उस पर टूट पड़ता था। और उन सभी अफ़वाहों को सच साबित कर देता था जिनकी ज़रूरत जनसंख्या नियंत्रण कानून लाने के लिए पड़नेवाली है।

किसी कम कामुक रात में जब बाबर खान ने अपनी पतलून उतारी और कहा, "तैयार हो जाओ" तब उसकी शरीक-ए-हयात ने "जी जनाब" कहकर डाबर के तेल लगे बालों को बिस्तर पर बिखरा दिया।

बाबर खान, उसी वक़्त पतलून के बिना सिर्फ़ कुरते में घर से बाहर निकल आया और उसने बेकरी में सिंक रहे केकरस की पेटी को उठाकर पटक दिया और जलती हुई लकड़ी को गली में घूम रहे कैपेसिटी पर फेंक कर मारा। साथ में तफ़रीह कर रहे कमरेआलम ने तुरन्त पीछे मुड़कर बाबर खान का कॉलर पकड़ लिया। हाथापाई इतनी बढ़ गई कि कैपेसिटी और कमरेआलम ने उसके हाथ पर लोहे के सरिया से तब तक वार किया जब तक उसके हाथ के मांस की हड्डी दिखाई नहीं पड़ने लगी।

आधी रात को, कैपेसिटी और कमरेआलम को पुलिस ने बाबर खान के कत्ल के आरोप में घर से उठा लिया। हमारे थाने पहुँचने से पहले ही स्थानीय नेता भीमा भाई पूजनीय, कैपेसिटी को जेल से निकलवा चुके थे। थाने के बाहर खड़ी भीड़ ने कैपेसिटी का स्वागत ढोल और नगाड़ों से किया। फूलों की माला पहनाकर कैपेसिटी को कन्धे पर उठा लिया गया। तेल लगा लो डाबर का, नाम मिटा दो बाबर का—यह गाना बैकग्राउंड

में चल रहा था और कैपेसिटी के पीछे लोग जय हिन्द, जय भारत के नारे लगा रहे थे।

मैं कमरेआलम के बारे में पूछता-पाछता अन्दर पहुँचा तो अन्दर नेहा के पापा, चमड़े की बेल्ट से कमरेआलम को धुनने के लिए लाई गई रजाई की तरह पीट रहे थे। मैंने कमरेआलम को न छोड़ने का कारण पूछा तो पता चला कि चशमदीदों ने गवाही दी है कि इस मारपीट में सिर्फ़ कमरेआलम शामिल था। कमरेआलम ने अपनी कौम के हिंसक होने का प्रमाण देते हुए छोटी सी कहा-सुनी पर बाबर खान की पीट-पीट कर हत्या कर दी।

हम कैपेसिटी को लेकर घर आ गए लेकिन वह होशोहवास में नहीं था। मार-पीट से हत्या तक की घटना और हत्या करने के बाद थाने के बाहर हुए विराट स्वागत ने उसके दिमाग की चक्करघिन्नी बना दी थी। अगले कई दिनों तक वह वैसा ही बना रहा। बहुत देर तक शान्त बैठा रहता। घंटों बीत जाते और ऐसा लगता जैसे वह साँस लेना, हिलना-डुलना और लोगों को पहचान पाना भूल गया है। हम उसे हिलाते-डुलाते, उससे बात करने की कोशिश करते तो ऐसा लगता, जैसे उसका हलक सूख गया है और अब कभी भी उसके मुँह से कुछ भी नहीं निकलेगा। अगले ही क्षण कुछ बोलकर वह हमारी धारणा को ग़लत साबित कर देता, तब हमारी जान में जान आती।

एक हफ़्ते बाद पूरे मोहल्ले में इस बात का शोर मच गया कि अगली सुबह कमरेआलम का घर बुलडोज़र से गिराया जाना है। मैं अपनी आदतानुसार पानी की टंकी के ऊपर पहुँचा। नेहा वहाँ पहले से मौजूद थी। मैंने इस बार अपने यूरिन बैग को नहीं छिपाया। उसकी नज़र पड़ी, वह चौंकी और फिर से सामान्य हो गई। हम दोनों एक ही जगह पर रेलिंग के सहारे खड़े थे। उसके और मेरे बीच का फासला एक हाथ की दूरी का था। हमारे बीच में कोई बातचीत नहीं। सिर्फ़ चुप्पी। उस दिन मुझे समझ आया कि खामोशी शायद दुनिया की सबसे ख़ूबसूरत आदिम प्रवृत्ति है। यह न केवल दो दिलों को टूटने से बचा सकती है बल्कि ऐसा कोई रिक्त स्थान ही नहीं छोड़ती जहाँ

दो दिल जुड़ सकें। शायद तब दुनिया ज़्यादा बेहतर रही होगी जब मनुष्य ने भाषा ईजाद नहीं की थी।

हमने देखना शुरू किया। बुलडोज़र कमरेआलम के घर के पास पहुँच चुका था। वही चीख-पुकार। वही लोगों की भीड़। भारी संख्या में तैनात पुलिस-बल।

हमारी साँसें नाक के ऊपर तक चढ़ आई थीं। जैसे ही बुलडोज़र ने कमरेआलम का घर गिराना शुरू किया, अचानक कैपेसिटी पानी की टंकी पर किसी फ़रिश्ते की तरह अवतरित हुआ। उसने हमारे ध्यान की एकाग्रता को भंग कर दिया। मैंने अपने कदम पीछे किए क्योंकि मुझे लगा यही करना सही होगा। कैपेसिटी नेहा के क़रीब आ गया। वह नेहा से उसी लहजे में बात कर रहा था जिस लहजे में एक प्रेमी अपनी प्रेमिका से बात करता है। वे लड़ रहे थे। कमरेआलम के लिए वह बहुत गुस्से में था। कैपेसिटी ने नेहा का फ़ोन छीना और कहा, "अपने बाप से बोल कि यह गन्दा खेल मेरे साथ न खेले और कमरेआलम को छोड़ दे।"

"होश में है तू? पहले तो तमीज़ से बात कर। दो रातें तेरे साथ सो लेने का यह मतलब नहीं है कि तू मेरा मालिक बन गया। मैंने तुझे पहले ही कहा था—इटस वाज़ जस्ट अ ब्रेडक्रम्बिंग, नथिंग सीरियस।"

मैं स्तब्ध खड़ा था। कोई हरकत नहीं। जैसे अनचाहे सच को सुन लेने के बाद मेरे शरीर के जीवाणुओं ने मेरे खून को जमा दिया हो।

उन दोनों की फ़ोन की छीना-झपटी में नेहा को धक्का लगा। उसका पैर फिसला और वह गिर गई।

उसके गिरते ही मैं नीचे भागा। मैंने नेहा को अपनी गोद में उठाया। मेरी गोद में उसका सिर था जो पूरी तरह खून से भीग चुका था।

पुलिस आई और मुझे गिरफ़्तार कर लिया गया। पुलिस वालों ने पूरे परिसर की छान-बीन की लेकिन उन्हें कैपेसिटी कहीं नज़र नहीं आया। जबकि वह ऊपर ही खड़ा था और अनन्त में देख रहा था।

थाने में जब मेरी माँ और पिता मुझसे मिलने आए तो उन्होंने मुझसे रोते हुए कहा कि वे दोनों बेटों को नहीं खोना चाहते। मैं खुद पर सारा इल्ज़ाम ले लूँ क्योंकि अगर मैं ऐसा करता हूँ तो कैपेसिटी का कैरियर बच सकता है। वैसे भी अपने लिंग के नीचे यूरीन बैग लटकाए और किडनी में क्रॉनिक डिज़ीज़ लिए, एक मामूली कैब ड्राइवर—मेरी ज़िन्दगी कैपेसिटी जैसे स्टार के सामने बहुत कम मायनें रखती थी।

मुझे जब मजिस्ट्रेट के सामने पेशी के लिए ले जाया जा रहा था। तब मुझे पता चला कि हमारे घर को गिराने के लिए बुलडोज़र भेज दिया गया है।

जब बुलडोज़र से हमारे घर को गिराया जा रहा था तब कैपेसिटी पानी की टंकी पर खड़ा होकर अपनी पुतलियाँ चौड़ी कर घर को गिरता हुआ देख रहा था। और इस तरह एक बार फिर, पानी टंकी के ऊपर से प्रवासी साइबेरियन सीगल का पहला झुंड गुज़रा तब तक अक्टूबर बीत चुका था।

चक्कू, पिस्तौल और एक हत्या

1

मेरे घर में एक भी घड़ी नहीं है क्योंकि मेरे जीवन में एक समय ऐसा आया, जब मैं इस बात पर विश्वास करने लगा था कि समय वास्तव में अस्तित्व रखता ही नहीं है। आजकल मैं भौतिक विज्ञान और गणित से जुड़ी दर्शन की किताबों में खोया रहता हूँ। हालाँकि मैं पेशे से दन्त चिकित्सक हूँ लेकिन पैशन पूरा करने की एक दिलफ़रेब और ऐतिहासिक ज़िद ने मुझे अतीत, वर्तमान और भविष्य के जंजाल में उलझा कर रख दिया है। इस दिलफरेब ज़िद से पहले तक, मैं किसी भी तरह की हिंसा के विरुद्ध था। मुझे कर्मा पर पूरा यक़ीन था और मैं गांधी जी के प्रति सम्मान रखता था।

वह 2007 के मध्य का जेठ का महीना था जब सूरज अपने ज्येष्ठ होने के तथ्य को बहुत क्रूरता से स्वीकार कर रहा था। उन दिनों तक, लोगों को फ़ोन में घुसे रहने की लत नहीं लगी थी और कम्प्यूटर पर पप्पू गेम (ग्रैंड थेफ़्ट ऑटो को हम पप्पू गेम ही कहा करते थे और तब तक पप्पू भाई जैसे बदमाश का मेरे जीवन में प्रवेश भी नहीं हुआ था) खेल-खेल कर बोरियत दूर करने के लिए, मुझ जैसे युवा, आमतौर पर नगर निगम या डीडीए के बनाए हुए पार्क में पहुँच जाया करते थे। दिल्ली जैसे शहर में जीवन अब भी ठहरा हुआ था। और मैं डेंटल कॉलेज खत्म होने के बाद, बीच गली में बैठे चितकबरे कुत्तों, सफ़ेद गायों और एक-दूसरे के सिर से जुएँ निकालते कत्थई बन्दरों से अपनी बजाज डिस्कवर को बचाकर, कैंची की तरह ज़िग-जैग स्टाइल में चलाता हुआ, हर शाम, खाली समय

बिताने के लिए पुलबंगश के अपने घर से कश्मीरी गेट पर बने कुदसिया बाग जाया करता था।

इस मुगलिया बाग़ के विशालकाय हाथी दरवाज़े से प्रवेश करते हुए मेरे शरीर में एक कँपकँपी छूट जाया करती थी। 1748 के किसी परिश्रमी दिन, जब आकाशीय गणनाओं और हाथ देखकर भविष्य बतानेवाली ज्ञान की असीमित सम्भावनाओं में कहीं से कहीं तक भी, मेरे नाम का सुराग किसी को नहीं मिल पाया था, कुदसिया बेगम के पसीने बहाते मज़दूरों ने इस बाग की नींव रखी थी।

मैं रास्ते भर लू के थपेड़ों से जीर्ण-शीर्ण अवस्था में पहुँच चुका, अपनी डिस्कवर को बाग़ के अहाते में लगाने के बाद,अन्दर घुसने की कोशिश ही करता हूँ कि तिब्बत मार्केट में मोमोज़ खाने आया लड़कियों का समूह मेरी बाइक देखकर तफ़री काटते हुए कहता है, 'तेरे चेहरे से नज़र नहीं हटती नज़ारे हम क्या देखें।' बजाज ने बॉलीवुड के इसी गाने का रीमेक बनाकर अभी पिछले महीने ही डिस्कवर का विज्ञापन उतारा था। विज्ञापन और बाइक दोनों ही लोगों के ज़बान पर चढ़ गए हैं। इन लड़कियों द्वारा मुझे छेड़े जाने के प्रसंग से आपको अन्दाज़ा हो गया होगा कि मुझे 'हैंडसम लड़कों' की श्रेणी में रखा जा सकता है क्योंकि लड़कों के विपरीत लड़कियाँ किसी भी राह चलते इनसान के लिए गाने नहीं गाने लग जातीं।

हाथी दरवाज़े से घुसते ही मुझे अविश्वसनीय रूप से शान्ति और ठंडक का अनुभव होने लगता है। मैं चारबाग और बावड़ी के इर्द-गिर्द टहलने के बाद शाही मस्जिद की इमारत को छूकर देखता हूँ कि तभी मस्जिद का मुअज़्ज़िन जो वजू के पानी से मिट्टी को तर कर रहा है मेरी तरफ़ देखकर कहता है, "यह ज़मीन के लिए, जो अल्लाह के हुक्म से हमारी खिदमत में प्यासी हुई जा रही है।" उसके चेहरे से गुज़रती दाढ़ी इतनी लम्बी है कि वह तर हो चुकी ज़मीन को छू रही है। मैं उसे अनसुना कर आगे बढ़ जाता हूँ कि वह दोबारा अपने वजू में मुब्तिला हो जाता है।

आगे नसीर और प्रिंस खड़े हैं जो मेरा इन्तज़ार करते हुए क्रिकेट की बॉल फेंकने का अभ्यास कर रहे हैं। ये दोनों कुछ महीने पहले,

मुझे यहीं बॉल फेंकने का अभ्यास करते हुए मिले थे। मेरी दोस्ती इन दोनों से क्रिकेट में दिलचस्पी होने के कारण ही हुई थी।

हम जामुन के पेड़ के नीचे बने सीमेंटेड बेंच पर बैठे, अपने-अपने कार्य-क्षेत्र के बारे में लम्बी-लम्बी हाँक रहे थे। आकाश को गोधूलि तक पहुँचने में अभी भी एक घंटे का समय बचा था। पीछे बनी कुदसिया बाग की मस्जिद से अज़ान की आवाज़ आने लगी थी कि तभी उन दोनों में से गठीले शरीर वाले नौजवान प्रिंस ने मुझे ज़िन्दा कारतूस दिखाते हुए कहा, "जिस तरह हमें ज़िन्दगी एक ही बार मिलती है उसी तरह जवानी भी एक ही बार चढ़ती है भाई। इस को न, बर्बाद मत होने दियो बस।" उसने अपनी बदरंग टी-शर्ट से कारतूस को साफ़ किया। तब तक नसीर चक्कूबाज़ ने अपनी पैंट की बाईं जेब से चक्कू•और प्रिंस कट्टाधारी ने अपनी पैंट की दाईं जेब से 315 बोर की पिस्तौल निकाली और दोनों मिलकर, मुझे इन्हें चलाने का तरीका समझाने लगे।

मुझे उनकी दुनिया रोमांचक लगती थी। वे जिस आत्मविश्वास से अपराध की दुनिया की बातें करते थे और गैंग्स में शामिल होने के किस्से सुनाते थे। मुझे हमेशा उनकी बातों में एक तैलीय चिकनाहट नज़र आती थी। यह बात मुझे बहुत बाद में महसूस हुई कि वे दोनों कम पढ़े-लिखे होने और अपराध की दुनिया में शामिल होने के बावजूद जीवन के प्रति एक ठोस और गम्भीर समझ रखते हैं। और यह कि उनमें से एक ने शरीर से चिपकी हुई बदरंग टी-शर्ट और दूसरे ने चैक धारी वाली उजली मगर बिना इस्त्री की हुई शर्ट पहन रखी है। पहले वाले की टी-शर्ट पर जहाँ-तहाँ लगी मिट्टी का सूख चुका कीचड़, गन्दगी की नहीं बल्कि एक चमकते हुए आशावाद की निशानी है। प्रिंस के शब्दों में, "इस कीचड़ पर मत जा लड़के, मैं इस दुनिया को मिट्टी बेचूँगा और पैसे कमाऊँगा।" और हवा में चक्कू लहरा रहे नसीर के शब्दों में, "ये हथेलियाँ सिर्फ़ गला ही नहीं रेतेंगी, मुझे पेंट और ब्रश से दुनिया को रँगना है बावा!"

"बकचोदी बन्द करो और मुझे इन्हें चलाना सिखाओ।" मैं चक्कू और पिस्तौल लपककर कहता हूँ।

मेरे घर से थोड़ी ही दूर बर्फ़ बनाने की कई फैक्ट्रियाँ हैं। उस जगह को बरफ़ख़ाना के नाम से जाना जाता है। वे दोनों बरफ़ख़ाना के मालिक और बदमाशी में अपना लोहा मनवा चुके पप्पू भाई के लिए काम करते थे।

वह दौर बहुत बदलावों का दौर होनेवाला था। 'थ्री ईडियट्स' जैसी फ़िल्में देखने के बाद शहरी युवा अपने पैशन की तलाश में अपने करियर को तिलांजलि देनेवाले थे। मैं याद कर सकता हूँ कि फ़िल्म के रिलीज़ होने से दो वर्ष पूर्व, अचानक चल पड़ी आँधी से अस्त-व्यस्त हुई किसी स्याह शाम को, जब चरिन्दों-परिन्दों की सारी जमात एकाएक आसमान से गायब हो गई थी। हम बाग में बैठे हुए, इस बात पर चर्चा कर रहे थे कि कैसे हम सब परिस्थितियों के गुलाम होते हैं? और अगर हमें अच्छा बचपन और सही मौका मिला होता तो हम अपने जीवन में जो नज़र आ रहे हैं उससे थोड़े अलग होते।

मैं उनकी बातें सुनकर अपनी बाइक को पैदल ही ठेलता हुआ घर के लिए निकल गया। लेकिन रास्ते भर मेरे दिमाग में यह खयाल चलता रहा कि अगर मुझे थोड़ा बेहतर बचपन न मिला होता या मेरे पिता करोलबाग में नामी दन्त चिकित्सक नहीं होते या मैं कान्वेंट स्कूल में न पढ़ा होता तो शायद मैं भी नसीर रब्बानी उर्फ़ चक्कूबाज़ या प्रिंस गोला उर्फ़ कट्टाधारी की तरह ही किसी बरफ़ख़ाने के मालिक पप्पू भाई के लिए उगाही कर रहा होता।

कई दिन, इस खयाल से गुज़रने के बाद, मैंने अपने पैशन को तलाश लिया कि मुझे दन्त चिकित्सक होना है या नहीं यह तो नहीं पता लेकिन फिलहाल मुझे एक बदमाश बनना है, जिसका अपना गैंग हो।

अगले दो-तीन सालों तक अपने घर वालों की नज़र में आए बिना, मैं नसीर और प्रिंस के साथ पप्पू भाई के लिए छुटपुट गुंडागर्दी के काम करता रहा और यह सौभाग्य ही रहा कि मैं कभी भी पुलिस के हत्थे नहीं चढ़ा। हालाँकि नसीर और प्रिंस हर तिमाही पर थाने के चक्कर काटते रहते थे। मैंने अपने काम और पैशन को दो हिस्सों में बाँट रखा था। सुबह अपने पिता

के साथ क्लिनिक में बैठकर मरीजों के दाँतों को सुरक्षित रखना तो शाम को पप्पू भाई के अनैतिक और अवैध कामों को एकाग्रचित्त होकर पूरा करना।

जिस वर्ष मेरा दन्त चिकित्सा में स्नातक पूरा हुआ उस साल काले धन और भ्रष्टाचार के ख़िलाफ़ रामलीला मैदान में बड़े पैमाने पर आन्दोलन हो रहे थे। मैं अपनी प्रेमिका और सहपाठी—करिश्मा के बहुत ज़्यादा दबाव डालने पर उस आन्दोलन स्थल पर पहुँचा और 'वन्दे मातरम'; 'अन्ना तो बहाना है भ्रष्टाचार मिटाना है'; 'मैं भी अन्ना' जैसे कई नारे लगाए। मैंने ध्यान दिया कि मेरे ठीक आगे पप्पू भाई अपने परिवार समेत भ्रष्टाचार और काले धन के ख़िलाफ़ इसी तरह के नारे लगा रहे थे। उनके अगल-बगल में अंगरक्षक की तरह नसीर और प्रिंस पूरी मुस्तैदी से खड़े होकर तीन दिशाओं का जायज़ा ले रहे थे।

उस दिन पप्पू भाई का चेहरा पीला पड़ा हुआ था। पान को मुँह में दबाए हुए वे कलफ़ वाली अपनी सफ़ेद शर्ट और पैंट को ऊपर से नीचे तक घूरते हैं। यह निश्चित कर लेने के लिए कि कहीं कोई दाग़ या कोई धूल-मिट्टी तो नहीं लग गई है वे पीक को थूकने के लिए अपनी पत्नी की तरफ़ देखते हैं। पत्नी जूट बैग में से पीकदान निकालकर पप्पू भाई की तरफ़ बढ़ा देती है। पीकदान में थूकने के बाद अपनी हथेली से होंठ साफ करते हुए वह तनाव में कहते हैं, "इस देश को भेंचोद एक तानाशाह ही चाहिए। डिक्टेटर ही इन बावली पूँछों में लट्ठ बजाएगा तभी देस की डेवलेमेसी होगा।"

मैंने वहाँ से निकल जाना बेहतर समझा क्योंकि मैं नहीं चाहता था कि पप्पू भाई या उनके गुर्गे मुझे मेरी प्रेमिका के साथ देखें।

रास्ते में, देश की मौजूदा सरकार को कई भद्दी गलियाँ सुनाने और अनशन पर बैठे बूढ़े गांधी (उन्हें हर कोई दूसरा गांधी कहकर ही सम्बोधित कर रहा था) की प्रशंसा करने के बाद हमने कनॉट प्लेस के रीगल सिनेमा हाल में जाकर 'शैतान' फ़िल्म देखी। करिश्मा उस दिन बेहद अजीब व्यवहार कर रही थी। सिनेमा हाल में हुए अँधेरे के बाद जब मैंने उसकी कमर के रास्ते जींस में हाथ डालते हुए उसके नितम्बों को छूने की कोशिश की तो

उसने मुझे दूर झटक दिया। यह पहली बार हुआ था जब वह डाउन नहीं थी और उसने मेरे होंठों की तरफ़ रत्ती भर भी दिलचस्पी नहीं दिखाई। मेरी सरगर्मी पर उसके भीतर किसी भी किस्म की आहट का न होना, मुझे गुस्से से भर रहा था। लेकिन उसके प्रेम में मैंने हमेशा स्वयं को असहाय ही पाया था इसलिए मैं चुप कर गया और गुस्से के घूँट को पी गया।

हम फ़िल्म खत्म होने के बाद हल्दीराम में बैठे। उसके उखड़े हुए मूड के बारे में सवाल करने पर वह फूट पड़ी। उसकी आँखों से आँसू सालों से जमे मवाद की तरह बह निकले। वह बैरे के जाने के बाद प्लास्टिक की सफ़ेद मेज़ पर बन्द मुट्ठी को पटकती है, "सत्तर साल! सन्दीप! सत्तर साल!" उसकी आवाज़ में किसी गुल्लक में अकेले बजते सिक्के की खनक थी। वह काँपते हाथों से डिस्पोज़ेबल ग्लास को पकड़ती है और लस्सी का सिप लेते हुए कहती है, "सत्तर सालों में कुछ नहीं हुआ सन्दीप! कुछ नहीं। सिर्फ़ भ्रष्टाचार, काला धन। क्या इसलिए हमें आज़ादी मिली थी?" लावा उगलने को बेचैन ज्वालामुखी जैसी उसकी गुर्राहट अचानक नर्म और तरल ध्वनि में बदल जाती है, "बदलाव मुझे ही लाना होगा सन्दीप। मैंने अपना पैशन चुन लिया है। सिविल सर्विस। मैं हर उस चीज़ को खत्म कर दूँगी जिसका जन्म पिछले सत्तर सालों में हुआ है।"

"फिर तो तुम्हें मुझे और खुद को भी खत्म करना पड़ेगा क्योंकि हम दोनों भी इन सत्तर सालों में ही पैदा हुए हैं।"

"सन्दीप", वह अपनी ज़बान को एक खास अन्दाज़ में लोच देते हुए खींचकर बोलती है और मैं जो अपना नाम पुकारने के उसके इस अन्दाज़ का दीवाना हूँ उसे मौका देता हूँ, "बोलो।"

"मज़ाक़ मत करो। आई एम सीरियस।"

"एक सिविल सर्वेंट! नॉट बैड। लेकिन जब तक तुम आई.ए.एस. या आईपीएस या जो भी...नहीं बन जातीं तब तक क्या हम सत्तर साल पुराने खादी के कपड़े ख़रीदने चल सकते हैं?"

उसका ध्यान भटकाने और सत्तर साल की स्मृतियों से बाहर निकालने के लिए मैंने ख़रीदारी करने का प्रस्ताव दिया। ख़रीदारी का लालच देकर

उसे किसी भी खराब मूड से बाहर निकाला जा सकता था। खादी इंडिया के स्टोर से करिश्मा ने अपने लिए खादी की साड़ी और मैंने अपने लिए कुरता ख़रीदा।

हो सकता है, आपको मेरी बातों में विरोधाभास नज़र आ रहा हो लेकिन हम सब अपनी युवावस्था में ऐसे ही होते हैं। एक बिन्दु पर मैं गांधी के प्रति आकर्षित था और दूसरे बिन्दु पर मैं अपना एक गैंग बनाना चाहता था। मेरे एक हाथ में ब्रांड न्यू खादी का कुरता था तो दूसरी तरफ़ मैंने अपनी शर्ट के नीचे डाल रखी लिवाइस की जींस में पिस्टल छिपा रखी थी। युवावस्था ऐसे ही काम करती है; जीवन की महीन बुनावट में जितने भी सम्भावित रेशे हो सकते हैं, हम सभी को अपनी उँगलियों में फँसा लेना चाहते हैं; जितने भी भँवर हो सकते हैं; जितने भी आवेग हो सकते हैं; हम सबसे टकरा लेना चाहते हैं; हमें वे सब रोमांचित करते हैं।

अगले कुछ वर्षों में 'सत्तर साल में कुछ नहीं हुआ' का जुनून करिश्मा को दुनिया की बाकी सभी बातों से बेगाना करने लगा। वह पूरी तरह सिविल सर्विस की तैयारी में जुट गई। पहले प्रयास में उसका चयन नहीं हो पाया लेकिन दूसरी बार जब वह परीक्षा में बैठी तब उसने अच्छी रैंक हासिल की और वह आयकर विभाग में असिस्टेंट कमिश्नर हो गई।

पैशन का यह भूत सिर्फ़ हम दोनों तक ही सीमित नहीं रहा। नसीर ने अपना पैशन पुताई करने को चुना और अगले सालों में वह एक बड़ा ठेकेदार बनकर उभरा जबकि प्रिंस ने मटके, सुराही और कुल्हड़ बनाने के अपने जातिगत पेशे को आर्गेनिक स्टार्ट-अप में बदलकर एक बड़ी शृंखला खोली।

किसी भावुक रात में जब हम पप्पू भाई के साथ दशहरे का जलता रावण देख रहे थे तभी नसीर ने अपना चक्कू और प्रिंस ने अपनी पिस्तौल एक सफ़ेद रूमाल में लपेटा और अमानत के तौर पर मेरे हवाले कर दिया। और अपने सपनों को पूरा करने के लिए गीली आँखों से मुझे और पप्पू भाई को अलविदा कह दिया।

कॉलेज के दिनों में ये तीनों ही मेरे सबसे क़रीब थे और इन तीनों को ही अपने पैशन में सफल होता देख मैं कई बार खुद को अँधेरे में पाता था।

वे गहरी नाउम्मीदी के दिन तो नहीं थे लेकिन ऐसा भी नहीं था कि मेरे हाथ में शहद और बादाम दोनों एक साथ हों। पप्पू भाई का सारा काम-धन्धा मैंने सँभाल लिया था। साथ ही पापा के क्लिनिक में मेरी डेंटिस्ट की प्रैक्टिस भी जारी रही। मैं पप्पू भाई का पारिवारिक डेंटिस्ट, मैनेजर, सलाहकार, तीनों था। लेकिन फिर भी, अभी तक मैं अपना गैंग स्थापित नहीं कर पाया था क्योंकि अपना गैंग बनाने का मतलब था पप्पू भाई से बगावत।

2

2015 के किसी अधिक मेहरबान दिन में, जब स्मृतियाँ, स्मृतियों में ही उलझकर, ज़मीन से तीस फीट ऊपर तैर रही थीं और जिन्हें नंगी आँखों से देख पाना उतना ही मुश्किल था जितना कि कोहरे से लिपटी सुबह, अपने मुँह से निकलनेवाली भाप को देख पाना। मैंने पाया कि दुल्हन के जोड़े में करिश्मा मेरे साथ फेरे ले रही है। करिश्मा अब मेरी पत्नी थी और साथ ही वह आयकर विभाग में अधिकारी थी।

लेकिन ये सत्तर साल की स्मृतियाँ सिर्फ़ करिश्मा के साथ ही घालमेल नहीं कर रही थीं बल्कि सड़क पर सीटी बजाते ड्राइवरों की फ़ौज, सुबह-सुबह पार्क में खून का दौरा बढ़ाने के लिए हँसते दादा-दादी, ऑफ़िस में खाली बैठे अपनी जूनियर्स के कपड़ों में झाँकते बॉस, साप्ताहिक बाज़ार में लड़-लड़कर कीमतें कम करवातीं घरेलू औरतें और यहाँ तक कि मेरे घर का सिक्योरिटी गॉर्ड मिथिलेश भी; स्मृतियों की भूलभुलैया में गुम हो रहा था।

मिथिलेश हफ़्ता भर से काम पर नहीं आया था। काम पर न आने के लिए उसके पास एक वाजिब वजह है; अपना और अपने परिवार के बैंक से जुड़े सारे खाते 'स्टेट बैंक ऑफ़ इंडिया' से निकालकर 'पंजाब नेशनल बैंक' में स्थानान्तरित करना। मेरे डाँटने पर वह अपने सिर पर पहनी टोपी सही करता हुआ खड़ा होता है, "क्योंकि स्टेट बैंक ऑफ़ इंडिया की स्थापना उन्निसो पचपने में हुई थी न सर!" वह बत्तीसी चमकाकर ढिठाई से हँसता है, "पहले नोवेडा में रहते थे हम सर, लेकिन सत्तर साल की दुनिया अब

बोहते खोखली लगने लगी है सर जी। पिछले साल ही यहाँ सब्जी मंडी में सिफ्ट हुए हैं।" मैं उसके कन्धे को थपथपाता हूँ। मेरे आगे बढ़ते कदमों पर वह चिल्लाता है, "देखिएगा सर जी, देखिएगा।" मैं उसकी तरफ़ पलटकर मुस्कराने की कोशिश करता हूँ, वह ऊँची आवाज़ में स्मृतियों के जमे कोहरे को चीरने की कोशिश करता है, "देस ऐसे ही बदलेगा।"

हम सफ़ेद फोर्चुनर में बैठे एअरपोर्ट के लिए जा रहे थे। मैं रैडिसन ब्लू होटल की बुकिंग कैंसिल करके होटल ताज में बुकिंग बनाने लगा क्योंकि पप्पू भाई को मुम्बई के माफिया डॉन के साथ किसी ऐसे होटल में मीटिंग के लिए नहीं मिलना था जिसकी स्थापना साठ के दशक में हुई हो। मैंने जैसे ही बुकिंग कन्फ़र्म की पप्पू भाई चहक उठे, "ताज होटल की न बात ही अलग है। क्या नज़ारा है यार! ताज होटल की खिड़की से सारा का सारा समुद्र बरफ़ की तरह नज़र आता है और गेटवे ऑफ़ इंडिया से अमरीका भी चूहा जैसा दिखता है भेंचोद!" मैं उन्हें देखकर मुस्कराता हूँ, "लेकिन पैसे ज़्यादा ही लग गए पप्पू भाई।" वे गले में लटक रही अपनी सोने की चेन को सीधा करने के बाद उबल पड़ने को बेताब हैं, "और सत्तर सालों में साला हुआ ही क्या है? यह बता तू? बात करता है।" वह मुझे समझाने के इरादे से मेरी जाँघ पर थपकी मारते हैं, "देख सन्दीप! इंडिया न दिल है और ताज दिल का दिल है और दिल के मामले में पैसे नी देखे जाते।"

मैं उन्हें एयरपोर्ट पर छोड़कर घर आता हूँ और पाता हूँ कि करिश्मा बिस्तर पर आने से पहले उन कम्पनियों या व्यवसायिक संगठनों की सूची बना रही है जिनकी स्थापना अगस्त 1947 के बाद के सालों में हुई थी। मैं जानता हूँ कि उसके दिमाग में क्या चल रहा है, वह सोच रही है कि उसे हर व्यवसाय, हर उस कम्पनी से सत्तर सालों का हिसाब माँगना होगा जिन्होंने देश को बर्बाद करने में बड़ी भूमिका निभाई है। मैं चाहता हूँ कि वह मेरे साथ रोमांटिक हो लेकिन वह अभी बच्चे नहीं चाहती क्योंकि उसे लगता है कि बच्चों को सही वातावरण देने के लिए अभी बहुत सा काम करना बाकी है इसलिए वह किसी भी तरह की रति-क्रिया में शामिल होने से पहले सुरक्षा सुनिश्चित कर लेना चाहती है। मेरे पास सुरक्षा न होने की स्थिति में वह अपने

अंडर गारमेंट्स वापिस पहनती हुई पागल हुई बाघिन की तरह चिल्लाती है, "तुम न पोगो देखो सन्दीप।"

पोगो देखने के बाद, एक रात जब मैं खर्राटे मारकर सो रहा था तब वह अपने लैपटॉप पर पप्पू भाई के बरफ़ख़ाने के बारे में जानकारियाँ जुटा रही थी। वह मेरे जगने से पहले ही ऑफ़िस के लिए निकल गई।

सोमवार की उस सुबह, मैं बरफ़ख़ाने के पीछे बने पप्पू भाई के बँगले में था। जब से वे मुम्बई से लौटे थे तब से उन्हें दाँत में दर्द की शिकायत थी। मैं स्विमिंग पूल के साथ बने अहाते पर पप्पू भाई का सड़ चुका दाँत उखाड़ रहा था। नारियल के पेड़ के पत्तों से छन कर आती धूप मेरे पेचीदा काम को आसान बना रही थी। उन्होंने सभी ज़रूरी यंत्र और डेंटल चेयर घर में ही लगवा रखे थे।

करिश्मा ने जैसे ही पाँच कर्मचारी और तीन कांस्टेबल के साथ घर में दबिश दी उसके चिल्लाने की हड़बड़ी में मैंने ग़लती से पप्पू भाई का वह दाँत उखाड़ दिया जो बिलकुल स्वस्थ था। वह दर्द से चीख पड़े, "भेंचोद!" और दर्द में निकला उनका प्रिय शब्द कई मिनट तक आसपास गूँजता रहा। दर्द इतना तीक्ष्ण था कि उनकी आँखों से पानी जार-जार बहने लगा।

करिश्मा ने घर की तलाशी ली। उसे बेहिसाब नकदी, गहने और अवैध सम्पत्तियों से जुड़े दस्तावेज़ मिले। पप्पू भाई अपने बाएँ गाल को गरम कपड़े से सेंकते हुए अहाते में बने चबूतरे पर बैठे थे। मैंने उन्हें एनस्थीसिया नहीं दिया था और करिश्मा के मचाए कोलाहल में, उन्हें कोई पेन किलर देने का विकल्प भी नहीं सूझा। पप्पू भाई ने दर्द से छुटकारा दिलाने के लिए मेरे हाथ जोड़े। लेकिन उस वक़्त मेरे मन में बस इतना ही खयाल आया कि मुझे करिश्मा से बात करनी चाहिए।

करिश्मा को सत्तर साल की स्मृतियों से बाहर निकालने की मैं पहले ही कई नाकाम कोशिशें कर चुका था लेकिन फिर भी मैंने मध्यस्थता करते हुए करिश्मा के गुस्से को शान्त किया। वह मेरा लिहाज़ करके बरफ़ख़ाने पर ताला न जड़ने के लिए इस शर्त पर राज़ी हुई कि या तो पप्पू भाई अपना बरफ़ख़ाना बन्द कर दें या यह साबित कर दें कि इस बरफ़ख़ाने की स्थापना सत्तर साल पहले हुई है।

करिश्मा के जाने के बाद पप्पू भाई ने मेरे हाथ चूमे और अपने उखड़े हुए दाँत की जगह नकली दाँत लगाने की इल्तिजा की।

एक सप्ताह बाद, मैंने उन्हें ज़िरकोनिया का एक अच्छी गुणवत्ता वाला कृत्रिम दाँत इम्प्लांट कर दिया। मैं जब सर्जरी पूरी करने के बाद अपने दस्ताने निकाल रहा था तभी पप्पू भाई की माताजी एक जलता हुआ दीया हाथ में लिए मेरे और पप्पू भाई के क़रीब बढ़ने लगीं।

उन्होंने पप्पू भाई की नज़र उतारी और मेरी तरफ़ देखकर पूछने लगीं, "ओय डाक्टर, ये जो दाँत तने लगाया, कब का है ये?"

"यह सबसे बेस्ट क्वालिटी है माताजी। ज़िरकोनिया का है। इसी साल बना है।"

"हैं रे, दिखइयो, कहाँ है दाँत?" वह दीये को पप्पू भाई के मुँह की तरफ़ आगे बढ़ाती हुई दाँत ढूँढ़ने की कोशिश करती हैं।

मैंने पप्पू भाई के मुँह को माउथ ओपनर से खोला और माताजी को नया-नया इम्प्लांट किया अग्र-दाढ़ दिखाने लगा, "यह देखिए। यह रहा।"

"मुझे तो कुछ नज़र ही न आवे। काँ लगा दिया तने?"

"यह तो रहा माताजी! ध्यान से देखिए।"

"न है याँ कुछ बी। हैं रे, पप्पू! देकियो तुजे नजर आ जावे तो।"

पप्पू भाई ने उठकर आईने में अपना दाँत देखने की कोशिश की, "सन्दीप यार! नज़र तो नहीं आ रहा मुझे भी।"

"अभी आपके सामने ही तो लगाया है भाई जी।" मैं लैपटॉप पर उनके दाँत का एक्स-रे दिखाते हुए, स्क्रीन पर नज़र आ रहे इम्प्लांट किए हुए अग्र-दाढ़ पर क्रॉस का निशान बनाता हूँ।

"नहीं भई, हमें तो नज़र नहीं आ रहा।" फिर कुछ देर सोचकर उन्होंने कहा, "कब का बना है ये दाँत... क्या बोल रहा था तू?"

"इसी साल बना है।" मैं असमंजस में जवाब देता हूँ।

"तू न एक काम कर, सत्तर साल पहले का दाँत लगा।" पप्पू भाई अपने डेंटल चेयर में लगी हुई पानी की टूटी से कुल्ला करते हुए हुक्म देते हैं।

"सत्तर साल? लेकिन इतने साल पुराना दाँत कहाँ से लाऊँ?"

"सत्तर साल पुराना मटीरियल तो मिल जाएगा उससे दाँत बना ले।" वह टिशू पेपर से अपने होंठ पर गिर रहे अतिरिक्त पानी को साफ़ करते हैं। "और हाँ! सँभाल यार अपनी बीवी को। तुझसे अपनी लुगाई न सँभाल रई। वरना गोल्ली चलवाने में मुझे जादा टैम न लगेगा।"

अब मसला सिर्फ़ पप्पू भाई से करिश्मा की जान बचाने का ही नहीं था बल्कि एक ऐसी धातु की खोज करना भी था जो सत्तर साल पुरानी हो और जो पप्पू भाई और उनकी माताजी को नज़र भी आए।

कई दिनों तक खुद में ही परेशान रहने के बाद, मैं गहन शान्ति का अनुभव करने के लिए कुदसिया बाग की तरफ़ चला गया। मेरा अन्तर्मन कह रहा था कि मेरे दिमाग की बन्द खिड़कियाँ वहीं खुल सकती हैं। शाम के इस समय में, सूखी गर्म हवा ज़मीन पर धूल की तह लगाकर अब धीरे-धीरे ठंडी होने लगी थी। गूलर के पेड़ के नीचे गूलर के फल बिखरे हुए थे जिन्हें उठाकर मैंने खाने के लिए जैसे ही मुँह की तरफ़ बढ़ाया, मस्जिद के उस मुअज़्ज़िन ने मेरे हाथों से वह फल छीन लिया।

"यह ज़मीन के लिए, जो अल्लाह के हुक्म से, हमारी खिदमत में फटी जा रही है।" मैं उसे आश्चर्य से देखता हूँ और स्थिति को समझने की कोशिश करता हूँ। "ज़मीन पर खड़ी हर एक चीज़ फ़ानी है चाहे वह यह पेड़ हो यह मस्ज़िद या कोई इमारत। इस फल को ज़मीन में दफ़न होने दो मियाँ। ज़मीन इस फल को शिफ़ा देगी जिसे वक़्त ने बीमार कर दिया है!"

"वक़्त? क्या यह फल वक़्त के.." मुझे सटीक शब्द नहीं मिल रहे थे। मैं कुछ देर के संघर्ष करने के बाद सही शब्दों का चयन करता हूँ, "हाँ ... क्या यह फल वक़्त के बहाव में कोई गड़बड़ी है? मेरा मतलब है समय की व्यवस्था में कोई विकृति?"

"वक़्त सच नहीं है वह बस किसी चीज़ को देखने का एक फ़ैलाव और सिकुड़न है।" उसने आसमान की तरफ़ देखा और अपने पूर्वजों को याद करते हुए कहा, "मेरे परदादा और उनके परदादा और उनके परदादा, अल्लाह सभी को जन्नत नसीब फरमाए। दिल्ली में बनी-बिगड़ी सारी इमारतों

का लेखा-झोखा अपने पास रखकर इस दुनिया को अलविदा कहते गए। आपको क्या लगता है? वो सभी तारीख दर्ज कर रहे थे? नहीं मियाँ, वो इस बात को समझते थे कि वक़्त फ़ैलाव और सिकुड़न के बीच कहीं वजूद रखता ही नहीं है। वो तो बस...नहीं-नहीं अपनी आँखें खोलो, आसपास देखो, वक़्त सच नहीं है।"

"वक़्त सच नहीं है।" बड़बड़ाते हुए वह बूढ़ा व्यक्ति अज़ान देने चला गया। उसकी नमाज़ खत्म होने के बाद भी मुझे ईशा की नमाज़ तक उसका इन्तज़ार करना पड़ा। "मैं अल्लाह के हुक्म से इस शाही मस्जिद का शाही मुअज़्ज़िन हूँ और मैं अपने इस काम में रत्ती भर भी हेराफेरी नहीं कर सकता। सुना तुमने आदम की ज़ात। अगर इन्तज़ार कर सकते हो तो करो। लेकिन यह गूलर मत खाना।" उसने अपनी नाक चढ़ाते हुए दूसरी दिशा में सिर घुमाकर जवाब दिया।

रात के दस बज रहे थे जब मैं उसके साथ उसके घर पहुँचा। दिल्ली गेट मैट्रो स्टेशन से बाहर निकलकर हम चितली कब्र तक उसके घर पैदल गए। वह पपड़ी उतर चुकी छिपकली रंग का जर्जर हवेलीनुमा ढाँचा था। अन्दर प्रवेश करते ही सहन के दूसरी तरफ़ एक सुरंग जैसा पतला गलियारा था जिसके अन्दर जाने पर तक़रीबन दो सौ गज के रकबे में फैला एक पुस्तकालय नज़र आया। यहाँ बिजली नहीं थी। हमें चारों तरफ़ ताक में रखे लालटेन जलाने पड़े। रोशनी होने पर लोहे की अलमारियाँ और उन पर करीने से रखी हुई किताबें और पोथियाँ नज़र आने लगीं।

आधी रात तीन बजे तक, मैं वहाँ मौजूद दस्तावेज़ों को देखता रहा जिन्हें शाही मुअज़्ज़िन के खानदान ने कई पीढ़ियों तक इकट्ठा किया था। वहाँ 1551 से लेकर 1967 तक के दस्तावेज़ थे। मुझे फारसी और उर्दू नहीं आती थी इसलिए शाही मुअज़्ज़िन ने एक-एक दस्तावेज़ मुझे पढ़कर सुनाया जिन्हें मैं साल और जगह के हिसाब से वर्गीकृत करने लगा। आधी रात तीन बजे तक मेरी और शाही मुअज़्ज़िन की हिम्मत जवाब दे गई।

मैंने एक उबर कैब बुक की और फ़ज्र की नमाज़ के लिए उसे कुदसिया बाग तक छोड़ा और घर आ गया। बिस्तर पर करिश्मा सो रही थी।

मैंने उसे पहले ही बता दिया था कि मुझे आते-आते देर हो जाएगी, तुम सो जाना। मेरी आँख दोपहर एक बजे खुली तब तक करिश्मा ऑफ़िस के लिए निकल चुकी थी।

रात को मैं फिर शाही मुअज़्ज़िन के साथ उसके पुश्तैनी पुस्तकालय में छानबीन करता रहा। चार रातें बर्बाद करने के बाद अन्ततः मुझे फ़ारसी में लिखा एक मुग़लकालीन दस्तावेज़ मिला जिसके हिसाब से इस बरफ़ख़ाने की स्थापना पप्पू भाई के खानदान में दस पीढ़ी ऊपर किसी मनोहर सिंह ने करवाई थी जब मुग़ल बादशाह शाहजहाँ की बेटी रोशनआरा बेगम को ठंडी बर्फ़ से बनी आइसक्रीम अच्छी लगने लगी थी। पप्पू भाई ने अपनी लीगल टीम की मौजूदगी में हलफ़नामे के साथ इस दस्तावेज़ की प्रति करिश्मा के ऑफ़िस में जमा करा दिया।

अगली समस्या थी सत्तर साल पुरानी किसी ऐसी धातु को ढूँढ़ना जिससे पप्पू भाई का दाँत बनाया जा सके।

मैंने परेशान हाल में कई दिन बिताने के बाद फिर कुदसिया बाग का रुख किया। शाही मुअज़्ज़िन हाथी दरवाज़े के साथ लगी हुई दीवार की मरम्मत कर रहा था "मैंने पहले ही बताया था आदम कि हर एक चीज़ फ़ानी है। ज़मीन की तह में जाओ वह अपने पास कुछ नहीं रखती। सब उगल देती है।" उसने दीवार के कोने पर एक खास किस्म का लेप लगाते हुए कहा। "अगर इसकी सही से देखभाल नहीं हुई तो यह हाथी दरवाज़ा किसी भी दिन ढह जाएगा। क्या लगता है तुम्हें?"

"लेकिन जब सब कुछ नश्वर है और एक न एक दिन सब बर्बाद हो ही जाना है तो आप इस दरवाज़े की देखभाल क्यों कर रहे हैं।" मैंने उसे सहारा देकर उठने में मदद की।

"क्योंकि मैं नहीं चाहता यह दरवाज़ा इसलिए खत्म हो क्योंकि किसी आदमज़ात ने इसकी देखभाल नहीं की बल्कि इसलिए खत्म हो क्योंकि इसने अपनी मुकम्मल ज़िन्दगी पूरी कर ली है।" उसने दोबारा बैठते हुए दीवार की

जड़ में अपनी खुरपी से गड्ढा किया, "इब्तेदाई दुनिया से तहज़ीब बिगड़ती आ रही है और बनती आ रही है। सैलाब आते हैं। ज़लज़ला आता है। बीमारियाँ आती हैं। लोग मरते हैं। कदीमी तहज़ीब एक झटके में ज़मींदोज हो जाती है पर फिर भी वह कौन सी चीज़ है जो आदम के निशानों को खत्म होने नहीं देती?"

मेरे चेहरे को देखकर उसे समझ आ गया कि मैं उसकी बातें नहीं समझ पा रहा हूँ। उसने मेरे सिर पर चपत लगाते हुए कहा, "मुस्तकबिल को बनाने की ज़िद न कि माज़ी में झाँकने की आदत।"

वह खीसें निपोरकर हँसने लगता है और अपनी दाढ़ी को अपनी मुट्ठी से सहलाता है, "देखो, इस दरवाज़े के नीचे तुम अगर खोदते जाओ तो मुमकिन है कि तुम्हें मटके, सुराही, हम्माम, कंकाल, बुतखाने सब मिल जाए और हम अगर इसे बदलने पर आ जाएँ तो यह एक ऐसी इमारत में बदल सकता है जिसका तुमने और मैंने तसव्वुर भी न किया हो। तो अब हमें क्या करना चाहिए?

"मुझे नहीं पता।"

उसने मेरे जवाब को अनसुना कर दिया और ज़मीन पर गिर रही दरवाज़े की खुरचन को बुहारते हुए कहा, "देखो, इस तरफ़ से चूना और गारा छूटने लगा है। तुमने जो चक्कू अपनी कमर में खोंस रखा है उससे इस चूने को खुरच दो।"

मेरे पास यह सोचने का समय नहीं था कि शाही मुअज़्ज़िन को कैसे पता चला कि मेरे पास नसीर का दिया हुआ चक्कू छिपा हुआ है। मैंने उसके कहे अनुसार उस चूने को वहाँ से साफ़ किया और अपनी पहनी हुई टी-शर्ट में बाँधकर बरफ़ख़ाने में ले आया। मैंने इस चूना पत्थर को घिस-घिस कर बहुत बारीक़ चूरे में बदला और अर्केलिक रेज़िन और मोम को मिलाकर पप्पू भाई के लिए दाँत तैयार करने लगा। मैंने सबसे पहले, इस मिश्रण को साँचे में डालकर 170 डिग्री सेल्सियस पर गरम किया और फिर अपेक्षित आकार में ढालने के बाद ठंडा होने के लिए बरफ़ख़ाने की बरफ़ की सिल्लियों में रख दिया।

अगले दिन की चीखती दोपहरी में, मैंने बँगले के आँगन में पप्पू भाई के दाँतों में ढाई सौ साल पुराने चूने से बना दाँत इम्प्लांट कर दिया। माताजी इस बार दीये की रोशनी में इम्प्लांट किया हुआ दाँत देख पा रही थीं। पप्पू भाई ने आईने में देखा और इम्प्लांट हुए दाँत को अपनी उँगलियों से छूकर दोबारा तसल्ली की। माताजी ने अपने हाथों को मेरे सिर पर रखकर आशीर्वाद दिया और कहा, "हैं रे, भूरा और चावल खावे है तू? रुक अभी लाई मैं तेरे लिए।" चावल और भूरे को अपनी हाथों से खाते हुए मैंने सुकून की साँस ली।

अगले एक साल तक चीज़ें बेहतर रहीं और मुझे लगा कि भले ही मैं अपने पैशन के साथ कुछ बड़ा नहीं कर पा रहा हूँ लेकिन मेरे पास एक हँसता-खेलता परिवार है। सुबह पापा का क्लिनिक है और शाम का पप्पू भाई की अवैध भाईगिरी है।

3

सर्दियों से गर्मियों की तरफ़ बढ़ते हुए एक सन्धि स्थल पर मैंने महसूस किया कि अब करिश्मा सत्तर साल की स्मृतियों से धीरे-धीरे बाहर निकल रही है। वह बीते चार सालों में इनकम टैक्स का नोटिस थमाकर, सत्तर सालों में बनी कई कम्पनियों पर ताला जड़ चुकी थी। उसके चेहरे पर मुझे पहले वाली करिश्मा की शिशुवत चेष्ठाएँ नज़र आने लगी थीं। अब उसकी पूरी काया में एक निर्दोष इत्मीनान को लक्षित किया जा सकता था जिसे उसकी स्मृतियों की जटिलता ने बेमुरव्वत बना दिया था।

मैंने उसे सिंगापुर घुमाने की योजना बनाई क्योंकि अब मुझे हमारे परिवार को आगे बढ़ाने की दिशा में सोचना था। हमारी फ़्लाइट अभी भी तीन घंटे देरी से चल रही थी इसलिए हम एअरपोर्ट के वेटिंग एरिया में इन्तज़ार कर रहे थे।

हमारे घर का सिक्योर्टी गॉर्ड मिथिलेश जो एक बार फिर, बिना बताए हफ़्ते भर से गायब था, एयरपोर्ट पर मदमस्त हाथी की तरह टहलता हुआ

नज़र आता है। करिश्मा उसे देखते ही उस पर चिल्लाती है, "तुम्हें नौकरी प्यारी नहीं है क्या? बिना बताए हफ़्ते भर की छुट्टी कर लेते हो और यहाँ एयरपोर्ट पर टहल रहे हो। अपने सुपरवाइज़र का नम्बर देना मुझे। तुम्हें तो ठीक करती हूँ मैं।"

करिश्मा के बिफ़रने पर मिथिलेश हाथ जोड़कर कहता है, "मैडम क्या बताएँ! संकट ही ऐसा आ गया था। हमारा छोटा भाई अहमदाबाद में वड़ा-पाव का एक ठेला लगाता है। मूरख ने अपने ठेले का नाम रखा था, 'अहमदाबाद का मशहूर वड़ा-पाव' तो लोगों ने उसका ठेला पटक दिया, मारा-पीटा, और उसके ठेले पर लिख दिया 'भावनगर का मशहूर वड़ा-पाव'। उसकी मरहम पट्टी के लिए अचानक जाना पड़ गया था। अभी वहीं से आ रहे हैं। ट्रेन से न आकर सात हज्जार की फ़्लाइट का टिकट लिया था ताकि और हर्जा न हो। तीन दिन से स्नान तक नहीं किए हैं। एक मिनट रुकिए।" वह अपनी जेब से फ़ोन निकालता है और रोनी सूरत लेकर करिश्मा को अपने भाई के ठेले और मरहम पट्टी का फ़ोटो दिखाने लग जाता है। "ये देखिए।"

मैं सफ़र को खराब होने से बचाने और मिथिलेश से छुटकारा पाने के लिए कहता हूँ। "ठीक है तुम जाओ। घर पर पापा और मम्मी हैं कल से ड्यूटी पर आ जाना।"

लेकिन करिश्मा उसकी बातों से सम्मोहित हो रही है। उसकी रोनी सूरत देखने के बाद करिश्मा को उस पर तरस आने लगा है, "अहमदबाद में मेरे कुछ कनेक्शंस हैं। वहाँ का असिस्टेंट एस.पी. मेरे साथ ही सिविल सर्विस के लिए सेलेक्ट हुआ था। तुम कहो तो मैं उससे बात कर सकती हूँ। कम-से-कम तुम्हारे भाई को वो मुआवज़ा तो दिलवा ही देगा।"

"छोड़िए मैडम। कहाँ मुआवजा सबके चक्कर में पड़ा जाए। ग़लती तो मेरे भाई की ही थी न, जो हज्जार साल की गुलामी को ढो रहा था। अब लोगों की बुद्धि जागी है तो सब बदला जाएगा। हज्जार साल में जो कुछ नाइंसाफी ई मोमडैन राजा लोगो ने की है, सब बदलेगा मैडम। अहमदाबाद, इलाहाबाद, मुगलसराय सब बदलेगा। यह तो सिर्फ सुरुआत है। सनातन काल की वापसी अब कोई नहीं रोक सकता।"

यह सब सुनते ही करिश्मा अपने सिर को हिलाती है और अदृश्य दीवार पर अपनी छरहरी उँगलियों से एक चित्र उकेरने लगती है उसके शब्द दस किमी प्रति घंटे की रफ़्तार से बुदबुदा रहे हैं, "सत्तर साल, हज़ार साल, सनातन काल।"

ओर्चेर्ड रोड के जेन होटल पर सुबह का नाश्ता करते हुए मैंने महसूस किया कि वह स्मृतियों की अन्तहीन तीरगी में कहीं गुम हो चुकी है। सुबह के नाश्ते में, सॉसेज खाने से ज़्यादा उसका ध्यान इस बात पर था कि सॉसेज की उत्पत्ति कब हुई होगी। वह अपनी टाँग को दूसरी टाँग पर रखते हुए कुर्सी पर पीठ के सहारे झुक जाती है और अपने बालों को उँगलियों में फँसाकर पीछे करती हुई कहती है, "आई डोंट बिलीव इन दिस बुलशिट! बट एविडेंस सेज़ कि सॉसेज को मेसोपोटामिया सिविलाइजेशन के टाइम से खाया जा रहा है। इसलिए यहाँ रखे सभी क्युज़ीन में मैं सिर्फ़ सॉसेज ही खाऊँगी। इट साउंड्स नेचुरल एंड प्योर!"

रात को जब जेन रोबोट ने पानी की बोतल हमारे स्वीट रूम तक पहुँचाई तब वह अचानक खिलखिला पड़ी और मुझे जेन रोबोट दिखाते हुए बोली, "देखो न, यहाँ रोबोट ही हाउस कीपिंग का सारा काम करते हैं। सनातन काल में दैवीय शक्तियों के सहारे भूत और पिशाचों से इसी तरह काम लिया जाता था। मानो या मत मानो, हमारा सारा ज्ञान दुनिया लूट चुकी है। वैसे यह रोबोट कितना सोबर दिख रहा है न!"

दिल्ली वापिस लौटने तक, वह फिर से वही पुरानी वाली करिश्मा हो गई थी जिसे मैंने सत्तर साल की स्मृतियों में उलझने के बाद पाया था। अब उसके पास स्मृतियों का अतिरिक्त बोझ था जो उसके दिमाग के संवेगों को अस्थिर कर रही थीं।

अगली सुबह वह मिथिलेश के साथ कुछ काग़ज़ात और लैपटॉप लेकर लॉन में बैठी थी। मुझे देखने पर मिथिलेश स्पष्टीकरण देता है, "छह साल की बिटिया है न अनाया! उसी का नाम बदलवा रहे हैं सर जी। बबिता जो है न सर, हमारी धर्मपत्नी, उसे पाकिस्तानी नाटक सब देखने का बड़ा सौक है। उसी ने जबरदस्ती करके 'अनाया' नाम रखवा दिया था।

बरी मुस्किल से उसके फ़ोन से युटूब हटाया है। अब सोच रहे हैं अनाभ्रा रख दें। कैसा नाम है सर?"

मैं बिना जवाब दिए कुर्सी पर पसर जाता हूँ। मिथिलेश के जाने के बाद करिश्मा मुझे देख रही है और खास अन्दाज़ में ज़बान को लोच देते हुए, "सन्दीप!" कहती है। मैं समझ रहा हूँ कि उसके दिमाग में क्या चल रहा है, यही कि पप्पू भाई के बरफ़ख़ाने को बदलना होगा। मैं महसूस कर सकता हूँ कि यादों के रख-रखाव में करिश्मा के मस्तिष्क को उतनी ही मशक्कत करनी पड़ रही है जितनी मशक्कत अपनी कॉलोनी से भटकी एक चींटी को ज़िन्दा रहने के लिए करनी पड़ती है।

दो हफ़्ते बाद, मैं पप्पू भाई की बँगले पर उनके दाँतों को चमका रहा था। एक डाकिया 'लीगल नोटिस' शीर्षक की चिट्ठी थमा गया जिसके हिसाब से वह जगह कभी बरफ़ख़ाना थी ही नहीं। हम आनन-फानन में बरफ़ख़ाना पहुँचते हैं तब तक नसीर अपने आदमियों के साथ मिलकर बरफ़ख़ाने की दीवारों पर मटके और सुराही का म्यूरल बना चुका है। नसीर के लिए अपनी चक्कूबाज़ हथेलियों की अदायगी को साबित करने का यह सबसे अच्छा मौका है। वह बरफ़ख़ाने के अक्षरों को बेहद ही कलात्मक और सुन्दर ढंग से 'घटशाला' की ख़ुशनवीसी में बदलकर ऊपर टँगवा रहा है।

करिश्मा अपने सनग्लासेज़ को पीछे करके अपने बालों में खोंसती है और अपने होंठों से बाईं दिशा में मुस्कराते हुए कहती है, "परफ़ेक्ट, अब से यह जगह 'घटशाला' के नाम से जानी जाएगी।"

करिश्मा के जाने और पेंट का काम पूरा होने के बाद नसीर पप्पू भाई को सलाम करता है और अपने लड़कों को बचा हुआ काम सफ़ाई से करने का निर्देश देता है।

पप्पू भाई और मैं बरफ़ख़ाने में जैसे ही प्रवेश करने की कोशिश करते हैं, पुलिस वाले हमें अन्दर जाने से रोक देते हैं क्योंकि प्रिंस गोला को अपने पीआर टीम के साथ 'घटशाला' के कलात्मक बोर्ड के नीचे फ़ोटो खिंचवानी है। वह बॉडीगॉर्ड्स के घेरे में बहुत लचक के साथ चलता हुआ हमारी तरफ़ बढ़ रहा है।

वह दूर से ही पप्पू भाई के पैरों को छूने के लिए झुकता है। पप्पू भाई उसे देखकर न मुस्करा पाते हैं और न ही रोष दिखाने के लिए अपने चेहरे पर तब्दीली ला पाते हैं। प्रिंस पीआर टीम के निर्देश पर कैमरा के सामने भाषण देता है, "क्या सनातन काल में बर्फ़ का कोई विधान था? यह पूरी तरह से हमारी संस्कृति पर हमला है इसलिए हम लाए हैं घटशाला के प्रोडेक्ट्स। हज़ार साल की स्मृतियों के ख़िलाफ़ वीरता का प्रतीक। अगर आप केमिकल्स से बने बर्फ़ का इस्तेमाल करके थक चुके हैं तो मिट्टी से बने मटके, सुराही और कुल्हड़ में शुद्ध सात्विक और ठंडा पानी पीजिए। आप चाहें तो हमसे यह फ्रेंचायज़ी ख़रीद सकते हैं। घटशाला डॉट कॉम पर विज़िट करें।"

यह सब सुनकर पप्पू भाई अपने गुस्से पर काबू नहीं रख पाए। उन्होंने मेरी कमर से पिस्तौल और चक्कू बाहर खींचा और भीड़ को तितर-बितर करते हुए सीधा प्रिंस के पास पहुँच गए। पल भर से भी कम समय में प्रिंस का माथा और गला पिस्तौल और चक्कू के बीच फँसा हुआ था। पुलिस वालों की इतनी हिम्मत नहीं हुई कि वे बीच-बचाव करते। लेकिन कैमरे के सामने समझदारी से काम लेना ज़रूरी था। मैंने ज़बरदस्ती अपने लड़कों के साथ मिलकर पप्पू भाई को वापिस गाड़ी में बिठा दिया।

घर आते-आते पप्पू भाई का गुस्सा अचानक शान्त हो गया। मुझे लग रहा था कि वह कोई बड़ा तांडव करेंगे और नसीर और प्रिंस का नामोनिशान मिटवा देंगे लेकिन उनके चेहरे पर अप्रत्याशित रूप से शाया हुआ महात्मा जैसा सन्तोष मुझे विस्मय से भर रहा था। उन्होंने गले में पहनी हुई अपनी सोने की चेन को सीधा किया। पिस्तौल और चक्कू मुझे वापिस करते हुए कहा, "तेरी बीवी जो भी कर रही है, वो कर तो देश के लिए ही रही है न! इतना तो चलता है यार! और नसीर और प्रिंस भी तो अपने ही बच्चे हैं। एक काम करते हैं उससे फ्रेंचायज़ी ख़रीद लेते हैं।"

मैं स्थिति को समझने की कोशिश ही कर रहा हूँ कि वह मेरी तरफ़ देखकर प्रश्न करते हैं, "मेरा यह दाँत। क्या बताया था तूने? कितने साल पुराने मटेरियल से बना है?"

"तीन सौ साल।"

"एक काम कर इसे बदल दे। इस बार सनातन काल का दाँत लेकर आ।"

उस दिन के बाद से पप्पू भाई, नसीर का दिया चक्कू और प्रिंस की दी हुई पिस्तौल कभी नहीं मिले। ये तीनों चीज़ें इस धरती से वैसे ही गायब हो गईं जैसे इक्कीसवीं सदी से अच्छाई।

अब मैं सिर्फ़ अपना क्लिनिक चलाता हूँ और पैशन के भूत को मैंने पीछे छोड़ दिया है। हर शाम मैं उस सनकी शाही मुअज़्ज़िन के पास जाता हूँ यह जानने के लिए कि क्या सच में समय सिर्फ़ एक भ्रम है! और फ़ैलाव और सिकुड़न के बीच कहीं वजूद नहीं रखता। सनातन काल, हज़ार साल, सत्तर साल की स्मृतियाँ क्या इतनी शक्तिशाली हो सकती हैं कि वे वर्तमान और भविष्य को प्रभावित कर सकें? या सम्भव है कि वर्तमान और भविष्य जैसा कुछ होता ही न हो। सिर्फ़ अतीत अस्तित्व रखता हो वह भी स्मृतियों के रूप में। अब आप समझ गए होंगे कि मेरे घर में एक भी घड़ी क्यों नहीं है और मैं क्यों करिश्मा के लिए दानियाल का बनाया बंकर ढूँढ़ रहा हूँ।